KB262215

백석 시의 원전비평

백석 시의 원전비평

이지나

감사의 글

　이 책은 필자가 2005년 12월 서울여자대학교 박사학위 논문으로 제출한『백석 시의 원전비평적 연구』를 다듬은 것이다. 현대시사에서 백석 시의 위상은 현재까지 발간된 전집의 수, 작품에 대한 수많은 연구를 통해서도 알 수 있다. 그러나 백석 시에 대한 대중적, 학문적 관심에도 불구하고, 시의 올바른 이해와 연구에 기본이 되는 결정본이 확정되지 않아 혼란이 야기되고 있다.

　백석이 우리 시문학사에서 중요한 위치를 차지하고 있음에도 불구하고 백석 시의 원전비평을 주제로 삼은 연구는 본격적으로 이루어지지 않고 있기 때문에 본 연구는 백석의 시 작품 전편을 대상으로 원전비평 작업을 수행하였다. 이를 위해 우선 원본, 즉 신문이나 잡지에 처음 발표된 백석의 시들과『사슴』에 수록된 백석 시를 모두 수집하여『사슴』에 재 수록된 작품의 경우 개작의 의미를 살펴보았다. 그리고 원본의 오류를 찾아내어 작품 이해에 영향을 주는 오자를 수정하고 연 구분이 틀린 경우를 바로 잡으며, 단순 오자와 탈자를 수정하여 도표화하였다. 백석 시 원본과 1980년대 이후 출판된 대표적인 백석 전집 6권의 대조 작업을 통해 표기상의 차이점을 확인하고, 그 원인을 밝혔다. 또한 해석에 차이를 보이는 난해 시어를 중심으로 올바른 시어 해석을 규명해 보았다. 장르 확정의 문제, 창작 주체의 문제, 발굴된 시와 일역(日譯)시 문제 등을 통한 백석 작품 확정의 문제도 짚어보았다.

한국 시문학계에서 원전비평 연구의 활발하고 집중적인 성과가 이루어지지 않은 이유 중 하나는 문학연구자들이 어떤 작품에 대한 독특한 해석과 평가를 중요하게 여기기 때문이다. 원전비평을 통한 결정본 확정의 작업은 시 비평에 있어서 가장 기초적인 부분을 차지하고 있음에도 불구하고 도외시되어 온 것이 현실이다. 한 시인의 결정판 시집을 만들기 위해서는 시 해석이나 표기법 등 논의할 사항이 많아 지속적인 연구가 필요하다. 오랜 연구의 축적물이라 할 수 있는 결정판 시 전집의 출간은 인문학의 특성을 고려한 국가적 지원 안목이 필요한 사업이라고 할 수 있다. 외국의 예를 들자면, 프랑스의 경우 갈리마르(Gallimard) 출판사에서 각 시인의 시를 원전비평을 통하여 결정본화시켜 출판하고 있다. 모든 연구자들은 이 출판사의 시집을 바탕으로 연구작업에 들어가며 교과서나 논문, 평론은 모두 그 시집의 시를 인용하고 있음을 확인할 수 있었다.

시인의 시집은 지금 이곳의 독자와 연구자의 전유물이 아니라 다음 시대, 다른 나라의 독자나 연구자에게도 향유의 권리가 있는 문화적 조형물이다. 그 전제조건은 당연히 시인이 만들어 놓은 작품 원래의 모습, 작품의 순수성을 보존하는 일이다. 시인의 결정본 시전집에 대한 관심과 이를 위한 다양한 연구가 지속적으로 축적되길 기대한다.

이 책이 나오기까지 많은 분들의 도움이 있었다. 논문을 지도해주시고 심사해주신 박기석 교수님, 박호영 교수님, 한영옥 교수님, 문흥술 교수님께 감사의 인사를 올린다. 특히 학부부터 박사에 이르기까지 학문의 길을 열어주신 이숭원 교수님의 지도에 감사드린다.

이 책을 엮기까지 김병희 선배님의 도움은 정말 컸다. 또한 조윤아 선배님, 정경은 선배님을 비롯한 서울여대 국문과의 선배님들, 동학들, 후배들의 조언과 격려는 항상 큰 힘이 되었다.

부족하기만 한 필자를 사랑과 기도로 감싸 안아준 가족들, 서로 떨어져 있어도 항상 마음의 위로가 되어준 오랜 친구들, 논문에 전념할 수 있는 시간을 배려해주신 서울여대 인문과학연구소와 한국어교육부의 선생님들께 고마움을 전한다. 또한 부족한 논문을 한 편의 단행본으로 섬세하게 매만져 주신 깊은샘 출판사 사장님께 감사드린다.

강현수 선생님과 강유상 군, 두 분의 사랑과 희생으로 이 책이 나올 수 있었다.

2006년 5월

李 知 螺

목 차

Ⅰ. 서 론

1. 연구 목적

현재까지 알려진 백석의 작품은 그의 시집인 『사슴』에 수록된 시 33편과 기타 신문과 잡지 등에 실린 시들을 합쳐 110여 편에 이른다. 백석의 시는 1988년 재북 시인에 대한 해금 조치로 뒤늦게 조명을 받았음에도 불구하고, 40여 종의 시집이 발간되었고, 고등학교 국어 교과서에도 수록되었다. 백석 시의 위상은 작품에 대한 수많은 연구를 통해서도 알 수 있다.[1]

그러나 백석 시에 대한 대중적, 학문적 관심에도 불구하고, 시의 올바른 이해와 연구에 가장 기본이 되는 결정본이 확정되지 않아 혼란이 야기되고 있다. 동일한 시가 독자와 연구자들에게 서로

---

[1] 현재(2006년)까지 백석의 시집은 단독 시집 및 다른 시인들의 작품과 함께 묶인 시인총서까지 합쳐 약 40여 종이 간행되었다. 또한 백석의 시가 지닌 시사적 위치에 걸맞게 국내에서 백석의 시와 문학을 다룬 연구 논문은 200여 편이 넘는다. 백석의 시를 다룬 학위논문의 경우 석사학위논문이 180여 편, 박사학위논문이 30여 편이고, 백석의 시를 단독으로 다룬 석사학위논문 수도 140여 편, 박사학위논문 수도 7편이다.

다른 표기로 소개되는 등 문제가 드러나고 있는 것이다. 시인이 활동하던 당대와의 시대적 격차를 극복하기 위해 현대적으로 표기하는 것은 피할 수 없는 과정이지만 현대어 표기가 각 시집마다 다른 것은 바람직하지 못하다. 심지어 시의 제목이 다르게 표기되는 경우도 있다.

시인이 처음에 쓴 자필본(manuscript)과 최초 발표본, 개작본, 후대 편집자들에 의한 판본 간에 시어 표기가 달라지는 이유는 다음과 같다.

첫째, 편집 출판 과정의 실수에서 기인한다. 시인, 편집자, 식자공의 실수로 오자(誤字), 오식(誤植), 탈자(脫字)가 나타나고 이로 인해 각 판본 사이에 차이가 발생한다. 실수의 원인으로는 시인이 잘못 쓴 경우, 시인의 자필본을 편집자나 식자공이 잘못 읽은 경우, 조판상의 잘못, 교정상의 착오, 인쇄 중의 과실로 인한 경우 등을 들 수 있다. 이제 활판 인쇄는 거의 사라졌고 컴퓨터 출판 등 새로운 인쇄방법이 개발되었지만, 실수로 인한 오류의 문제는 여전히 발생한다. 오류가 많은 작품은 품격이 떨어질 뿐 아니라, 독자나 비평가에게 적지 않은 누를 끼치게 되므로, 실수를 바로잡는 일은 시인과 작품의 올바른 이해를 위해 중요하다.

둘째, 출판 편집자의 의도적인 수정이나 교체로 인하여 원본과 다르게 변개(變改)된 경우이다. 주로 과거에 활동하던 시인의 시어 표기를 오늘날의 독자가 이해하기 쉬운 현대적 표기로 교체하거나 고어(古語)와 방언을 표준어로 대체하는 과정에서 비롯되는 것인데, 이 때 각 편집자마다 편집의 원칙이나 기준이 서로 다르기 때문에 원본과는 물론, 각 편집본마다 표기가 다르게 된다. 이 경우 편집자의 작업이 시인의 원래 의도를 훼손했는가에 대한 판별이 필요하다. 이는 실수가 아니라 출판 편집자의 의도적 변경 과정에서 서로 다른 기준이 적용되어 차이가 나타난 경우로, 명백한 실수로 인한 표기 차이와 구별되지만 두 경우 모두 독자나 비평가들에게 혼란을 주기는 마찬가지다.

셋째, 시인이 시를 신문이나 잡지에 발표했다가 시집에 재 수록하는 과정에서 시인의 개작으로 인하여 시어가 교체되거나 행과 연이 조정되는 등 차이가 발생한다. 백석의 경우 신문이나 잡지에 발표했다가 시집 『사슴』에 재 수록하는 과정에서 이러한 경우가 나타났다. 이런 경우에는 개작의 의도를 살펴보는 것이 중요하다.

위와 같은 세 가지 이유로 원본과 후대의 판본 사이에, 또 후대의 여러 판본들 사이에 시어 표기가 달라지는데, 어느 판본을 선택했느냐에 따라 시 해석의 차이가 발생할 수 있다. 후대 판본들 간의 시어의 표기 차이 때문에, 시인이 원래 의도한 것과는 다른 그릇된 해석이나 잘못된 이해를 낳지 않도록 원본에 대한 철저한 고증과 후대 판본과의 꼼꼼한 비교 작업, 난해 시구의 해석 등을 통하여 원본의 원래 의미를 현대적으로 정확하게 표기하는 작업이 필요하다. 이를 원전비평(Textual criticism)이라고 한다.

시의 경우 사소한 어구 차이에서 기인한 해석상의 이견(異見)이 전반적인 시의 주제에 대한 논쟁으로 발전하기도 하는데, 원전비평은 시 작품을 둘러싼 해석상의 오류나 난점을 극복하는 데 도움을 준다. 원전비평적 연구가 제대로 이루어지면 결정본(definitive text)을 만드는 것도 가능하다. 결정본이란 처음 발표된 원본(原本, original text)에서 오자, 탈자, 오식 등을 교정 작업을 통해 고치고,

원본의 가치를 훼손하지 않으면서 현대적 표기로 바꾸고, 난해 시어나 시구에 대해 주석을 단 판본을 말한다. 결정본 시들을 모아 놓은 것이 결정판 시집(definitive edition)이다. 결정판 시 전집이 출간되면 연구자들이 한 작품을 동일하게 인용하는 일이 가능해지고, 불필요한 해석상의 실수도 줄일 수 있으며, 작품에 대한 심층적 탐구가 이루어질 수 있다.

본 연구의 목적은 백석 시의 원전비평적 연구를 통해 백석의 결정판 시 전집을 만들기 위한 기초 작업을 수행하는 데 있다. 이를 위해 우선 원본, 즉 신문이나 잡지에 처음 발표된 백석의 시들과 『사슴』에 수록된 백석 시를 모두 수집하여 『사슴』에 재 수록된 작품의 경우 개작의 의미를 살펴보고자 한다. 그리고 원본에 오류가 있을 시 이를 수정하고자 한다. 그 다음 이 원본과 1980년대 이후 출판된 대표적인 백석 전집들의 수록 작품을 대조하여 표기상의 차이점을 확인하고, 그 원인을 밝히고자 한다. 이러한 과정을 통해 백석이 직접 개작한 사항에 대해서는 그 개작 의도와 의미를 밝혀보고, 원본의 오류, 후대 판본 편집자의 실수 혹은 의도로 인하여 시가 훼손되거나 잘못 표기된 사항이 있다면 이를 바로잡을 수 있을 것이다. 또한 해석에 차이를 보이는 난해 시어나 방언을 중심으로 올바른 시어 해석을 규명해 보고자 한다.

본 연구에서 특별히 백석의 시를 연구 대상으로 삼은 이유는, 백석이 우리 시문학사에서 중요한 위치를 차지하고 있음에도 불구하고 백석 시의 원전비평을 주제로 삼은 연구는 본격적으로 이루어지지 않고 있기 때문이다. 한국 시인들 중 백석과 비슷한 위상을 가진 김소월, 정지용, 이육사, 윤동주 시의 원전비평적 연구[2)]

는 어느 정도 성과가 있으나 백석의 경우는 그렇지 못하다.

---

2) 김소월의 경우『진달내꽃』이 1925년 매문사에서 발행된 이래 김억, 백순재·하동호, 김종욱, 오하근, 김용직 등에 의해 김소월 전집이 편집·보완되었다. 김소월 시작품에 대한 원전비평적인 연구는 윤주은, 하동호, 전정구 등에 의해 진행되었다. 이들의 연구로 인하여 소월 시와 김억의 관계, 결정본 확정을 위한 문헌학적 전제, 소월 시 결정본 확정의 제 문제 등이 논의되어 소월 시 원전비평 연구의 기틀이 확립하였다. 관련 전집과 연구 목록은 다음과 같다. 김억 편,『소월시초』, 박문서관, 1939. 백순재·하동호 편,『결정판 소월전집, 못잊을 그 사람』, 양서각, 1966. 윤주은, 「김소월시 원본확정에 관한 연구」,『어문학』, Vol. 41, 1981. 김종욱 편,『원본 소월전집 상, 하』, 홍성사, 1982.(김종욱은 증보판『정본 소월전집』(명상, 2005)을 출판하였다.) 하동호, 「소월시의 서지」,『김소월 연구』, 김열규·신동욱 편, 새문사, 1982. 오규원, 「주요 소월시집의 비교 분석 연구」,『언어와 삶』, 문학과지성사, 1983. 전정구, 「소월시의 문헌학적 전제—결정본 확정을 위한 관건」,『한국언어문학』, 한국언어문학회, 1992. 오하근 편저,『원본 김소월 전집』, 집문당, 1995. 김용직 편저,『김소월전집』, 서울대학교 출판부, 1996. 전정구, 「원전의 교열과 정본 확정의 제 문제—소월시를 중심으로」,『현대문학이론연구, Vol. 11』, 1999.

정지용의 경우,『정지용시집』(시문학사, 1935)과『백록담』(문장사, 1941)이 시인 생전에 간행되었으며 1987년부터 전집이 출간되기 시작하였다. 김학동은 2권의『정지용 전집』을 펴냄으로써 정지용 연구의 발판을 마련하였다. 이후 양왕용, 이숭원 등에 의해 시 세계 전반과 시어 해석의 연구가 시작되었다. 이후 이숭원은 주해를 달은『원본 정지용 시집』을 발간하였다. 이는 정지용의 두 권의 시집과 시집 미 수록 작품을 원본 그대로 사진판으로 영인하고 원본의 아래 부분에 난해한 시어나 오식 등에 관한 주석을 달아놓은 교주본(校註本)이다. 최동호는『정지용사전』을 통하여 정지용 시에 나타난 모든 어휘들을 분석하였다. 권영민은『정지용 시, 126편 다시 읽기』를 통해 정지용 결정판 시 전집의 한 예를 보이고 있다. 관련 전집과 연구 목록은 다음과 같다.

김학동 편,『정지용 전집』, 민음사, 1988. 양왕용,『정지용 시연구』, 삼지원, 1988. 이숭원,『정지용 시의 심층적 탐구』, 태학사, 1999. 정지용 저, 이숭원 주해,『원본 정지용 시집』, 깊은샘, 2003. 최동호,『정지용 사전』, 고려대학교 출판부, 2003. 권영민,『정지용 시, 126편 다시 읽기』, 민음사, 2004.

이육사의 경우 생전에 작품집을 내지 못하고 타계한 후 문학비평가인 그의 동생 이원조에 의해『초간본 육사시집』이 1946년에 발간되었다. 그러나 이원조에 의한 자의적 개작의 태도가 드러나 이에 대한 원전비평이 요구되었다. 이동영, 심원섭 등의 연구로 이육사 시의 원전비평의 기초가 세워졌다. 이동영,『이육사

수록 자료의 정확성이라는 면에서 볼 때도 현재까지 국내에서 발간된 백석 시집들의 표기 상태는 만족스럽지 못하다. 백석 시의 최초 발표지 게재분 및 시집『사슴』에서도 오류가 발견되며 오식, 누락, 첨가, 와전(訛傳: corruption) 등으로 인하여 원본의 원래 의미가 상당히 손상된 경우도 정도의 차이만 있을 뿐 후대의 모든 판본에 걸쳐 나타난다. 특히 이 가운데에는 원본과 상당한 표기상의 차이를 보이면서도 원본을 수록했다고 밝히는 시집도 있어 혼란이 증폭되고 있다. 또한 백석 시에 대한 상당수의 연구논문과

시문집』, 서문당, 1977. 심원섭, 「이육사 시의 원전과 기존판본에 관한 연구」, 연세대학교 대학원 석사학위논문, 1984. 노대규, 「시의 언어학적 분석: 이육사의 '절정'을 중심으로」, 『동방학지』 95, 1997.

윤동주의 경우 그의 유고 시집『하늘과 바람과 별과 시』(정음사)가 1948년에 출간되었는데, 1976년에 발간된 3판의 경우 작품 수록 편수가 초판에 비해 4배나 늘어나 원전비평의 필요성이 요구되었다. 1999년 왕신영, 심원섭, 오오무라 마스오, 윤인석이『사진판 윤동주 자필 시고 전집』을 발간하여 윤동주가 남긴 시와 산문 등의 자필 자료들을 당시의 모습 그대로 사진판으로 제시하였다. 또한 육필 원고의 퇴고과정에 대해 책의 뒷부분에 '시고주(詩稿註)'를 달았다. 홍장학은『사진판 윤동주 자필 시고 전집』을 바탕으로 원전비평 연구를 수행하고, 방대한 결정판 시 전집을 출간하였다. 그 외에도 윤동주에 대한 원전비평은 최명환, 조재수, 박종찬 등에 의해 이루어졌다. 최명환, 「윤동주 시의 원본에 관한 연구: 원본 필요성을 중심으로」, 공주교대논총 31, 1994. 윤동주, 왕신영 등 편,『(사진판) 윤동주 자필 시고 전집』, 민음사, 1999. 조재수, 「윤동주의 시와 언어」, 『문학한글』, 2000. 홍장학, 「윤동주 시 다시 읽기—원전과 상호텍스트성 연구」, 서강대학교 석사학위논문, 2002. 박종찬, 「윤동주 시 판본 비교 연구」, 연세대학교 석사학위논문, 2003. 윤동주, 홍장학 편,『정본 윤동주 전집 원전연구』, 문학과 지성사, 2004.

이 외에도 이상화, 이상, 노천명 시에 대한 다음과 같은 원전비평이 이루어졌다. 이상규, 「멋대로 고쳐진 이상화의 시」, 『문학사상』 311, 문학사상사, 1998. 9. 육근웅, 「빼앗긴 들에도 봄은 오는가의 한 이해」, 『한민족문화연구』, Vol. 3, 1998. 이상규, 「상화 시에 나타난 방언과 텍스트」, 수련어문논집 25, 1999. 김주현 · 최유희, 「이상 문학의 원전 확정 및 주석 연구」, 『우리말글』, Vol. 22, 2001. 이희경, 「노천명시의 개작과정—결정본 확정을 위한 비판적 검토」, 『한국언어문학』, 1998.

평론들 중에는 원본을 직접 인용했는지, 아니면 후대 어느 판본의 표기를 인용했는지를 정확히 밝히지 않거나, 후대 판본을 인용하고도 원본을 인용했다고 잘못 밝히는 경우도 종종 발생하고 있다. 이러한 문제점으로 인해 생기는 오해와 혼란을 해소하고 결정판 시 전집을 기초하기 위해 백석 시의 원전비평적 연구는 반드시 필요하며 적절한 시의성도 지니고 있다.

2. 연구사 검토

　백석 생전, 그의 시에 관한 연구로는 시집 『사슴』에 대한 서평과 이후 잡지에 발표된 몇몇 작품을 대상으로 한 촌평들이 있다[3]. 김기림[4]은 시집 『사슴』이 향토주의와는 구별되는 근대성을 품고 있다고 평가하였다. 박용철[5]은 백석의 방언 사용에 대한 역사적

---

3) 이 시기의 글로는 다음의 것들이 있다.
　　박아지, 「신춘시단개평」, 『동아일보』, 1936. 1. 18.
　　김기림, 「『사슴』을 안고―백석시집 독후감」, 『조선일보』, 1936. 1. 29.
　　박용철, 「백석 시집 『사슴』평」, 『조광』, 1936. 4.
　　임　화, 「문학상의 지방주의」, 『조광』, 1936. 10.
　　박용철, 「병자 시단의 일년성과」, 『동아일보』, 1936. 12.
　　오장환, 「백석론」, 『풍림』 통권 5호, 1937. 4.
　　안석영, 「조선문인 인상기(속)」, 『백광』, 1937. 6.
　　윤곤강, 「코스모스의 결여」, 『인문평론』, 1940. 1.
　　최재서, 「2월시단평―소감 이것저것」, 『인문평론』, 1940. 3.
　　한설야, 「문학풍토기―함흥편」, 『인문평론』, 1940. 5.
　　백　철, 『조선신문학사조사―현대편』, 백양당, 1949.
4) 김기림, 위의 글.
5) 박용철, 「백석 시집 『사슴』평」, 『조광』, 1936. 4.

의의와 문학적 가치를 지적하였다. 또한 백석의 시가 감각적 이미지를 중심으로 구성된다는 점을 중요시하고 백석의 시 세계를 언어적 차원에서 접근함으로써 향후 연구의 중요한 단서를 제공하였다. 한편 백석 시에 대한 부정적 평가도 있었다. 임화[6]는 백석의 방언에 대한 관심과 시적 구사가 전인미답(前人未踏)의 것이라고 인정하면서도 김동리의 복고주의와 백석의 시 세계를 하나로 묶어 예술로서 보편화를 포기한 지방주의 경향의 하나라고 비판하였다. 백석 시에 대한 제대로 된 독해나 이해 없이 백석의 언어 구사를 단지 '소재' 차원에서 바라본 결과이다. 오장환[7]은 백석의 시에 대해 갖은 사투리와 옛이야기, 연중행사의 묵은 기억 등을 곡간에 볏섬 쌓듯이 그저 구겨 넣은 것에 지나지 않는다고 부정적으로 평가하면서 백석을 스타일만 찾는 모더니스트라고 칭하였다. 최재서[8]는 상당한 역량을 가지고 있음에도 불구하고 관심을 받지 못하는 것은 백석의 시를 이해할 수 없는 데서 기인한다고 하였다. 백철[9]은 백석 시를 소박한 시골의 풍경화로 평가하면서 "민속적이고 향토적인 것이 평안북도 사투리 그대로의 표현과 순박하게 조화"되었다고 보았다.

　분단 이후 해금 전까지 백석에 대한 연구는 제한적으로 이루어졌다. 이 시기의 백석 연구는 문학사적 범주 안에서 행해졌는데, 비록 그 양은 많지 않지만 백석 연구의 명맥을 유지하며 이후 연

---

6) 임화, 위의 글.
7) 오장환, 위의 글.
8) 최재서, 위의 글.
9) 백철, 위의 글.

구에 밑거름이 되었다. 유종호[10)]는 한국 현대시의 허무주의의 계보를 살피면서 「南新義州 柳洞 朴時逢方」을 페시미즘의 절창으로 규정하고 한국 현대시 중 최상급의 하나라고 평가하였다. 김현[11)]은 백석이 민속 자체를 시의 대상으로 삼고 있다는 점과 북부 방언을 적극적으로 사용한다는 점에 주목하면서 한국어의 질감을 되살려 내려는 백석의 노력에 의의를 두었다. 정한숙[12)]은 백석을 정지용이 보여준 향수의 시편들을 이어받아 완성시킨, 민속적인 세계에 뿌리 내린 특색 있는 시인으로 언급하였다.

시집『사슴』과 그 외의 신문이나 잡지에 발표된 자료들을 모아 백석 시를 본격적으로 논의하기 시작한 연구자는 최두석이었다. 최두석[13)]은 1930년대 시의 이미지즘적 창작 방법과 서사성에 관심을 갖고 논의를 진행하였다. 그는 백석 시의 모더니즘적 성격과 고향 상실감이라는 시 세계의 양상을 논의하며 이 과정의 내면적인 변모에 주목하였다. 고형진의 논문[14)]은 백석 시를 단독으로 연구한 최초의 학위 논문으로 백석 연구의 기초가 되는 백석의 전기와 시에 사용된 방언, 작품 연보 등을 정리하였다. 이 논문은 시를 형태상의 측면과 내용상의 측면으로 크게 나누어 살피면서 백석 시 세계를 조망하였다. 김명인[15)]은 백석 시의 구조적 특질에 대해

---

10) 유종호, 「한국의 페시미즘」, 『현대문학』, 1961. 9.
11) 김윤식 · 김현, 『한국문학사』, 민음사, 1973.
12) 정한숙, 『한국현대문학사』, 고려대학교 출판부, 1982.
13) 최두석, 「1930년대 시의 표현에 관한 고찰」, 서울대학교 석사학위논문, 1982.
14) 고형진, 「백석 시 연구」, 고려대학교 석사학위논문, 1983.
15) 김명인, 「백석시고」, 『우보 전병두박사 화갑기념논문집』, 1983.
　　　김명인, 『1930년대 시의 구조연구－정지용 · 김영랑 · 백석의 시를 중심으로』, 고려대학교 박사학위논문, 1985.

고찰하여 1930년대라는 시사적 맥락에서 백석 시가 차지하는 위상과 의의를 밝히고, 백석 시에서 방언의 사용이 차지하는 비중과 의미를 확인시켜 주었다. 이숭원[16]은 백석 정신의 지향점은 풍속과 인정과 말이 어우러진 삶의 복원에 있다고 백석의 시를 규정하였다. 또 열거, 직유, 의태어, 의성어, 토착어를 폭넓게 사용하고 관용적·구어적 표현을 차용하는 '눌변의 미학'으로 백석의 시적 방법과 효과를 분석하였다. 이동순[17]은 최초로 백석 시 전집을 발간하여 백석 시 연구의 토대를 마련하였다. 그는 백석의 '토착어' 사용에 주목하여 이를 공동체 의식, 합일의례의 정신으로 바라보고 백석을 민족 시인으로 평가했다. 김헌선[18]은 우리의 전통 시가 중 구비문학인 민요, 서사무가, 판소리 특히, 사설시조에서 나타나는 반복과 나열의 특성을 '엮음의 방식'이라 명명하고, 백석 시가 이러한 엮음 수법을 계승해서 다채롭게 변용시키고 있다고 하였다. 정효구[19]는 백석의 시 정신과 그 정신이 구현되고 있는 방법상의 특질을 살폈다. 백석 시의 열거식 병렬법이 객관주의 정신과 관련되었음을 밝히고 그 미적 효과에 주목하였다.

이상은 후대 연구의 토대를 마련하고 있는 대표적 연구들이다. 이러한 연구를 바탕으로 백석과 백석 시에 대한 연구가 심층적이면서도 다양하게 전개되고 있으며 학위 논문[20]도 지속적으로 제

---

16) 이숭원, 「풍속의 시화와 눌변의 미학」, 『한국시문학의 비평적 탐구』, 박호영, 이숭원 공저, 삼지원, 1985.
17) 이동순, 「민족시인 백석의 주체적 시정신」, 『백석시전집』, 창작과비평사, 1987.
18) 김헌선, 「한국시가의 엮음과 백석 시의 변용」, 『한국 현대시인 연구』, 신아, 1988.
19) 정효구, 「백석 시의 정신과 방법」, 『한국학보』, 1989. 겨울.
　　정효구, 「진솔한 삶의 공간」, 『현대시』, 1990. 5.

출되고 있다.

<hr>

20) 백석의 시를 대상으로 한 박사학위논문은 다음과 같다.

이은봉, 「1930년대 후기시의 현실인식 연구: 백석 · 이용악 · 오장환의 시를 중심으로」, 숭실대학교 박사학위논문, 1992.

최두석, 「한국현대리얼리즘시연구: 임화 · 오장환 · 백석 · 이용악의 시를 중심으로」, 서울대학교 박사학위논문, 1995.

윤석우, 「한국 현대 서술시의 담화 특성 연구」, 조선대학교 박사학위논문, 1998.

최종금, 「1930년대 한국시의 고향의식 연구」, 한국교원대학교 박사학위논문, 1998.

곽봉재, 「백석 문학 연구」, 경희대학교 박사학위논문, 1999.

김영익, 「백석 시문학 연구」, 충남대학교 박사학위논문, 1999.

문호성, 「백석 · 이용악 시의 텍스트성 연구」, 전남대학교 박사학위논문, 1999.

박주택, 「백석 시 연구」, 경희대학교 박사학위논문, 1999.

서지영, 「한국현대시의 산문성 연구: 오장환, 임화, 백석, 이용악, 이상 시를 대상으로」, 서강대학교 박사학위논문, 1999.

박민영, 「1930년대 시의 상상력 연구: 정지용, 백석, 윤동주 시의 자기 동일성을 중심으로」, 한림대학교 박사학위논문, 2000.

방연정, 「1930년대 후반 시의 표현방법과 구조적 특성 연구: 백석, 이용악, 이찬의 시를 중심으로」, 한국교원대학교 박사학위논문, 2000.

김창수, 「한국 근대시에 나타난 집 이미지 연구」, 고려대학교 박사학위논문, 2001.

이황직, 「근대 한국의 윤리적 개인주의 사상과 문학에 관한 연구」, 연세대학교 박사학위논문, 2002.

최정숙, 「한국 현대시의 민속 수용양상 연구」, 경희대학교 박사학위논문, 2002.

한경희, 「한국 현대시에 나타난 시적 자아의 내면 연구」, 한국정신문화연구원 박사학위논문, 2002.

김지숙, 「일제 강점기 한국시의 자연에 관한 연구」, 동아대학교 박사학위논문, 2003.

류지연, 「백석 시의 시간과 공간의식 연구」, 명지대학교 박사학위논문, 2002.

양문규, 「백석 시 연구」, 명지대학교 박사학위논문, 2002.

최정숙, 「한국 현대시의 민속 수용양상 연구」, 경희대학교 박사학위논문, 2003.

나명순, 「백석 시 연구」, 고려대학교 박사학위논문, 2004.

박은미, 「1930년대 시에 나타난 가족 모티프 연구」, 건국대학교 박사학위논문, 2004.

이경수, 「한국 현대시의 반복 기법과 언술 구조」, 고려대학교 박사학위논문, 2004.

원전비평적 연구의 한 부분이라고 할 수 있는 백석 시의 시어에 대한 연구도 이루어졌다. 시어 해석에 대한 최초의 해석 작업은 고형진에 의해 시도되었다.[21] 그는 김속래의 『평북방언사전』과 김장각(金長脚)(백석의 오산학교 1년 선배)의 고증을 바탕으로 방언을 해석하였는데 시의 맥락 안에서 해석한 것이 아니라 하나의 단어로서 시어를 해석하였기 때문에 잘못된 경우가 발견된다. 김명인[22]은 "정지용이나 김영랑 등이 정밀하게 다듬어지는 언어미의 포착에 주력했다면 백석은 있는 그대로의 자연어를 노출시킴으로써 경험을 생생한 직접성으로 끌어 올리고 한국시의 새로운 가능성을 열어 보인다"고 강조하면서 백석의 시어가 발휘하는 효과에 주목하였으며, 고어와 방언을 해석한 후 독특한 이들 시어가 시적 분위기를 지배하는 요소라고 설명하였다. 국어학 전공의 김영배[23]는 백석 시에 등장하는 방언의 지역별 분포를 분석하였다. 그의 논의에 따르면 백석 시의 대다수 방언은 평안도 정주 지역의 것이지만 타 지역 방언도 약 12% 정도임이 추론되었다. 그가 조사한 작품에서 용언의 경우는 평북 방언이 대부분이고 체언의 경우는 다른 지역 방언이 사용되었다고 한다. 또한 김영배는 백석의 시집

이원규, 「한국시의 고향의식 연구: 1930~1940년대 시를 중심으로」, 성균관대학교 박사학위논문, 2004.

류경동, 「1930년대 한국 현대시의 감각 지향성 연구: 정지용과 백석의 시를 중심으로」, 고려대학교 박사학위논문, 2004.

최정례, 「백석 시의 근대성 연구」, 고려대학교 박사학위논문, 2004.

21) 고형진, 「백석시연구」, 고려대학교 석사학위논문, 1983.

22) 김명인, 「1930년대 시의 구조 연구」, 고려대학교 박사학위논문, 1985.

23) 김영배, 「백석 시의 방언에 대하여」, 『한실이상보박사 화갑기념논총』, 형설출판사, 1987.

『사슴』에 수록된 시편 중 8편을 대상으로 방언 사용 빈도를 고찰하고『사슴』전편의 평안도 방언을 해석하였다. 이동순[24]은 백석 시 전집의 뒤쪽에 '낱말풀이'를 실어 이후의 연구자들과 독자들이 백석의 시에 좀 더 쉽게 접근할 수 있도록 하였다.[25] 송준[26] 또한 백석 시 전집 뒤에 부록으로 '백석 시어 사전'을 실었는데 개개 시어의 해석에 있어 주관적이고 수사적인 표현이 많다는 아쉬움이 있다. 김재홍[27]은 이동순과 송준의 견해를 상당 부분 참고하여 백석 시를 풀이하였다.

이러한 노력에도 불구하고 백석 시어의 해석에 대한 이견은 지속적으로 제기되어 왔다. 이숭원[28]은 일차적인 독해를 둘러싼 곡해를 덜어보려는 의도에서 백석의 난해 시어를 연구하였다. 이숭원은 해석상의 차이를 보이는 시어들을 어떤 의미로 보느냐에 따라 시의 의미 파악에 상당한 편차가 있다고 지적하고, 시 세계에 대한 평가 이전에 시작품의 일차적인 독해가 이루어져야 함을 역설하였다. 그는 쟁점 사항이 많은 시어 해석에 대한 방법론을 제시하고 선행 연구의 오류를 검토하며 세심한 시어 해석을 시도하였다. 최초로 백석 시 전집을 간행한 이동순[29]은 백석 문학연구의

---

24) 이동순 편,『백석시전집』, 창작과비평사, 1987.

25) 방대한 시어 해석 작업이었기에 수정을 요하는 부분이 있어 이후 솔 출판사에 서 간행된『여우난골족』(1996)에서 몇몇 해석을 수정하였다.

26) 송준 편,『백석시전집』, 학영사, 1995.

27) 김재홍 편저,『시어사전』, 고려대학교 출판부, 1997.

28) 이숭원,「백석 시의 난해 시어에 대한 연구」,『인문논총』8, 서울여대 인문과학 연구소, 2001.

29) 이동순,「백석 시의 연구 쟁점과 왜곡 사실 바로잡기」,『실천문학』, 2004년 가 을호.

총체적 현황을 위해서라도 백석 시문학 텍스트의 원전비평이 필요하다고 강조하였다.

이 외에도 서지적인 측면과 해석학적인 측면에서 원전비평의 단초를 보이는 연구들이 진행되었다. 그러나 시어 해석 작업과 시어 표기의 문제가 병행된 연구나 원본의 오류 수정, 후대 판본의 표기 누락과 변형의 문제를 전면적으로 다룬 연구는 없었다. 그러므로 표기 오류의 문제와 시 해석의 문제를 다각적이고 심도 깊게 다루는 본격적인 원전비평적 연구의 필요성이 제기된다.

3. 연구 방법

원전비평은 연구 대상이 되는 작품의 텍스트를 확정하는 작업으로 실증주의 비평의 가장 기본적인 단계라고 할 수 있다. 또한 원전비평은 개작의 과정을 검토하여 작가 의식의 작동 양상을 분석하고 작품에 사용된 시어의 함축적 의미를 해명하여 작품의 정당한 해석을 도출해 내는 해석학적 탐구이기도 하다. 원전비평은 문예적인 가치판단이 필요시 되는 모든 분야에서 가장 기초적인 작업이며 원전 확정 없이는 본격적인 문학 연구가 이루어질 수 없다. 특히 오래된 문학 작품을 제대로 연구하기 위해서는 우선 원전 확정을 위한 면밀한 문헌학적 검토가 선행되어야 한다.

프레드슨 바우어즈는 원전비평의 목표가 원본이 지니고 있는 작가의 본래 의도를 회복하고 판을 거듭함에 따라 항용 생기는 와전으로부터 그 순수성을 보존하는 것[30]이라고 설명했다. 제임스

소로프 역시 "저자가 의도한 바 그대로의 텍스트"[31)]를 만들어내는 것이 원전비평의 목표라고 했다.

볼프강 카이저와 르네 웰렉과 오스틴 와렌은 원전비평을 '문헌학적 전제'[32)]라고 지칭했다. 즉 원전비평은 작품의 올바른 해석과 분석을 위하여 반드시 거쳐야 할 과정이라는 것이다.

원전비평의 중요성은 다음과 같은 예를 통해 알 수 있다. 한 비평가가 허먼 멜빌의 소설 『모비딕(Moby Dick)』에서 'soiled fish of the sea'라는 대목을 중요하게 여겨 이를 작가와 작품 비평에 의미 있는 소재로 활용하였다. 그런데 사실은 식자공의 실수로 coiled(사리를 튼)가 soiled(더럽혀진)로 오식되었던 것이다. '몸을 사리고 있던 고기'가 '더럽혀진 고기'로 바뀌는 바람에 잘못된 비평이 나오게 된 것이다.[33)]

이숭원은 정지용의 시 「카페·프란스」에 나오는 '흐늙이는'을 예로 들어 원전비평의 중요성을 설명하고 있다.[34)] 대부분의 현대어 표기 시집이나 작품 연구에서 이 시어는 '흐느끼는'으로 표기되었다. 그런데 원본 정지용 시집에 "페이브멘트에 흐늙이는 불빛"으로 되어 있고 이 시의 첫 발표본인 잡지 「학조」에는 이것이 '흐늑이는'으로 되어 있다. '흐늑이는'은 이전에 주요한이 사용한

---

30) Fredson Bowers, 김인환 역, 「원본비평」, 『문학의 해석』, 홍성사, 1978, 60쪽.

31) James Thrope, *Principle of Textual Criticism*, San Marino, Calif.: Huntington Library, 1972, p. 50.

32) Wolfgang Kayser, 김윤섭 역, 『언어예술작품론』, 대방출판사, 1982, 39-50쪽.
    Rene Wellek · Austin Warren, 이경수 역, 『문학의 이론』, 문예출판사, 1987, 49-59쪽.

33) 이선영 엮음, 『문학비평의 방법과 실제』, 삼지원, 2002, 36쪽.

34) 이숭원, 「정지용 시 원본 제시의 의의」, 『원본정지용시집』, 깊은샘, 2003, 354쪽.

바 있는 시어로, '흐느적거리는'이라는 뜻이다. 즉 포장도로에 불빛이 흐느낀다고 볼 근거가 없으며, 시 전체를 통해 '슬프구나'라는 말 외에는 감정의 직접적인 표현을 사용하지 않은 정지용이 '흐느끼는'과 같은 감정 노출적 시어를 썼을 리 없다는 것이다. 따라서 '흐늙이는'에 대한 해석은 포장도로에 불빛이 아른거리는 모습을 표현한 것으로 이해해야 한다고 지적하였다.

이상의 예와 같이 원전비평은 문학 연구에 있어서 가장 기초적이면서도 의미 있는 선행 작업이다. 그럼에도 이와 같은 선행 작업이 특히 현대 문학 작품에 이르러 소홀히 취급되는 경향이 있다. 고전 문학 작품에 있어서는 판본이 변형되는 과정에서 수많은 탈자와 오기가 있을 수 있고 작자 미상의 작품들에 첨삭을 가해 무질서하게 간행하였기 때문에 이본(異本)들에 대한 고구(考究)가 이루어져야 한다는 인식이 확실히 자리 잡고 있다.[35] 그렇지만 현대 문학 작품의 경우는 작가가 분명하고 그 작가에 의해 작품이 활자화되어 나오는 까닭에 원전비평이 소홀히 취급되어 왔다.

원전비평의 역사를 정리하면 다음과 같다.[36] 서구에서 기록에

---

35) 정규복, 『한국고전문학의 원전비평』, 새문사, 1990.
36) 원전비평의 역사와 발전과정에 대한 내용은 아래 책들을 참조하였다.
　　이상섭, 『문학 연구의 방법』, 탐구당, 1980.
　　김완진, 『향가해독법연구』, 서울대학교 출판부, 1980.
　　볼프강 카이저, 김윤섭 역, 『언어예술작품론』, 대방출판사, 1982.
　　르네 웰렉, 오스틴 워렌, 이경수 역, 『문학의 이론』, 문예출판사, 1987.
　　정규복, 『한국고전문학의 원전비평』, 새문사, 1990.
　　Guide to literary theory & Criticism, Edited by Michael Groden and Martin Kreiswirth, The Johns Hopkins University Press, 1994.
　　김욱동, 「역사 비평 방법·2」, 『광장을 읽는 7가지 방법』, 문학과 지성사, 1996.

대한 수집, 유지, 보존의 전통이 확립되기 시작된 것은 헬레니즘시
대부터였다. 화재로 소실되기 전 알렉산드리아의 도서관은 필사본
이 소장된 보고였다. 도서관 문서에 대한 엄격한 관리는 조직적인
원전연구(Textual scholarship)가 형성되는 데 기여했다. 중세에는 라
틴어와 그리스어로 된 문학을 중심으로 문헌학(Philology)이 발전하
였다. 그리고 문서간의 관계를 체계화하여 성경을 연구하기 위한
가계학(Stemmatology)과 성서해석학을 통하여 원전비평이 확립되
었다.37)

18세기에 이르러 원전비평은 독자적인 학문으로 정립되었다.
영국의 에드워드 카펠(Edward Capell)은 역사적인 관점에서 셰익스
피어를 평가하기 위해 초판을 수집했는데 이를 계기로 셰익스피
어 서지학의 길이 열렸다. 한편 프랑스의 생트뵈브(Sainte-Beuve)와
랑송(G. Lanson)에 의해 진행된 역사전기적 비평은 주관적 인상비
평을 비판하면서 시작되었다. 독일에서는 출처에 따른 원본의 평

---

37) 리처드 도킨스는 그의 책에서 인류 역사 최초의 의도적 개작에 대해 다음과 같
이 적고 있다.

  "그렇지만 인쇄술 발명 이전에 책이 필사로 출판되던 시대를 생각해보면 사본
필경자들은 사본을 베껴 쓰는 일에 주의를 기울였겠지만 틀림없이 몇 개의 오류
를 범했을 것이고 그들 가운데 어떤 사람은 고의로 약간의 '개량'을 서슴지 않았
던 사람도 있었을 것이다. 그들이 모두 하나의 원본을 베꼈다면 내용이 심하게
곡해되지는 않았을 것이다. 그러나 사본에서 사본을 만들고 그 사본에서 또 다른
사본을 몇 번씩 만들 경우 오류는 누적되어 심각한 상태가 된다. 우리는 잘못된
사본을 나쁜 것으로 생각하기 쉽다. 더욱이 인간의 문서인 경우에는 오류가 개선
으로 이어진다는 사례는 생각하기 어렵다. 그리스어 번역의 구약성서를 만든 학
자들이 '젊은 여성'이라는 히브리어를 '처녀'라는 그리스어로 오역하여 "보라 처
녀가 아들을 잉태하여─'라는 예언을 했을 때 저자는 적어도 그들이 대단한 일을
출발시켰다고 생각한다."(리처드 도킨스, 『이기적 유전자』, 을유문화사, 2002, 43쪽)

가와 성경 연구에서 비롯된 계보 혹은 계통에 따른 조직적인 가계 (descent) 배열이 연구되었다. 19세기 후반 미국에서는 대가들의 주를 실은 집주판(集註版: New Variorum Edition)이 크게 성행하였다.

원전비평은 20세기 중반 무렵 프랑스와 독일, 영국 등 유럽과 미국에서 활발하게 진행되었고 이러한 연구가 바탕이 되어 유명 작가들에 대한 결정판 전집이 출판되었다. 이후 원전비평은 작품에 대한 원본, 작자, 제작 연월일 등의 탐구, 이본의 대조, 본문의 교정과 확정, 전거(典據)의 조사, 자구의 해석 등의 문헌학적 작업으로까지 확장되었다. 프랑스에서는 이러한 문헌학적 작업에 입각하면서도 나아가 차사(借射), 문체 등의 문제, 언어 표현에 따른 작품의 전체적 파악을 의도하는 '원전해명(Explication des testes)' 연구가 이루어졌다.

프랑스의 경우 갈리마르(Editions Gallimard) 출판사에서 각 시인의 결정판 시 전집을 출판하고 있다. 모든 연구자들은 여기에서 출판된 시집을 바탕으로 연구 작업에 들어가며 교과서나 논문, 평론은 모두 이 시집의 시를 인용하여 작품에 대한 심도 깊은 연구를 진행한다. 원전비평을 수행하기 위해서는 작가, 작품, 시대성, 장르적 특질 등에 대한 민감한 판단력이 요구되며, 기본적인 문법 이해는 물론 작품 전체 의미 구조를 파악하는 비평적 감식력이 바탕이 되어야 한다. 이러한 어려움에도 불구하고 연구의 혼선을 막기 위해서는 원전비평적 연구가 요구된다.

본 연구는 백석의 시 작품 전편을 대상으로 원전비평 작업을 수행한다. 그러나 해방 이후 북한에서 발표한 작품은 원전이 확정된

것으로 보아 재 논의할 필요가 없는 것으로 판단되어 논의에서 제
외한다.

본 연구의 구체적인 원전비평 수행 방법은 다음과 같다.

첫째, 백석 시의 원본을 수집하여 원본을 그대로 제시한다. 백
석의 경우 찾을 수 있는 원본은 육필원고가 아닌 지면 게재본이다.
백석의 육필 원고[38]가 존재하지 않기 때문에 백석 생존 시『조선
일보』,『조광』,『여성』,『삼천리문학』,『문장』,『인문평론』,『신천
지』,『새한민보』,『학풍』등에 수록된 작품과 시집『사슴』에 수록
된 작품을 원본으로 삼는다. 본 연구에서는 이 원본에 오류가 있
고 현대어 표기와 차이가 나더라도 어형, 행과 연의 배열, 들여 쓰
기, 내어 쓰기까지도 시인의 본래 의도[39]가 가장 잘 나타난 원본대
로 충실하게 옮기도록 한다. 출전과 발표 시기는 시 끝에 적는다.

둘째, 신문이나 잡지 등에 최초로 발표한 시를 시집『사슴』에
재 수록하는 과정에서 백석 자신의 의도적 개작이 있는 경우, 두

---

38) 백석의 경우 현재까지 알려진 육필시는 최정희에게 편지와 함께 보낸「나와 나
   타샤와 힌 당나귀」뿐이다.(『문학사상』, 2001년 9월) 연구를 위해서는 자필본
   (manuscript)이 중요하나 한국 시사에서 자필본의 중요성은 간과되어 왔다. 현실
   적인 여러 이유가 있겠지만 문화적 축적물에 대한 인식의 부족함이 가장 큰 이유
   이다. 연구자가 그 중요성을 인식하고 있지만 자료 확보가 어려운 사정도 있고
   문인의 경우도 자신의 자료를 온전하게 확보하고 있는 예는 드물다. 이는 질곡의
   현대사 때문이기도 하겠지만 사료의 중요성을 높게 여기지 않은 경향 때문이다.
   하지만 어떤 문학 작품이건 그것이 발표되는 순간 개인 소유를 넘어 그 사회의
   문화적 공공재(公共財)로 간주되어야 할 것이다.
39) 발표지와 시집이 백석의 육필원고를 바탕으로 했겠지만 정확하게 재 수록했는
   지에 대한 여부는 알 수 없다. 당시의 출판 관계자들이 육필원고를 인쇄를 위해
   활자화하는 과정에서 실수를 하지 않았는지, 작가 스스로 검토할 수 있었는지에
   대한 여부를 알 수 없지만 그래도 원본이 시인의 본래 의도와 가장 근접한 조건
   을 가지고 있다고 생각할 수 있다.

편을 함께 제시한다. 개작이 이루어진 시는 「定州城」, 「山地」, 「酒幕」, 「비」, 「여우난곬族」, 「統營」, 「흰밤」, 「古夜」로 총 8편이다. 백석 자신의 시 개작 의미에 대해서는 선행 연구에서 단편적으로 지적되어온 바 있으나, 전면적으로 검토한 작업은 아직 없었다. 본 연구에서는 시어의 교체, 띄어쓰기의 변화, 행과 연의 차이 등을 살펴봄으로써 시인의 시작 의도와 의미를 추론하고자 한다.

셋째, 원본에서 오자나 오식을 찾아서 바로 잡는다. 이 경우는 백석 자신의 실수나, 백석의 육필원고가 지면에 게재되는 과정에서 일어난 오류인데, 시의 이해나 해석에까지 영향을 미치는 경우가 있기 때문에 작품 이해에 영향을 주는 오류를 수정함으로써 보다 명확하게 시를 해석할 수 있다. 수정을 위하여『평북방언사전』, 『한국방언사전』, 『조선말 대사전』, 『우리말큰사전』, 『표준국어대사전』, 『시어사전』 등40)의 사전과 전집의 시어 표기 상태나 후대 연구자들의 시어 해석을 참고한다. 그리고 시의 전후 문맥에 따른 해석, 백석 작품 내의 동일하거나 유사한 표현들을 근거로 오류를 수정하고 이를 도표화한다. 또한 연 구분에 있어 수정이 필요한 경우도 고친다.

넷째, 1980년대 이후 출간된 백석 전집을 대상으로 기준 판본 선정 및 판본간의 비교 작업을 수행한다. 1980년대 이후 백석시

---

40) 김이협,『평북방언사전』, 한국정신문화연구원, 1981.
　　최학근 저,『한국방언사전』, 명문당, 1987.
　　북한 사회과학원 언어학연구소 편,『조선말 대사전』, 북한 사회과학출판사, 1992.
　　한글학회 지음,『우리말큰사전』, 어문각, 1992.
　　김재홍 편저,『시어사전』, 고려대학교 출판부, 1997.
　　국립국어연구원 편,『표준국어내사전』, 두산동아, 1999.

전집들이 상당수 나와 있지만 연구 자료로서 충실성을 갖춘 것은 그리 많지 않다. 따라서 백석의 모든 시를 실었는가, 편집자가 명확한가, 연구자들에 의해 많이 인용되었는가를 선정 기준으로, 6권의 시집을 선택해 비교 자료로 삼는다. 이 기준 판본을 대상으로 시어 표기와 시적 형태의 측면에서의 변형을 추적한다. 후대 편집자들이 시어나 시의 형태를 변형시켜 의미 변화가 나타나는 경우를 찾아보고 후대 판본이 원본과 달라 야기된 혼란의 양상도 파악한다.

다섯째, 각 작품에 담겨있는 방언의 의미를 살펴본다. 백석의 시에는 평안도 및 다른 지역 방언이나 민속적인 소재가 많아 일차적인 독해에 어려움을 겪곤 한다. 백석의 시를 제대로 읽어내기 위해서는 특히 방언의 해석이 필수적이다. 지금까지 연구자들은 월남한 이주민을 면담하거나 지역 방언사전 등을 통하여 해석을 시도했지만 아직까지 해석에 합의되지 않은 시어가 다수 존재한다. 본 연구에서도 방언사전 및 기존 방언 연구 등을 토대로 방언의 올바른 해석을 시도해 보고자 한다.

여섯째, 난해 시구와 시행의 의미를 살펴본다. 이때 사전 등의 기본적인 자료와 기존 평론, 학위 논문 등에서 선행 연구된 난해 시어의 해석들을 참조한다. 시는 문맥상 앞 뒤 맥락과 소통하는 것이 중요하므로 본고에서는 작품 전체의 의미 구조 해석을 염두에 두고 난해 시구와 시행의 해석을 시도한다.

일곱째, 본 연구에서 선정한 기준 판본에 수록된 백석의 작품 가운데에서 시인지 수필인지 장르 파악이 어려운 경우, 백석의 작품으로 확인되지 않았음에도 불구하고 백석의 작품으로 간주한 경우, 백석의 작품으로 발굴되었으나 전집에 수록되지 않은 경우 등에 대해 조사하고 분석한다.

이와 같은 방법론에 의거한 본 연구의 구성은 다음과 같다.

제 Ⅱ장에서는 백석 시에 대한 원전비평을 수행한다. 먼저 Ⅱ-1에서는 백석의 의도적 개작의 양상과 그 의미를 살펴본다. 그리고 시어 교체, 시적 형태의 변화, 전면 개작한 작품을 비교하고자 한다. Ⅱ-2에서는 원본의 오류를 찾아내고 이를 바로 잡고자 한다. 작품 이해에 영향을 주는 오자를 수정하고 연 구분이 틀린 경우를 바로 잡으며, 단순 오자와 탈자를 수정하여 도표화한다. Ⅱ-3에서는 후대 판본에서 나타나는 누락과 변형을 살펴본다. 백석 시집의 출간 현황과 문제점을 분석하고, 백석 시 원전비평을 위한 기준 판본을 선정한다. 백석 시 원본과 후대 판본 6권[41]의 대조 작업을 수행하고 이를 통해 후대 편집 과정에서 훼손되거나 왜곡된 표기를 찾아내고자 한다. 원본과 기준 판본의 시어 표기의 차이와 그 영향을 구체적으로 살피고 연 구분과 같은 시의 형태 변형으로 인한 의미 변화 또한 알아본다.

제 Ⅲ장에서는 백석의 난해 시어를 해석하고 작품 확정의 문제를 다룬다. 난해 시어는 시의 문맥에 작용하는 난해 시어와 단순 난해 시어로 나누어 해석한다. 이를 위해 관련된 선행 업적들을 검토하고 원본의 음성적, 의미론적 가치를 훼손하지 않으면서, 현

---

41) 6권의 기준 판본은 이동순 편『백석시전집』(창작과비평사, 1987), 김학동 편『백석전집』(새문사, 1990), 송준 편『백석시전집』(학영사, 1995), 정효구 편『백석』(문학세계사, 1996), 이동순 편『여우난골족』(솔, 1996), 김재용 편『백석전집』(실천문학, 1997)이다.

행 규정에 맞도록 표기할 수 있는 가능성을 찾아본다. 작품 확정에 있어서는 장르 확정의 문제, 창작 주체의 문제, 발굴된 시와 일역(日譯)시 문제 등을 짚어본다.

제 Ⅳ장 결론에서는 본 연구의 성과 및 한계에 대하여 논의한다.

본 연구에서 백석 시의 모든 표기는 활자만 바꾸되 원본 그대로 한다. 다만 세로쓰기는 가로쓰기로 전환한다. 시 형식에 있어 들여쓰기, 내어쓰기, 아무것도 하지 않은 시 등 다양한 시 형태가 나타난다. 내어쓰기가 백석 특유의 형식[42]이라고 규정할 근거가 보이지 않았다. 그렇기 때문에 본고에서는 왼쪽 끝에서 일정한 간격을 벌려 오른 쪽으로 들여쓰는 들여쓰기의 형식을 취한다. 작품 내에 밑줄이나 강조는 연구자의 필요에 따라 임의대로 한다.

---

42) 이동순, 『여우난골족』, 1996, 솔, 일러두기.

Ⅱ. 백석 시 원전비평의 실제

1. 개작 양상과 그 의미

시인의 작품은 시집에 바로 실릴 수도 있지만 그 전에 신문이나 잡지를 통해 발표되기도 한다. 먼저 신문이나 잡지를 통해 발표한 후 시집에 재 수록할 때 시인은 작품에 손질을 가하기도 한다. 그러므로 시인의 작품을 비평할 때 신문이나 잡지에 게재된 작품을 선택하느냐, 시집의 작품을 선택하느냐에 따라 시 해석에 차이가 생길 수 있다.

원전비평을 통해 시인의 개작 의도를 살펴보면 시인의 개별 작품 해석뿐만 아니라 시 세계 이해에도 도움이 된다. 개작의 과정이란 단순히 글자를 고치고 행과 연을 수정하는 현상에 국한된 것이 아니라 시인의 심리와 의지를 반영하는 과정이다. 또한 보다 효과적으로 시인의 감정을 전달하려는 행위이다.

지금까지 백석이 시를 개작함으로써 초래된 시적 의미의 변화들은 단편적으로 지적되어온 바 있으나, 전면적으로 검토한 작업이 아직 수행되지 않았기에 종합적인 논의가 필요하다.

  백석의 경우 개작의 과정을 살펴볼 수 있는 작품의 수는 한정되어 있다. 신문이나 잡지에 게재한 후 시집『사슴』에 옮겨 수록한 작품은 총 8편이다.『사슴』발행 후 잡지나 신문에 시를 많이 발표했지만 이후 다시 시집을 발간하지 않았기 때문에 여기에서 살펴볼 수 있는 시는『사슴』에 수록된「定州城」,「山地」,「酒幕」,「비」,「여우난곬族」,「統營」,「힌밤」,「古夜」등이다.43)「山地」는 시집『사슴』에 실릴 때「三防」이란 제목으로 개작되었으며 내용 또한 많은 변화를 보였다.

  백석의 개작을 면밀하게 고찰함으로써 백석의 의도를 자연스럽게 추론할 수 있다. 본 연구에서는 시어가 교체되어 의미의 변화를 초래한 경우, 시의 행과 연 조절, 띄어쓰기로 의미의 변화가 촉발된 경우, 시집에 수록될 때 전면 개작된「山地」와「三防」두 작품을 비교하여 검토한다.「酒幕」과「힌밤」의 경우는 맞춤법의 차이만 드러나기에 다루지 않았다.

1) 시어 교체

(1)「비」

백석의 시「비」는 2행의 짧은 시이지만 먼저 발표한 잡지본과 두 달 후에 출간된 시집본 사이에 차이가 드러난다. 1935년 11월

---

43)『사슴』발행 이전에 발표한 작품 수는 9편이다. 여기에서 언급한 8편 외에「나와 지렝이」는『사슴』에 실리지 않았다. 그렇기 때문에 여기에서는 논의하지 않고 4장에서 장르 문제로 다루고자 한다.

「조광」 1권 1호에 발표할 때의 '어데로부터'라는 시어는 1936년 1월 시집 『사슴』을 간행하면서 '어데서'로 교체되었다. 아래 밑줄 친 부분이 잡지본과 시집본 사이의 차이점을 표시한 것이다.

아카시아들이 언제 힌두레방석을 깔었나
어디로부터 물쿤 개비린내가온다
― 「비」, 『조광』 1권 1호, 1935. 11.

아카시아들이 언제 힌두레방석을깔었나
어데서 물쿤 개비린내가온다
― 「비」, 『사슴』, 1936. 1.

단 2행의 시이지만 언어 사용을 절제하여 비가 내린 정경의 선명한 이미지가 돋보인다.44) 이러한 시작(詩作) 태도는 백석의 다른 시에서도 나타난다.45) 시각과 후각의 이미지를 통해 비가 내린 정

---

44) 윤동주는 백석의 『사슴』을 필사하였는데 그 자료가 『사진판 윤동주 자필 시고 전집』에 실려 있다. 윤동주는 「비」를 필사하고 그 옆에 붉은 색연필로 '我不知 道'라고 적었다. 윤동주가 비가 오는 풍경의 아름다움을 시각과 후각의 이미지를 사용해 감각적으로 표현하고 있는 백석의 시적 능력을 높이 사고 있음을 알 수 있는 구절이다.(윤동주, 왕신영 외 엮음, 『사진판 윤동주 자필 시고전집』, 민음사, 2002, 196쪽)

반면 최두석은 이 시를 다음과 같이 비판하고 있다. "내면의 깊이를 획득하지 못한 시각적 이미지 위주의 회화 지향의 시인데 이런 시를 쓸 바에는 차라리 그림을 그리는 것이 효과적일 것이다. 또한 문학이 인생문제를 다루는 것이라 할 때 이러한 이미지 위주의 시로 인생사를 깊이 있게 다루기는 어려울 것이다. 삶이란 이미지로 살아가는 것이라기보다 구체적인 일로 꾸려나가지는 것이기 때문이다."(최두석, 『리얼리즘의 시 정신』, 실천문학, 1998, 100쪽)

45) 백석의 초기시 가운데에서는 「비」와 같은 작품으로는 「靑枾」, 「山비」, 「노루」 등이 있다. 이 시들은 모두 다른 시에 비해 길이가 짧으며 선명한 이미지를 제시

경을 묘사하고 있는 이 시에 정작 비에 대한 언급은 없다. 하지만 '힌두레방석'이라는 비유와 '개비린내'라는 시어는 모두 '비'에 의거한다. 1행은 하얀 아카시아 꽃잎이 비를 맞아 나무 주위에 떨어져 있는 모습을 '힌두레방석'이라는 어휘를 통해 시각적으로 형상화하고 있다. 2행은 흙에 비가 내려서 냄새가 나는 것[46]을 '개비린내'라고 후각적으로 묘사하였다. 또한 '물쿤'[47]을 사용하여 냄새가 진하게 훅 끼쳐오는 듯한 후각적 인상을 남기고 있다. 음감적 측면을 고려한다면 '어디로부터'를 쓰면 '물쿤'의 격음이 중복되는 반면 '어데서'는 '물쿤'과 유연하게 연결된다. 시인의 의도를 짐작할 수 있는 시어 교체이기 때문에 결정본에서는 '어데서'로 표

하기 위해 언어 사용이 절제되었다.

46) 비가 내릴 때 흔히 비릿한 냄새가 나는데 이것은 비 냄새가 아니라 흙에 포함된 지오스민(Geosmin)이 공기 중으로 날아가는 냄새다. 지오스민은 토양에서 사는 미생물의 10~50%를 구성하는 방성균이 만들어 내며 곰팡이 냄새의 원인이기도 하다. 비가 내리거나 날씨가 흐리면 대기의 압력이 낮아져 땅에 가해지는 압력도 약해지는데 이때 지오스민이 방출된다고 한다. F. Pollak & R. G. Berger, *Geosmin and Related Volatiles in Biocreactor —Cultured Streptomyces citreus* CBS 109.60, American Society for Microbilology, Vol. 13, 1996, p. 1295. 이정규, 「분말활성탄을 이용한 자연수 중의 2-MIB와 Geosmin 제거」, 『대한환경공학회지』 23권 6호, 대한환경공학회, 2001, 1023-1033쪽.

47) '물쿤'이라는 시어는 백석의 다른 시 「夏畓」에서도 사용되었다.

> 게구멍을쑤시다 <u>물쿤하고</u> 배암을잡은늪의 피같은물이끼에 해볓이 따그웠다
> —「夏畓」 부분

'물쿤'은 두 가지 뜻이 있는데 우선 '냄새 따위가 한꺼번에 확 풍기는 모양'이라는 뜻으로 바로 「비」에서의 의미이다. 또 다른 뜻은 '연하고 부드러운 느낌이 날 정도로 물렁한 모양'의 의미인데 「夏畓」에서의 의미이다.(국립국어연구원 편, 『표준국어대사전』, 두산동아, 1999) 두 시에서 사용된 '물쿤'의 공통적인 느낌은 '강하지만 기분이 좋지 않은'이라고 할 수 있다.

기해야 한다. 작가의 합리적인 의도가 중요시되므로 작가에 의해 최종 수정된 텍스트는 결정본 확정에 있어 중요한 결정 요인이 된다.[48]

(2) 「統營」

이 시는 경상남도 통영의 풍정을 그리고 있다. 통영은 통제사가 있을 만큼 커다란 항구였는데 백석이 그곳에 갔을 때는 옛 영화 (榮華)가 사라진 낡은 항구였다. 거기에 '천희'라는 이름의 처녀들이 많았는데 그들은 미역줄기, 굴 껍질처럼 몸과 마음이 바짝 말라, 떠나가는 남자들을 잡지도 않고 말없이 사랑하다가 사라진다. 시적 화자는 '천희' 중의 한 명을 어느 주막의 마루방에서 만나게 된다.

「統營」[49]에서는 두 어휘가 바뀌며 개작이 이루어졌다. 아래 밑

---

48) *Guide to literary theory & Criticism*, Edited by Michael Groden and Martin Kreiswirth, The Johns Hopkins University Press, 1994.

49) 백석은 「統營」이라는 제목으로 세 편의 시를 발표하였다. 『조광』 1권 2호에 발표한 후 개작하여 『사슴』에 실은 「統營」과 1936년 1월 23일 『조선일보』에 발표한 「統營－南行詩抄」, 같은 지면에 같은 해 3월 6일에 발표한 「統營－南行詩抄 2」이다. '통영'이라는 장소가 백석 시에서 중요한 자리에 올라서게 된 것은 여러 사실과 관계가 있는 듯이 보인다. 박태일은 그 이유를 「백석과 신현중, 그리고 경남문학」(『한국근대문학의 실증과 방법』, 소명출판, 2004)에서 백석이 사랑한 박경련이란 처녀의 고향이 통영이기 때문이라고 설명한다. 백석을 통영에 데려간 사람은 조선일보사에서 함께 일한 통영 출신의 신현중인데 백석에게 동향의 박경련을 소개해주는 일을 맡았다고 한다. 그러나 신현중이 후에 박경련과 결혼하게 되었다고 한다. 「統營－南行詩抄」에서 백석은 '徐丙織氏에게'라고 시 말미에 부기를 적었다. 백석이 통영에 머무르는 동안 그를 대접했던, 박경련의 외사촌 서병직에 대한 고마움을 보여주는 시라고 할 수 있다. 박태일은 백석의 시 「바다」,

줄 친 부분이 잡지본과 시집본 사이의 차이점을 표시한 것이다.

옛날엔 統制使가있었다는 낡은港口의 처녀들에겐 넷날이가지
않은 千姬라는 이름이많다
미억오리같이말라서 굴껍지처럼말없이사랑하다죽는다는
이千姬의하나를 나는어늬오랜客主집의 생선가시가있는마루방
에서맞났다
저문六月의 바다가에선 조개도울을저녁 소라방등이붉으레한
뜰에 김냄새나는 **실비**가날였다
— 「統營」, 『조광』, 1935. 12.

옛날엔 統制使가있었다는 낡은港口의처녀들에겐 넷날이가지
않은 千姬라는이름이많다
미억오리같이말라서 굴껍지처럼말없시 사랑하다죽는다는
이千姬의하나를 나는어늬오랜客主집의 생선가시가있는 마루
방에서맞났다
저문六月의 바다가에선조개도울을저녁 소라방등이붉으레한**마
당**에 김냄새나는**비**가날였다
— 「統營」, 『사슴』, 1936. 1.

'뜰'은 '마당'으로 '실비'는 '비'로 시어가 교체되었다. 과거에는

「내가 생각하는 것은」, 「南鄕」, 「힌바람벽이 있어」 등에서 백석이 그리워하는 여
인이 박경련이라고 설명한다. 이는 기존의 이동순이 펴낸 김자야의 『내 사랑 백
석』(문학동네, 1995)의 내용과는 많이 다르다. 많은 연구자들이 『내 사랑 백석』의
내용에 기대어 백석이 그리워하는 여인을 김자야라고 설명했는데, 박태일의 연구
가 김자야의 구술보다 설득력이 있다. 박태일의 연구는 백석의 문학 세계와 연관
지어 살펴볼 만한 전기적 사실이나 교우 관계에 대한 자료 형성에 도움을 준다.

영화를 누렸으나 지금은 낡은 항구의 모습만이 남은 통영과 그곳
에서 살아가는 생기 없는 '천희'들의 풍경을 보여주는 이 시에서
'뜰'이 '마당'으로 '실비'가 '비'로 교체되어 시의 암울한 분위기
형성에 일조한다. 사전적 의미로 뜰은 집 앞이나 집 뒤에 정원과
같은 공간이 있는 곳이다. 적어도 맨 땅은 아니고 풀이라도 있는
공간을 뜰이라 한다. 반면 마당에는 맨 땅의 공간이 반드시 존재
한다. 마당놀이, 마당쇠와 같은 단어를 통해서도 알 수 있듯이 아
무 것도 없이 편편하게 닦아놓은 빈 땅을 의미한다. '실비'는 부드
러우며 촉촉한 느낌을 주나, '비'는 척박한 삶을 강조하며 진한
'김냄새'를 불러온다. 이와 같이 '마당'과 '비'는 하나의 쌍을 이루
어 낡은 항구인 통영의 분위기와 그 곳에서 생을 지속하는 '천희'
와도 잘 어울려 시의 암울한 정조를 부각하고 있다.

  (3)「古夜」

  「古夜」는 1936년 1월 『조광』지에 실렸고 같은 해 같은 달 『사
슴』이 출판되었다. 다음은 『조광』과 『사슴』의 차이이다. 밑줄 친
부분은 잡지본과 시집본 사이의 차이점을 표시한 것이다.

    내일같이명절날인밤은 부엌에째듯하니 불이밝고 솥뚜껑이놀
  으며 구수한내음새 곰국이무르끓고 <u>방안에</u>는 일가집할머니<u>도</u>와
  <u>서</u> 마을의소문을펴며 조개송편에 달송편에 쥔두기송편에 떡을빚
  는겉에서 나는 밤소 팥소 설탕든콩가루소를먹으며 설탕든콩가루
  소가 가장맛있다고 생각한다.

나는 얼마나반죽을 주물으며 힌가루손이되어 떡을 빚고싶은
지 모른다

— 「古夜」 부분, 『조광』, 1936. 1.

내일같이명절날인밤은 부엌에 쩨듯하니 불이밝고 솥뚜껑이놀
으며 구수한내음새 곰국이무르끓고 <u>방안에서는 일가집할머니가
와서</u> 마을의소문을펴며 조개송편에 달송편에 쥔두기송편에 떡을
빚는곁에서 나는밤소 팟소 설탕든콩가루소를먹으며 설탕든콩가
루소가가장맛있다고생각한다
나는얼마나 반죽을주물으며 힌가루손이되여 떡을빚고싶은지
모른다

— 「古夜」 부분, 『사슴』, 1936. 1.

최초 발표본의 '방안<u>에는</u> 일가집할머니<u>도</u>와서'라는 시구가 '방
안<u>에서</u>는 일가집할머니<u>가</u>와서'로 교체되었다. 조사 '−에'와 '−에
서'는 뒤에 오는 동사에 차이가 있다. '−에' 뒤에는 존재 여부와
관련한 내용이 오고 '에서' 뒤에는 동작이 온다. 예를 들면 '방<u>에</u>
있다/ 방<u>에서</u> 잔다', '방<u>에</u> 누워 있다/ 방<u>에서</u> 공부하고 있다'가
가능하다. '누워 있다'는 동작이라기보다는 '자세'라는 상태의 표
현이라서 '−에'가, '공부하고 있다'는 동작이기에 '−에서'가 자
연스럽다. 즉 '방안에서는 일가집할머니가와서 마을의소문을 펴
며'와 연결되는 동작은 '떡을빚는'이 된다. 명절 전날에 여러 사람
들이 모여 음식을 준비하는 가운데 일가집 할머니가 마을의 소문
을 이야기하면서 떡을 빚고 있는 풍경을 그리고 있는 이 부분에
서 '−에서는'으로 시어가 교체되어 자연스럽게 연결되고 있다.

‘일가집할머니도와서’가 ‘일가집할머니가와서’로 ‘-도’가 ‘-가’로 교체된 의미는 다음과 같다. ‘-도’는 관형사를 제외한 각 품사의 여러 형태에 두루 붙어 여러 격으로 쓰이는 보조사로 ‘또한, 역시’의 의미인 반면 ‘-가’는, 앞말이 주어의 자격을 가지게 하는 주격조사로 강조의 의미로 사용되기도 한다. 그렇기 때문에 ‘일가집할머니도’와 ‘일가집할머니가’는 조금 의미가 다르다. ‘일가집할머니도’가 되면 다른 사람 외에 일가집 할머니까지라는 의미가 있다. ‘일가집할머니가’가 되면 그 사람이 왔다는 것을 강조하게 된다. 의미론적으로는 전자가 좀 시끌벅적한 분위기, 풍성한 느낌이 있을 수 있다. 반면 일가집 할머니가 주체적으로 나선 소란스런 모습을 형상화하기 위해서는 ‘-가’라는 조사가 더 어울린다. 아마 시적 화자의 기억 속에 소문을 퍼뜨리기 좋아하는 ‘일가집할머니’가 있었고 그것을 강조하고자 한 것 같다.

(4) 「여우난곬族」

「여우난곬族」은 명절날 일가들이 하나의 가족 공동체로 어우러지는 정경을 토속적 시어를 사용하여 재현하고 있는 작품이다. 다음은 어린아이들의 다양한 유희를 열거하고 있는 부분이다. 저녁을 먹은 아이들은 외양간 옆 밭마당에 달린 배나무 동산에서 다양한 놀이를 하며 즐거운 한 때를 보낸다.

명절날나는 엄매아배따라 우리집개는나를따라 **진할마니진할아바지**가있는큰집으로가면

(중 략)

저녁술을놓은아이들은 외양간섶 밭마당에달린 배나무동산에
서 **고양이잡이**를하고 숨굴막질을하고 꼬리잡이를하고 가마타고
시집가는노름 말타고장가가는노름을하고 이렇게 밤이어둡도록
북적하니논다

— 「여우난곬族」 부분, 『조광』, 1935. 12.

명절날나는 엄매아배따라 우리집개는 나를따라 **진할머니 진**
할아버지가있는 큰집으로가면

(중 략)

저녁술을놓은아이들은 외양간섶 밭마당에달린 배나무동산에
서 **쥐잡이**를하고 숨굴막질을하고 꼬리잡이를하고 가마타고시집
가는노름 말타고장가가는노름을하고 이렇개 밤이어둡도록 북적
하니논다

— 「여우난곬族」 부분, 『사슴』, 1936. 1.

「여우난곬族」은 두 개 시어가 교체되었다. 첫째 『조광』에 발표
되었을 때는 1연의 '진할마니진할아바지'가 『사슴』에 옮겨지며
'진할머니 진할아버지'로 교체되었다. 또한 '고양이잡이'라는 이름
의 유희가 시집 『사슴』에 옮겨지며 '쥐잡이'로 이름이 바뀌었다.
'쥐잡이'란 한 장의 손수건을 쥐 모양으로 접어서 그것을 돌려가
며 누가 잡는가 하며 노는 아이들의 유희이다.

2) 시 형태의 변화

(1) 연의 변화

「여우난곬族」은 명절날 일가들이 모여 하나의 가족 공동체로 어우러지는 정경을 토속적 시어를 사용하여 재현하고 있다. 첫 발표지와 시집의 가장 큰 차이는 연의 변화이다. 『조광』(1935. 12)에서는 총 8연이었던 시가 『사슴』에 수록되며 4연으로 조정되었다. 설명의 편의를 위하여 각 연에 번호를 붙였다.

① 명절날나는 엄매아배따라 우리집개는나를따라 진할마니진할아바지가있는큰집으로가면

② 얼굴에 별자국이솜솜난 말수와같이눈도껌벅거리는 하로에 베한필을짠다는 벌하나건너집엔 복숭아나무가많은 新里고무 고무의딸李女 작은李女

③ 열여섯에 四十이넘은호라비의 후처가된 포족족하니성이잘나는 살빛이매감탕같은 입술과젖꼭지는더깜안 예수쟁이마을가까이사는 土山고무 고무의딸承女 아들承동이

④ 六十里라고해서 파랗게뵈이는山을넘어있다는 해변에서 과부가된 코끝이빩안 언제나힌옷이정하든 말끝에설게 눈물을짤때가많은 큰곬고무 고무의딸洪女 아들洪동이 작은洪동이

⑤ 배나무접을잘하는 주정을하면 토방돌을뽑는 오리치를잘놓

는 먼섬에 반디젓 닭으려가기를좋아하는 삼춘 삼춘엄매 사춘누
이 사춘동생들

⑥ 이 그득히들 할마니할아바지가있는 안간에들몽여서 방안
에서는 새옷의내음새가나고 또 인절미 송구떡 콩가루차떡의내음
새도나고 끼때의 두부와 콩나물과 볶은잔디와 고사리와 도야지
비게는 모두 선득선득하니 찬것들이다

⑦ 저녁술을놓은아이들은 외양간섶 밭마당에달린 배나무동산
에서 고양이잡이를하고 숨굴막질을하고 꼬리잡이를하고 가마타
고시집가는노름 말타고장가가는노름을하고 이렇게 밤이어둡도록
북적하니논다

⑧ 밤이깊어가는집안엔 엄매는엄매들끼리 아르간에서들웃고
이야기하고 아이들은 아이들끼리 웃간한방을잡고 조아질하고 쌈
방이굴리고 바리깨돌림하고 호박떼기하고 제비손이구손이하고
이렇게 화디의사기방등에 심지를멫번이나독구고 홍게닭이멫번
이나울어서 조름이오면 아릇목싸움 자리싸움을하며 히드득거리
다잡이든다. 그래서는 문창에 텅납새의그림자가치는아츰 시누이
동세들이 욱적하니 흥성거리는 부엌으론 샛문틈으로 장지문틈으
로 무이징게국을끄리는 맛있는내음새가 올라오도록잔다.
　　　　　　　　　　— 「여우난곬族」 전문, 『조광』 1935. 12.

① 명절날나는 엄매아배따라 우리집개는 나를따라 진할머니
진할아버지가있는 큰집으로가면

② 얼굴에별자국이솜솜난 말수와같이눈도껌벅걸이는 하로에

베한필을짠다는 벌하나건너집엔 복숭아나무가많은 新里고무 고
무의딸李女 작은李女

　열여섯에 四十이넘은홀아비의 후처가된 포족족하니 성이잘나
는 살빛이매감탕같은 입술과 젓꼭지는더깜안 예수쟁이마을가까
이사는 土山고무 고무의딸承女 아들承동이

　六十里라고해서 파랗게뵈이는山을넘어있다는 해변에서 과부
가된 코끝이빩안 언제나힌옷이정하든 말끝에설게 눈물을짤때가
많은 큰곬고무 고무의딸洪女 아들洪동이작은洪동이

　배나무접을잘하는 주정을하면 토방돌을뽑는 오리치를잘놓는
먼섬에 반디젓 닭으려가기를좋아하는삼춘 삼춘엄매 사춘누이
사춘동생들

　③ 이그득히들 할머니할아버지가있는 안간에들뫃여서 방안에
서는 새옷의내음새가나고

　또 인절미 송구떡 콩가루차떡의내음새도나고 끼때의두부와
콩나물과 뽂운잔디와고사리와 도야지비게는모두 선득선득하니
찬것들이다

　④ 저녁술을놓은아이들은 외양간섶 밭마당에달린 배나무동산
에서 쥐잡이를하고 숨굴막질을하고 꼬리잡이를 하고 가마타고시
집가는노름 말타고장가가는 노름을하고 이렇개 밤이어둡도록 북
적하니 논다

　밤이깊어가는집안엔 엄매는엄매들끼리 아르간에서들웃고 이
야기하고 아이들은 아이들끼리 옹간한방을잡고 조아질하고 쌈방
이굴리고 바리깨돌림하고 호박떼기하고 제비손이구손이하고 이
렇게화디의사기방등에 심지를 멫번이나독구고 홍게닭이멫번이
나울어서 조름이 오면 아릇목싸움 자리싸움을하며 히드득거리다

> 잠이든다 그래서는 문창에 텅납새의그림자가치는아츰 시누이동
> 세들이 욱적하니 흥성거리는 부엌으론 샛문틈으로 장지문틈으로
> 무이징게국을끄리는 맛있는내음새가 올라오도록잔다
> — 「여우난곬族」 전문, 『사슴』

『조광』에서 2~5연에 걸쳐 '신리고무' 가족, '토산고무' 가족, '큰곬고무' 가족, '삼춘' 가족을 소개하였는데『사슴』에서는 이들을 모두 2연으로 통합하고, 가족 단위로 행만 나누었다. 그리하여 온 가족이 '그득히들' 모인 명절의 흥성한 분위기를 한껏 고조시키고 있다. 또한『조광』에서 7, 8연에 걸쳐 아이들의 다양한 놀이를 열거하는 부분이『사슴』에서는 한 연으로 통합되었다. 이러한 개작을 통해 1연은 시간적, 공간적 배경을, 2연은 여우난골족 개개인의 생생한 묘사를, 3연은 새 옷과 음식을 통한 명절날의 풍요로움을, 4연은 아이들의 다양한 놀이 및 음식을 만드는 명절의 즐겁고 행복한 공간을 보여주어 전체적으로 시 구조의 안정성을 획득하고 있다.

(2) 띄어쓰기의 변화

잡지나 신문에 발표된 작품들이 시집으로 재 수록될 때 띄어쓰기에 변화가 생긴 경우가 보인다. 일반적인 맞춤법에 기준을 두었다기보다 시인의 의도에 따라 띄어쓰기를 한 것으로 보인다.

「定州城」은 1935년 8월 31일 조선일보에 발표되었는데 백석의 시 중 공식적으로 발표된 최초의 시이다. 『사슴』의 '국수당넘어'편

에 재수록된 이 작품에서는 정주성의 황폐화된 모습과 외롭고 쓸
쓸한 정서가 드러난다. 개작의 과정을 거치며 띄어쓰기에 큰 차이
를 보인다.

<u>山턱 원두막은 뷔엿나 불비치외롭다</u>
헌겁심지에 아즈까리 기름의
쪼 는소리가 들리는듯하다

잠자리 조을든 문허진城터
반디불이난다 파 란魂들갓다
<u>어데서 말잇는듯이 크다란 山새 한머리가</u>
어두운 골작이로 난다

<u>헐리다 남은城門이</u>
<u>한울빗가티 훤 하다</u>
날이밝으면 또 메기수염의늙은이가
청배를팔러 올것이다
　　　　(八月二十四日)
　　　　　　　－「定州城」, 1935. 8. 31, 『조선일보』

<u>山턱원두막은뷔엿나 불빛이외롭다</u>
헌겁심지에 아즈까리기름의 쪼는소리가들리는듯하다

잠자리조을든 문허진城터
반디불이난다 파란魂들갇다
<u>어데서말잇는듯이 크다란山새한마리</u> 어두운곬작이로난다

<u>헐리다남은城門이</u>
<u>한을빛같이흰하다</u>
날이밝으면 또 메기수염의늙은이가 청배를팔려 올것이다
                                    ―「定州城」, 『사슴』

개작을 통하여 맞춤법은 정돈되었지만 띄어쓰기는 오히려 비문법적으로 되었음을 알 수 있다. 예를 들면 '크다란 山새 한머리가'는 '크다란山새한마리'로 띄어쓰기가 무시되고 주격 조사 '―가'가 생략된 축약적 형태를 보인다. 『조선일보』에 발표했을 때는 띄어쓰기가 정돈된 형태인데 비해 『사슴』에서는 의도적으로 띄어쓰기를 지양하고 있다. 즉 『사슴』으로 옮기면서 여러 어절을 하나로 묶고 있다. 리듬이 가지런하고 질서 정연하지는 않지만 낭독의 운율감을 살리고 있다. 그래서 띄어쓰기는 호흡의 단위와 일치하면서 의미 변별의 기능을 한다.

『사슴』에 수록된 「定州城」의 띄어쓰기에 의한 시각적 구분은, 품사 구분을 위한 것이 아니라 리듬의 마디를 형성하는 기능을 한다. 즉 눈으로 보는 시보다는, 입으로 낭송하는 시로서 기능하는 것이다.[50]

「비」에도 띄어쓰기의 변화가 보인다. 아래 밑줄 친 부분이 잡지본과 시집본 사이의 차이를 표시한 것이다.

---

50) 이경수는 이를 호흡의 시각화로 설명한다. 즉 시(詩)와 가(歌)가 분리되며 현대시에 와서 소리내어 읽는 낭독의 방식이 아닌 눈으로 읽는 묵독의 방식이 일반화되어 이와 함께 시각적인 표지가 현대시에서 중요해졌기 때문이라고 해석한다. 이경수, 『한국현대시의 반복과 미학』, 월인, 2005, 76쪽.

아카시아들이 언제 **흰두레방석을 깔었나**
어디로부터 물쿤 개비린내가온다
— 「비」, 『조광』 1권 1호, 1935. 11.

아카시아들이 언제 **흰두레방석을깔었나**
어데서 물쿤 개비린내가온다
— 「비」, 『사슴』, 1936. 1.

잡지 「조광」에 실렸을 때는 띄어쓰기가 제대로 되었던 부분이 비문법적 형태로 바뀌었다. 개작 후에 이는 「정주성」의 개작과 같이 음율을 염두에 둔 결과라고 볼 수 있다. 시를 읽을 때 1행과 2행은 3마디 형식으로 되었다. 백석의 의도적인 띄어쓰기를 염두에 두고 그것에 맞추어 읽어야 할 것이다. 고형진[51]과 김응교[52]는 백석 시의 독특한 띄어쓰기가 시어와 운율에 영향을 미치기 때문에 백석의 시를 인용하거나 연구할 때는 현대어 표기법으로 표기된 판본이 아니라 발표 당시 원본을 확인해야 한다고 지적하였다.

3) 전면 개작

1935년 11월 『조광』 1권 1호에 발표된 「山地」는 그 다음 해인 1936년 1월 시집 『사슴』에 수록되면서 「三防」으로 제목이 바뀌고 전면적으로 개작되었다. 7연 14행인 「山地」는 3연 3행의 「三防」으

---

51) 고형진, 「방언의 시적 수용과 미학적 기능」, 『동방학지』, 2004, 299쪽.
52) 김응교, 「백석 모닥불의 열거법 연구: 백석 시 연구(1)」, 『현대문학의 연구』 제
   24집, 2004, 287쪽.

로 대폭 축소되었다. 「三防」은 「山地」의 2연, 3연, 4연, 6연이 삭제되고 나머지 1연, 5연, 7연만 남은 형태이다. 대폭적인 개작의 과정을 면밀하게 살펴보고, 개작의 의미를 알아본 후 「山地」와 「三防」의 결정본 문제를 살펴보고자 한다. 두 편의 시를 제시한 후 차이점을 표로 만들어 제시해 보면 다음과 같다.

갈부던같은 藥水터의山거리
旅人宿이 다래나무지팽이와같이 많다

시내ㅅ물이 버러지소리를하며 흐르고
대낮이라도 山옆에서는
승냥이가 개울물 흐르듯 운다

소와말은 도로 山으로 돌아갔다
염소만이 아직 된비가오면 山개울에놓인다리를건너 人家근처
로 뛰여 온다

벼랑탁의 어두운 그늘에 아츰이면
부헝이가 무거웁게 날러온다
낮이되면 더무거웁게 날러가버린다

山넘어十五里서 나무뒝치차고 싸리신신고 山비에촉촉이 젖어
서 藥물을 받으러오는 山아이도있다

아비가 앓른가부다
다래먹고 앓른가부다

아래ㅅ마을에서는 애기무당이 작두를타며 굿을하는때가 많다
— 「山地」, 『조광』 1권 1호, 1935. 11.

갈부던같은 藥水터의山거리엔 나무그릇과 다래나무짚팽이가
많다

山넘어十五里서 나무뒝치차고 싸리신신고 山비에촉촉이젖어
서 藥물을받으려오는 두멧아이들도있다

아레ㅅ마을에서는 애기무당이 작두를타며 굿을하는때가많다
— 「三防」, 『사슴』, 1936. 1.

제목도 바뀌고 전체적인 틀도 바뀐 두 작품 모두 깊은 산 속 약
수터와 약수를 구하러 오는 아이를 시적으로 형상화하고 있다.

개 작 된 사 항		
「山地」연	「三防」연	山地(『조광』, 1935. 11) → 三防(『사슴』, 1936. 1)
1연	1연	2행 → 1행 산거리 → 산거리엔 여인숙 → 나무그릇 지팽이 → 짚팽이 문장구조: '—이(가)—와(과)같이 많다' → '—과—가많다'
2, 3, 4,	삭 제	
5연	2연	산비에촉촉이 젖어서 → 산비에촉촉이젖어서 약물을받으려오는 → 약물을받으려오는 山아이 → 두멧아이들
6연	삭 제	
7연	3연	굿을하는때가 많다 → 굿을하는때가많다

　　바뀐 제목부터 살펴보면, '山地'가 산 속 어느 곳에나 있는 장소를 지칭하는 일반 명사인데 비해 '三防'53)은 함경남도의 유명한 약수터를 지칭하는 고유명사이다. '山地'라는 막연한 시어를 버리고 '三防'이라는 보다 구체적이고도 인지도가 높은 실제 지명을 사용하였다. 이는 '藥水터', '藥물'과 같이 '약(藥)'으로서의 효험을 사실적으로 입증하고자 한 의도라 할 수 있다.

　　몇몇 시어가 교체되며 내용도 바뀌었는데 우선 「山地」의 약수터는 여인숙이 많다고 한 것에 비해 「三防」은 나무그릇과 다래나무 지팡이가 많다라고 하였다. 이는 「三防」이 보다 깊은 산중이거나 좀 더 인적 없는 약수터라는 공간적인 상황을 드러내고 있다. '山아이'가 '두멧아이들'로 바뀌어 한자어 '山'이 '두멧'으로, 단수였던 '아이'가 복수인 '아이들'로 교체되었다. 「山地」에서는 부대상황의 언급이 많아 '山아이'가 부각되지 않지만 「三防」에서는 조용한 깊은 산속에 약수를 받으러 온 '두멧아이들'의 모습이 두드러진다. 「三防」에서 '山아이'가 복수인 '두멧아이들'로 교체된 것은 그러한 삶이 한 아이에게만 적용되는 것이 아니라 일반화된 모습일 수 있다는 것을 강조하고자 한 시인의 의도로 보인다.

　　시인은 「三防」으로 개작하면서 7연의 시를 3연으로 압축하여

---

53) 북한에서 고유명사로 사용되는 '三防 약수'는 쇠 맛과 탄산수를 섞은 듯한 남한의 오색약수와 비슷한 맛이 나는 유명 약수 중 하나이다. '三防 약수'에 대해 이호철은 다음과 같이 적었다. "(전략) 석왕사 그리고 삼방(三防)의 약수가 유명하여, 20년대의 소위 명사였던 춘원 이광수는 휴양지로서 이곳을 가장 애용했었다. 나도 국민학교 3학년 때 첫 수학여행을 비롯해 월남하기 전까지 걸핏하면 이곳을 찾았고, 그 짜릿한 약수 맛은 지금 이 순간에도 혀끝을 감돈다."(이호철, 『산 울리는 소리』, 정우사, 1994, 23쪽)

군더더기를 제거하고 작품의 응집력을 높이고자 하였다. 또한 객관적 관찰묘사를 강조하였다. 개작으로 삭제된 「山地」의 2~4연에는 주관적 감정이 개입되었고 6연에서는 미숙한 표현이 보인다. 2~4연의 '버러지소리를하며 흐르고', '무거웁게 날러온다', '더무거웁게 날러가버린다' 등은 시적 화자의 정서와 추측을 직접 혹은 간접적으로 드러내어 개작 과정에서 삭제된 것으로 추측된다. '앓른가부다'라는 표현이 반복된 6연의 미숙하고 감정적인 표현도 삭제되었다. 이로 인해 산발적으로 늘어놓은 듯한 이미지가 간결하고 세련된 형태의 3연으로 정리되었다. 시적 화자의 상상이나 감정이 지나치게 개입된 시행들을 삭제하고 불필요한 반복을 줄여 외형적으로 완결된 모습을 보이면서 내용의 응집력을 높이고 있다.[54]

김재용 편 『백석전집』에서는 「山地」가 「三防」의 개작 전 작품이라 백석의 개작 의도를 살려 「山地」를 수록하지 않았다. 「三防」이 「山地」의 개작임이 분명하고 개작의 의도도 드러나기 때문에 「三防」만을 전집에 수록하는 것도 의미가 있다. 그렇지만 「山地」에서 「三防」으로 개작될 때 많은 부분이 변형되었기 때문에 개작 이전의 실체를 보여준다는 의미에서 결정본 시 전집에서는 「三防」이 「山地」의 개작임을 설명하고 두 편을 모두 싣는 게 좋겠다.

---

54) 곽봉재는 개작의 의미에 대해 "현실적 요소나 부정적 요소를 제거하여, 타락한 분위기의 약수터 주변 풍경을 순화"시키기 위함이라 했다.(곽봉재, 「백석 문학 연구」, 경희대학교 박사학위논문, 1999, 40쪽) 이 의견에 대해서는 의문의 여지가 있다. '여인숙'이라는 시어가 '타락한 분위기'만을 가진다고 할 수 없기 때문이다.

2. 원본 오류의 수정

이 장에서는 원본의 오류를 찾고 그것을 수정한다. 백석 자신의 실수나 백석의 육필원고가 지면에 게재되는 과정에서 발생한 오류는 그것이 사소한 실수라 할지라도 시의 문맥 이해나 해석에까지 영향을 미친다. 이러한 원본 표기 실수로 인하여 백석이 원래 의도한 것과 달리 해석되거나 시 감상 및 비평에 있어 잘못된 이해를 낳게 된다면 이러한 오류는 바로 잡아야 마땅하다. 이 장에서 논의하는 오류는 백석 시 결정본을 위해 반드시 수정해야 할 최소한의 것들이다. 오류를 수정함에 있어 설명이 필요한 경우 사전적 의미, 시의 전후 문맥을 고려한 해석, 백석 시 작품에서 동일하거나 유사한 표현 등을 찾아 제시하도록 한다. 한국어 규범이 엄격하지 않았던 백석 생존 당시[55]의 어문 관행을 감안하여 맞춤법이나 띄어쓰기에 대해서는 다루지 않는다. 이 장의 목표는 원전 비평을 통해 원본의 오류를 수정하는 것이기 때문에 후대 편집자들의 판본들을 비교해서 다루지 않는다. 후대 판본들을 언급해야 하는 경우에는 주석을 통하여 간단히 설명한다.

2-1)에서는 시를 해석하는 데 있어서 영향을 주는 오자를 찾아 수정하고 2-2)에서는 연 구분에 오류가 있는 경우를 다룬다. 2-3)에

---

55) 오늘날 우리가 사용하고 있는 '한글 맞춤법'이 최초로 공표된 것은 1933년 10월 29일 한글학회(조선어학회)에서 제정한 '한글 마춤법 통일안(조선어 철자법 통일안)'이었다. 그러나 그 당시 신문이나 잡지의 시사적인 기사를 보아도 '한글 마춤법 통일안'에 기반을 두고 글을 작성한 것으로 보이지는 않는다.
　연규동, 『통일 시대의 한글맞춤법』, 박이정, 1999. 기주연, 『한글 맞춤법 안내』, 박이정, 2001.

서는 원본의 간단한 오식을 찾아내 수정하고 도표화한다.

1) 작품 이해에 영향을 주는 오자 수정

오자가 시의 이해나 해석에까지 영향을 미치곤 한다. 백석의 경우도 최초 발표본인 원본에서 오자가 발견된다. 몇몇 오자는 다른 대상을 지칭하는 것으로 오해되는 등 의미 소통을 방해하기도 한다. 작품에 영향을 주는 오자를 바로잡아야 작품의 올바른 해석과 감상이 가능하다.

(1) 「오리망아지토끼」

다음은 「오리망아지토끼」의 3연이다. 나무하러 가는 아버지를 따라 산에 가서 토끼를 잡으려 했으나 매번 토끼를 놓치는 어린 화자의 모습을 그리고 있다.

> 새하려가는아배의지게에**치워** 나는山으로가며 토끼를잡으리라
> 고생각한다
> 맞구멍난토끼굴을아배와내가막어서면 언제나 토끼새끼는 내
> 다리아레로달어났다
> 나는 서글퍼서 서글퍼서 울상을한다
> — 「오리망아지토끼」 부분, 『사슴』

1행의 '치워'의 기본형 '치우다'는 '치다'의 사동사로 '돼지를 치다, 누에를 치다, 초를 치다'의 용례로 사용된다. 반면 '지우다'는

'물건을 짊어서 등에 언다'56)라는 뜻의 '지다'의 사동사이다.『평
.북방언사전』에서도 '지우다'의 뜻은 위와 같다. '새하려가는'은
'나무를 하러 가는'이란 뜻이므로 '새하려가는아배의지게에치워'
는 나무하러 가는 아버지의 빈 지게 위에 얹혀 산으로 가는 어린
화자의 모습을 형상화하고 있다. 그렇기 때문에 '치워'는 '지워'의
오식으로 보인다.57)

(2)「寂境」

　　　　신살구를 잘도먹드니 눈오는아츰
　　　　나어린안해는 첫아들을낳었다

　　　　人家멀은山중에
　　　　까치는 배나무에서즞는다

　　　　컴컴한부엌에서는 늙은홀아버의시아부지가 미억국을끄린다
　　　　<u>그마읍의 외딸은집</u>에서도 산국을끄린다
　　　　　　　　　　　　　　　　　　　　－「寂境」,『사슴』

　　「寂境」은 남편 없이 혼자 아이를 낳은 여인과 컴컴한 부엌에서
며느리를 위해 미역국을 끓이는 늙은 홀시아버지의 모습이 형상
화된 작품이다. '人家멀은山중에'라는 시구와 3연의 '그마을의 외

---

56) 국립국어연구원 편,『표준국어대사전』, 두산동아, 1999.
57) 후대의 판본 중 이동순 편(창비, 솔), 김재용 편이 '치워'를 '지워'로 수정하여
　　표기하였다.

딸은집'이 호응을 하며 적막한 풍경 속에 홀로 떨어져 있는 집이 부각된다. 그러므로 이 시에서 '그마음의 외딸은집'은 '그마을의 외딸은집'으로 수정되어야 한다.58)

(3) 「統營」－南行詩抄

이 시는 여행자인 화자가 낯선 항구 도시인 통영에서 받은 다양한 인상을 그려내고 있다. 다음은 「統營」의 9연이다.

　　蘭이라는이는 明井골에산다든데
　　明井골은 山을넘어 **柊栢나무**푸르른 甘露가튼 물이솟은 明井샘이잇는 마을인데
　　샘터엔 오구작작 물을깃는처녀며 새악시들 가운데 내가조아하는 그이가 잇슬것만갓고
　　내가조아하는 그이는 푸른가지붉게붉게 **柊栢꼿** 피는철엔 타관시집을 갈것만가튼데
　　긴토시끼고 큰머리언고 오불고불 넘엣거리로가는 女人은 平安道서오신듯한데 **柊栢꼿**피는철이 그언제요
　　　　－「統營」－南行詩抄, 부분, 『조선일보』1936. 1. 23.

원본에서는 통영의 명정골을 서술하며 '柊栢나무, 柊栢꼿'을 묘사하였다. 이 한자를 음 그대도 읽으면 '종백나무, 종백꼿'이 된다.

---

58) 후대의 판본 중 송준, 정효구 편만 제외하고 모두 '그마음의 외딸은집'을 '그마을의 외딸은집'으로 표기하였다. 그리고 김영배도 '이는 분명히 틀린 글자로 보임'이라고 지적하여 '그 마을의'라고 표기해야 한다고 하였다.(김영배, 「백석 시의 방언에 대하여」, 『평안방언연구』, 태학사, 1997, 529쪽)

'柊'은 박달목서, 종엽 '종', '栢'은 나무이름 '백'이므로 '종백나무, 종백꽃'을 해석하면 박달목서나무, 박달목서꽃이 된다. 박달목서는 거문도와 일본에 분포하는 나무이며 꽃은 11~12월에 피고 흰색이다.[59]

위의 시에서는 '柊栢나무, 柊栢꽃'은 나무와 가지가 푸르고 꽃이 붉게 핀다고 하였다. 이로 미루어보아 따뜻한 지방의 산이나 바닷가에 많이 자라고 1~3월에 붉은 꽃이 피는 동백나무와 동백꽃을 묘사하는 듯하다. 그렇기 때문에 '冬栢나무, 冬栢꽃'으로 표기해야 남쪽 항구 도시 통영과 어울리는 나무와 꽃이 된다.[60]

(4) 「北新」

「北新」은 '西行詩抄 2'라는 부제를 달고 있다. '서행시초'는 1939년 11월 8일부터 11일까지 조선일보에 발표된 연작 기행시이다.

거리에서는 모밀내가 낫다
부처를 위하는 정갈한 노친네의 내음새가튼 모밀내가 낫다

어쩐지 香山부처님이 가까웁다는 거린데
국수집에서는 농짝가튼 도야지를 잡어걸고 국수에치는 도야
지고기는 돗바늘 가튼 털이 드믄드믄 백엿다
나는 이 털도 안뽑은 도야지 고기를 물구럼이 바라보며

---

59) 『두산세계대백과사전』, 두산동아, 2002.
60) 이동순(창비), 김학동, 송준, 정효구 편은 '柊栢'으로 표기하였다. 이동순(솔)은 한글로 '동백'으로 김재용 편은 '동백(冬栢)으로 표기하였다.

또 털도 안뽑는 고기를 시껌언 맨모밀국수에 언저서 한입에

끌꺽 삼키는 사람들을 바라보며

나는 문득 가슴에 뜨끈한것을 느끼며

小獸林王을 생각한다 廣開土大王을 생각한다

— 「北新」—西行詩抄 (二) , 『조선일보』, 1939. 11. 9.

‘북신’에는 ‘부처를 위하는 정갈한 노친내의 내음새’같은 ‘모밀

내’가 나는 거리가 있다. 이 거리는 ‘향산부처님이 가까웁다’고 하

기 때문에 향산, 즉 묘향산 보현사(普賢寺) 근처를 의미한다. 영변

군 북신현면(北薪峴面)[61]에 묘향산이 있다.

백과사전에 실린 평안북도 영변군 항목은 다음과 같다.

(전략) 8·15광복 전에는 영변면(寧邊面)·오리면(梧里面)·연

산면(延山面)·독산면(獨山面)·소림면(少林面)·팔원면(八院

面)·봉산면(鳳山面)·고성면(古城面)·남신현면(南薪峴面)·남

송면(南松面)·태평면(泰平面)·북신현면(北薪峴面)·용산면(龍

---

61) 이는 해방 전 행정지역 명이다. 백석 생존시와 현재의 행정구역 명이 다르기
때문에 본고에서는 모든 행정구역 명을 백석 생존시의 행정구역 명으로 적는다.
현재의 변화는 각주로 처리한다.

1952년 12월 22일 북한은 도(道), 군(郡)·시(市), 면(面), 리(里)의 4단계 행정구
역 체계에서 면(面)을 제외시킨 3단계 행정구역체계로 개편하여 군[시]을 행정 단
위의 중심으로 하였다. 이 때 영변군은 해방 후 영변군, 향산군, 구장군으로 분리
되었고, 1952년 이전의 ‘영변군’은 현재의 ‘향산군(香山郡)’이다. 향산군은 영변
군의 태평면, 북신현면(北薪峴面)의 전체 리와 넘송면 중 11개 리를 통합하여 만
든 군이다. 현재 향산군은 1개 읍(향산)과 20개 리(향암, 림홍, 관하, 태평, 신화,
하서, 상서, 조산, 구두, 운봉, 립석, 천수, 수양, 불무, 석창, 가좌, 룡성, 상로, 로
현, 북신현)로 되어 있다. 군 소재지는 향산읍이다.

『북한전서 상권』, 극동문제연구소, 1974, 44-49쪽.

山面)·백령면(百嶺面) 등 14개 면으로 이루어져 있었다.[62](밑줄
연구자)

'북신현(北薪峴)'이라는 지명은 땔나무가 많은 신현(薪峴)의 북
(北)쪽에 위치해 있다는 뜻에서 비롯되었다.[63] 한자 '신(薪)'의 의
미는 땔나무이다. 따라서 이 시의 제목 한자는 '北新'이 아닌 '北
薪'으로 수정되어야 한다. 북신현면에는 평남의 순천에서부터 평
북의 만포에까지 이르는 만포선[64]이 통과하며 북신현역이 설치되
어 있다. 북신현역 한자 표기는 「조선총독부 관보」 제2583호[65]에
나와 있는데, 다음 페이지의 〈그림 1〉이 그 부분이다.
　〈그림 2〉[66]는 '서행시초'의 제목으로 사용된 지역을 표시한 것
이다. '서행시초 1'의 제목인 '球場路'는 평안북도 '球場군'에 이
르는 거리를 의미한다. 1연 1행의 '三里박 江쟁변엔'이란 시구에

---

62) 『두산세계대백과사전』 19권, 두산동아, 2002, 128-129쪽.

63) 이에 대한 설명은 『조선향토대백과』(남북공동출간, 2003, 565쪽)에 자세히 실려
　　있으며 '北薪峴'의 표기는 다음에서도 찾을 수 있다.
　　배기찬, 『신북한지리지』, 다나, 1994, 106쪽.
　　『두산세계대백과사전』, 『브리태니카』 백과사전 참조.
　　한편 '竹鹽'을 완성시킨 인산 김일훈에 대한 정보를 담은 인터넷 사이트에서는
　　인산이 평안북도 영변군 북신현면 묘향산 기슭에서 대나무에 소금을 다져 넣고
　　굽는 것을 아홉번 반복하여 죽염을 만들었다고 한다. 북신현면의 구체적 행정구
　　역을 "북은 북쪽 하는 북, 신은 장작이 땔나무 거 초두 밑에 새신자, 현은 고개
　　현"이라고 설명하며 '北薪峴'임을 나타낸다.

64) 평북지역이던 만포는 현재 자강도로 편입되었는데, 자강도는 1949년에 신설된
　　도이다.

65) 「조선총독부 관보」, 소화 10년(1935년) 8월 31일 수요일, '告示'부분.

66) 현재(2005년 12월) 향산군, 구장군, 녕변군 지역의 행정구역이 나타난 지도이다.
　　지도의 출처는 인터넷 조선일보 통한문제연구소 해당 지역 지도 정보이다.

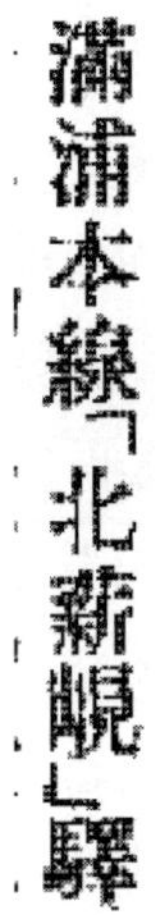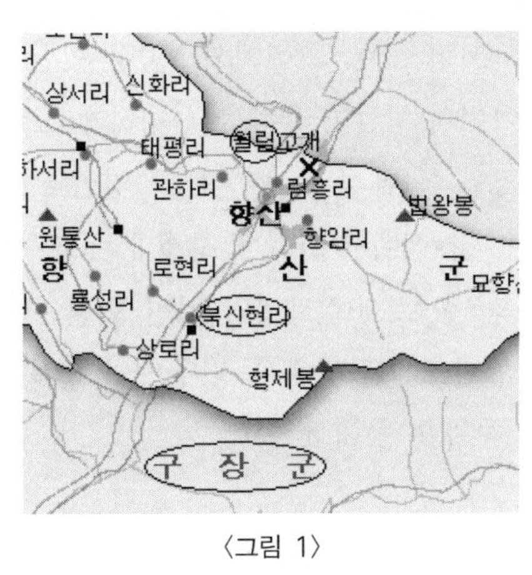

〈그림 1〉

〈그림 2〉

서 보이는 강은 청천강이며, '한二十里 가면 거리라든데'에서는
구장의 중심거리로 들어가는 데 20리를 가야한다는 것을 의미하
여 시적 화자가 구장으로 들어가는 길 위에 서 있음을 암시한다.
'서행시초 3'의 제목인 '八院'은 평안북도 영변군에 위치한 면이
었는데, 현재 지역명은 '팔원노동지구'로 바뀌었다. 이 시의 화자
는 평안도 지역67)을 여행하다가 팔원에서 마주친 한 계집아이의

이야기를 하고 있다. 팔원에서 350리나 떨어진 자성까지 가는 어린 계집아이의 참담한 슬픔을 선명하게 표현하고 있다. '서행시초 4'의 지명인 '月林장'은 평안북도 영변과 희천[68] 사이의 고개를 의미한다. 첫 행에서부터 '自是東北八〇粁熙川'[69]라고 하여 여기에서 동북쪽으로 80킬로미터 가면 희천이라고 현재의 위치를 알려준다. 월림고개 근처에서 장이 열려 평북 지방의 특산물들이 가득 나온 모습을 그리고 있다.

---

67) 박혜숙은 「八院」을 "만주로 가는 도중 쓴 여행시"로 해석하였는데 '北新'이 아닌 '北薪'으로 수정되면 '서행시초'의 시편들이 평안북도 지역을 여행하고 그것을 시로 형상화한 기행시임이 명확해져 이와 같은 해석은 나타나지 않을 것이다. 박혜숙, 『백석』, 건대출판부, 1995, 79쪽.

68) 이는 해방 전의 행정구역에 따른 지명으로 현재 희천시는 자강도에 편입되었다. 영변군은 해방 후 영변군, 향산군, 구장군으로 나뉘어 위의 '영변군'은 현재의 '향산군'이다.

69) '八〇粁'의 뜻은 '八〇'은 80이고 한자 '粁(천)'은 킬로미터이기에 뜻은 80킬로미터이다. 이 부분을 후대 편집자들 중 한글로 옮긴 사람은 이동순과 김재용이다. 이동순(솔, 1996)은 '80km'로 김재용(1997)은 '팔십천'으로 옮겼다. 백석 생존 당시 신문, 잡지, 관보 등에서도 번지수, 수량, 가격, 거리 등을 표기할 때 '十'과 '〇'을 혼용하여 사용했다.(『매일신보』 1940년 5월 4일자 신문의 기사 중 일부: '合計 三,二〇')
　　반면 한경희는 "〇표시는 지워진 글씨를 가리킨다. 아마도 팔십 킬로미터는 훨씬 넘는 거리일 것으로 추정되나, 수치가 지워져 있다. '희천'은 월림에서 8〇킬로나 떨어진 지역으로 다음 장이 서는 곳임을 암시하는 문구다. (중략) 지워진 글씨는 사람들이 많이 다니지 않는 한적한 시골장임을 암시한다. 이정표가 세월에 지워져도 누구 하나 고쳐 써놓지 않는다."라고 하였다.(한경희, 「한국 현대시에 나타난 시적 자아의 내면 연구」, 한국정신문화연구원 박사학위논문, 2002, 87-88쪽) '시와 사회'에서 출판된 백석시집 『나와 나타샤와 흰당나귀』(2003)에서는 "월림장에서 희천군 희천읍까지는 약 80리가 되는데, 이를 키로미터로 환산하면 30km가 약간 넘는다. 팻말의 내용 중 망실된 부분 '〇'은 고의적으로 여행객이나 인근 주민들이 없앤것이다"라고 해석하고 있어 시에 대한 잘못된 이해를 이끌고 있다.

‘북신’의 한자를 새로울 ‘신(新)’의 ‘北新’이 아닌 땔나무 ‘신(薪)’
인 ‘北薪’으로 수정하면 ‘서행시초’의 시편들이 평안북도 지역을
여행하고 그것을 시로 형상화한 기행시임이 명확해진다.
「北新」에는 오자가 하나 더 있다. 다음은 「北新」의 2연이다.

> 나는 이 털도 **안뽑은** 도야지 고기를 물구럼이 바라보며
> 또 털도 **안뽑는** 고기를 시껌언 맨모밀국수에 언저서 한입에
> 끌꺽 삼키는 사람들을 바라보며
> ─「北新」─西行詩抄 (二) 부분,『조선일보』1939. 11. 9.

‘나는 이 털도 안뽑은 도야지 고기를 물구럼이 바라보며 / 또 털
도 안뽑는 고기를 시껌언 맨모밀 국수에 언저서 한입에 끌꺽 삼키
는 사람들을 바라보며’라는 원본 시행에서 앞 행은 ‘털도 안뽑은
도야지 고기’로 뒤 행은 ‘털도 안뽑는 고기’로 표기하였다.[70]
  시의 전후 문맥을 살펴 해석해보면 시의 화자는 ‘털도 안뽑은
도야지 고기를 물끄럼이 바라보’다 시선을 옮겨 털도 안뽑은 ‘도
야지 고기를 시껌언 맨모밀 국수에’ 얹어서 한 입에 ‘꿀꺽 삼키는
사람들’을 바라보고 있다. 같은 상황에서 동일한 고기를 묘사하고
있으므로 2행도 ‘털도 안뽑은 고기’로 수정하는 것이 자연스럽다.

(5) 「北方에서」

「北方에서」는 만주를 유랑했던 시적 자아의 방황과 위기 의식

---

70) 이동순 편(창비)과 김재용 편은 두 시행 모두 ‘안 뽑은’으로 표기하였다.

을 형상화하고 있다. 다음은 「北方에서」의 2연이다.

　　나는 그때
　　자작나무와 익갈나무의 슬퍼하든것을 기억한다
　　갈대와 장풍의 붙드든 말도 잊지않었다
　　오로촌이 **멧돌**을 잡어 나를 잔치해 보내든것도
　　쏠론이 십리길을 딸어나와 울든것도 잊지않었다.
　　─「北方에서─鄭玄雄에게」 부분,『문장』2권 6호, 1940. 6·7합호

　유종호는 "멧돌은 멧톹 즉 멧돼지의 오식"[71]이라고 지적하였는데 위의 시에서 '멧돌'은 '멧돗'이나 '멧돝'으로 수정되어야 한다. '돗'과 '돝'은 돼지의 방언이기 때문이다.[72] 시의 의미는 '내'가 떠난다고 하니 오로촌이 멧돼지를 잡아 잔치했다라는 뜻이 되기 때문이다.

　　(6)「澡塘에서」

　「澡塘에서」는 시의 화자가 중국의 공중목욕탕에 가서 관찰한 장면들을 묘사하고 있다. 중국 사람들과 공중목욕탕에 함께 섞여 한가하면서도 게으른 한때를 보내는 시적 화자가 다양한 중국인 군상의 마음까지 유추해보는 상상력이 돋보이는 시이다.

　　나는 支那나라사람들과 가치 묵욕을 한다

---

71) 유종호,『다시 읽는 한국시인』, 문학동네, 2002, 241쪽.
72) 국립국어연구원 편,『표준국어대사전』, 두산동아, 1999.

무슨 殷이며 商이며 越이며하는 나라사람들의 후손들과 가치
한물통안에 들어 묵욕을 한다
서로 나라가 달은 사람인데
다들 쪽발가벗고 가치 물에 몸을 녹히고 있는것은
대대로 조상도 서로 모르고 말도 제각금 틀리고 먹고입는것도
모도 달은데
이렇게 발가들벗고 한물에 몸을 씿는것은
생각하면 쓸쓸한 일이다
이 딴나라사람들이 모두 니마들이 번번하니 넓고 눈은 컴컴하
니 흐리고
그리고 길즛한 다리에 모두 민숭민숭 하니 다리털이 없는것이
이것이 나는 웨 작고 슬퍼지는 것일까
그런데 저기 나무판장에 반쯤 나가누어서
나주볓을 한없이 바라보며 혼자 무엇을 즐기는듯한 목이긴 사
람은
陶然明은 저러한 사람이였을것이고
또 여기 더운물에 뛰어들며
무슨 물새처럼 악악 소리를 질으는 삐삐 파리한 사람은
楊子라는 사람은 아모래도 이와같었을것만 같다
나는 시방 녯날 晋이라는 나라나 衛라는 나라에 와서
내가 좋아하는 사람들을 맞나는것만 같다
이리하야 어쩐지 내마음은 갑자기 반가워지나
그러나 나는 조금 무서웁고 외로워진다
그런데 참으로 그 殷이며 商이며 越이며 衛며 晋이며하는나
라사람들의 이 후손들은
얼마나 마음이 한가하고 게으른가
더운물에 몸을 불키거나 때를 밀거나 하는것도 잊어벌이고
제 배꼽을 들여다 보거나 남의 낯을 처다 보거나 하는것인데

이러면서 그 무슨 제비의 춤이라는 燕巢湯이 맛도있는것과
또 어늬바루 새악씨가 곱기도한것 같은것을 생각하는것일것인데
나는 이렇게 한가하고 게으르고 그러면서 목숨이라든가 人生
이라든가 하는것을 정말 사랑할줄아는
그 오래고 깊은 마음들이 참으로 좋고 우럴어진다
그러나 나라가 서로 달은 사람들이
글세 어린 아이들도 아닌데 쪽발가벗고 있는것은
어쩐지 조금 우수웁기도하다

— 「澡塘에서」, 『인문평론』 16호, 1941. 4.

중국의 공중목욕탕에는 욕조 안에서 목욕하는 사람, 나무 단장
에 누워 햇빛을 바라보는 사람, 더운 물에 뛰어드는 사람, 더운 물
에 몸을 불리는 사람, 제 배꼽을 들여다보는 사람, 남의 얼굴을 쳐
다보는 사람 등등이 있다. 시적 화자는 발가벗고 있는 중국인들과
공통점도 느끼고 차이점도 느낀다. '조당'을 '북방의 지명'이라고
설명한 연구자[73]가 있는가 하면 유종호는 "조실(澡室)은 욕실이나
목욕탕을 뜻하는 말인데 여기서의 '조당'도 유관한 것인지 모르겠
다"[74]라고 하였다. 조당(澡塘)의 사전적 의미는 욕조이다.[75] 반면

---

73) 김영익, 「백석 시문학 연구」, 충남대학교 박사학위논문, 1999, 206-207쪽.
　　김영익은 「澡塘에서」와 「南新義州 柳洞 朴時逢方」 "두 작품 다 북방의 지명
　을 제목으로 차용" 하고 있으며 「澡塘에서」는 "중국의 지명"이라고 하며 두 작
　품 모두 "쓸쓸함과 슬픔의 정조 속에 시상을 전개시키고 있다"라고 설명한다.
　'澡塘'은 중국의 지명이 아니다.
74) 유종호, 『다시 읽는 한국 시인』, 문학동네, 2002, 290쪽.
75) 『중한대사전』, 고대민족문화연구소, 1995.
　　『민중엣센스중국어사전』, 민중서관, 2002.
　　'조당(澡塘)'을 20대~60대 중국인 10명에게 직접 물었더니 호수보다 작은 자
　연적인 저수지 또는 목욕통이라고 하였다. 반면 조당(澡堂)은 모든 중국인들이

'당'자의 한자가 다른 조당(澡堂)은 대중 목욕탕이다. 두 단어는 중국어 발음도 [zǎo táng]으로 같다. 이 시의 공간적 배경이 중국의 공중목욕탕이니 '조당에서'의 한자를 '조당(澡堂)에서'라고 하면 제목과 내용이 호응하여 시를 좀 더 명확하게 해석할 수 있다.

지금까지 백석시 원본의 오류를 지적한 내용 및 그 외 간단한 오류 지적 사항은 다음과 같이 도표로 정리할 수 있다.

수정사항 시 제목	백석 시 원본	수정
오리망아지토끼	새하려가는아배의지게에**치워**	새하려가는아배의지게에**지워**
寂境	그 **마음**의	그 **마을**의
統營	**柊栢**나무, **柊栢**꽃	**冬栢**나무, **冬栢**꽃
彰義門外	까치가**작고**즞거니하면	까치가**자꾸**즞거니하면 *까치의 크기가 작은 것이 아니라 여러번 반복하여 소리를 내는 것을 의미한다.
山谷 (咸州詩抄 5)	나는 **작고** 곬안으로 깊이 들어 갔다	나는 **자꾸** 곬안으로 깊이 들어 갔다 *끊임없이 계속하여 산골 속으로 들어가는 정황을 보인다.
가무래기의 樂	추운거리의 그도추운 **능당**쪽을 걸어가며	추운거리의 그도추운 **능달**쪽을 걸어가며 *햇빛이 들지 않는 '응달'의 의미하는 '능달'의 오식으로 보인다. 백석의 「국수」에 '능달'이 나타난다.

대중 목욕탕이라고 하였다.

北新 (西行詩抄 3)	**北新** **안뽑는** 고기를 시껌언	**北薪** **안뽑은** 고기를 시껌언
北方에서	**멧돌**	**멧돗, 멧돝**
촌에서 온 아이	네 **적은** 손을 쥐고 흔들고 싶다	네 **작은** 손을 쥐고 흔들고 싶다 *적다는 수에 관련된 개념이고 작다는 크기에 관련된 개념이다.
澡塘에서	**澡塘**에서	**澡堂**에서
마을은 맨천 구신이 돼서	**연자망**구신	**연자당**구신 *연자당은 연자간과 같은 의미로 연자매를 차려놓고 곡식을 찧는 곳이다. '연자당구신'은 연자당에서 살고 있는 귀신을 뜻한다.

2) 연 구분의 수정

백석의 시 중 산문시 형태로 씌여진 시는 연과 행의 구분이 모호하다. 단형에도 행과 연의 구분이 명확하지 않은 시가 있는 반면 율격이나 연과 행 구분 등 형식에 신경을 쓴 시도 있다. 여기에서 논의할 시는 「꼴두기」이다. 총 5연 13행으로 된 이 작품은 어부에게 잡힌 꼴뚜기에 대한 비애를 나타내고 있다. 그러나 이 시를 꼼꼼히 살펴보면 6연으로 되어야 할 시가 5연이 되었음을 알 수 있다.

신새벽 들망에
내가 좋아하는 꼴두기가 들었다

갓쓰고 사는 마음이 어진데
새끼 그믈에 걸리는건 어인일인가

갈매기 날어온다.

㉮ 입으로 먹을 뿜는건
   몇십년 도를 닦어 퓌는 조환가
   압뒤로 가기를 마음대로 하는건
   孫子의 兵書도 읽은것이다
㉯ 갈매기 쭝얼댄다.

   그러나 시방 꼴두기는 배창에 너불어저 새새끼같은 울음을 우
는 곁에서
   배ㅅ사람들의 언젠가 아홉이서 회를 처먹고도 남어 한깃씩 논
아가지고갔다는 크디큰 꼴두기의 이야기를 들으며 나는 슬프다

   갈매기 날어난다.
— 「꼴두기」, 『조광』 4권 10호, 1938. 10.

이 작품을 의미에 따라 구분하면 1연과 3연의 1~4행, 4연이 같
은 의미 단락으로, 2연과 3연의 5행, 5연이 같은 의미 단락으로 전
개된다. 1연은 어진 선비와 같은 꼴두기가 고기잡는 어구인 들망
에 잡힌 것을, 3연의 1~4행은 바다에서 잡혀올라온 꼴뚜기가 배
위에서 움직이는 모습을, 4연에서는 꼴뚜기가 '새새끼같은 울음
을' 울며 '배창에 너불어저' 있는데 어부들이 예전에 잡은 큰 꼴뚜
기에 대해 자랑스럽게 이야기하고 있는 광경을 묘사한다. 반면 2

연은 배가 바다에서 그물을 걷어올리자 갈매기가 날아오는 모습을, 3연의 5행은 갈매기가 배 주변에서 울고 있는 모습을, 5연에서는 갈매기가 날아가는 모습을 그리고 있다.

즉 1연과 3연의 1~4행, 4연은 꼴뚜기의 모습을, 2연과 3연의 5행, 5연은 갈매기의 모습을 묘사하고 있다. 한 연씩 번갈아가며 꼴뚜기와 갈매기를 보여주고 있기 때문에 ㉮부분과 ㉯부분 사이는 원래 따로 떨어져서 독립된 연이었을 가능성이 짙다. 마침표가 '갈매기 날어온다.', '갈매기 쭝얼댄다.', '갈매기 날어난다.'에만 찍힌 것을 보아도 이들이 각각 하나의 연으로 설정되었음을 알 수 있다. 다섯 연으로 표기된 「꼴두기」는 여섯 연으로 수정해야 의미 파악이 용이하고 시의 구조가 안정된다.

3) 단순 오자, 탈자의 수정

여기에서 문제로 삼는 단순 오자나 탈자는 백석 생존시 표기법을 기준으로 볼 때 잘못 표기된 경우 및 인명(人名)의 한자가 잘못 쓰여진 경우이다. 둘 다 시 이해에 큰 영향을 주지 않는 단순한 오식들이지만 다음의 표와 같이 바로잡는다. 설명이 필요한 부분은 표 안에 수정 이유를 간단히 덧붙인다. 우선 오자를, 마지막으로 탈자를 밝힌다.

수정사항 시 제목	백석 시 원본	수정
여우난곬族 (『사슴』)	**아를**承동이 **이렇개** 밤이어둡도록	**아들**承동이 **이렇게** 밤이어둡도록 *다른 시구인 '**이렇게**화디의사기방등에'에서는 '이렇게'로 표기 되어있다.
寂境	늙은홀**아버**	늙은홀**아비**
曠原	**젊**은새악시	**젊**은새악시
山비	**멧비들기**	**멧비둘기**
定州城 (『사슴』)	**한을**빛같이횐하다	**한울**빛같이횐하다
湯 藥	토방에서는 질**하**로옹에	토방에서는질**화**로옹에
昌原道	호이호이 **희파람**불며	호이호이 **휘파람**불며
統營 (南行詩抄 2)	**화룬선 만저**보려	**화륜선 만저**보려
	문둥이 **품마타령**	문둥이 **품바타령**
노루	노**두**새끼	노**루**새끼 *이 시의 제목과 이 시 안의 다른 시구에서는 '노루'라고 표기 되어있다.
膳友辭	모래알만 **헤이며**	모래알만 **헤이며** *'헤다'는 '세다'의 방언
나와 나타샤와 힌당나귀	언제**벌서** 내속에 고조곤히와	언제**벌써** 내속에 고조곤히와
夕 陽	**쪽재피상**을하였다	**쪽재비상**을하였다
故 鄕	**그렇면** 아무개氏一ㄹ 아느냐한즉	**그러면** 아무개氏一ㄹ 아느냐한즉
개	**돌이다니**는 사람은 있어	**돌아다니**는 사람은 있어
내가 생각하는 것은	**싸단니고** 싶은 밤이다	**싸다니고** 싶은 밤이다
物界里	**발뒤추**으로 찧으면	**발뒤축**으로 찧으면
	드나드는 **명수필을**	드나드는 **명주필을**

넘언집 범 같은 노큰마니	김을 매려 **단녔고**	김을 매려 **다녔고**
童尿賦	터앞에 **밭마당**에	터앞에 **밭마당**에
八元 (西行詩抄 三)	**걸레**를 치고	**걸레**를 치고
木具	내손자의손자와 손자와 **니와** 할아버지와	내손자의손자와 손자와 **나와** 할아버지와
	애끊는 통곡과	**애끓**는 통곡과
수박씨, 호박씨	오랜 **지혜가**	오랜 **지혜가**
許俊	**따마하고**	**따사하고**
	깊은 **문**도	깊은 **물**도
	다만 한**마람**, 낯설은 **마람**에게, **마람**은 모든 것을	다만 한**사람**, 낯설은 **사람**에게, **사람**은 모든 것을 *이 시 안의 다른 시구는 '사람'이라고 표기가 되어있다. '사람'으로 수정해야 해석이 가능하다.
국수	한가한 애동들은 **여둡도록** 꿩사냥을 하고	한가한 애동들은 **어둡도록** 꿩사냥을 하고
힌 바람벽이 있어	**벌서**	**벌써**
	대구국을 **끓여놓고**	대구국을 **끓여놓고**
澡塘(조당)에서	말도 제각금 **틀리고**	말도 제각금 **틀리고**
	처다 보거나	**처다** 보거나
	그리나 나라가 서로 달은 사람들이	**그러나** 나라가 서로 다른 사람들이
	글세	**글쎄**
澡塘(조당)에서	**陶然明**	**陶淵明** *인명의 한자가 틀렸다. 백석의 다른 시 「힌 바람벽이 있어」에서는 '陶淵明'으로 한자가 올바르게 쓰였다.

두보나이백 같이	어늬 먼 **왼진**	어늬 먼 **외진**
적막강산	벌 **배채** 통이 지는 때는	벌 **배채** 통이 지는 때는
	산으로 **요면**	산으로 **오면**
	벌르 오면	**벌로** 오면
	이 原稿는 내가以前에 가지고 잇던것이다 **許埈**	이 原稿는 내가以前에 가지고 잇던것이다 **許俊** *이 부분은 이 시의 부기(附記)이다. 여기에서 허준의 한자 이름이 틀렸다. 이는 시「許俊」을 통해 알 수 있다.
七月 백중	**적섬에**	**적삼에**
	송구떡을 **사거**	송구떡을 **사서**
南新義州 柳 洞 朴時逢方	**어는** 木手네 집	**어느** 木手네 집
膳友辭 (咸州詩抄 四)	나이들은**탓이**	나이들은**탓이다** *'다'자가 누락되었다.

3. 후대 판본의 누락과 변형

　이 장에서는 1980년대 이후 출간된 백석 전집을 대상으로 기준 판본을 선정하고 각 기준 판본의 특성을 살펴본다. 그리고 원본과 기준 판본들을 서로 비교하면서 시어 표기와 시적 형태의 차이점을 찾아내는 작업을 수행하고자 한다. 이를 통해 시어의 누락과 변형, 의미 변화를 추적해 볼 수 있다. 3-1)에서는 백석 시의 판본을 살펴보고 기준 판본을 선정한다. 3-2)에서는 시어 표기의 차이와 그 영향을, 3-3)에서는 시의 형태 변화와 의미 변화를 고찰하고자 한다.

1) 백석 시 판본과 그 특성

1912년 평북 정주에서 출생한 백석은 1935년 8월 31일 『조선일보』에 처녀작 「定州城」을 발표하고 이듬해 1936년 1월 20일 한정판으로 시집 『사슴』을 발간하며 시작(詩作) 활동을 전개하였다. 이후 『조선일보』, 『조광』, 『여성』, 『삼천리문학』, 『문장』, 『인문평론』 등에 시를 발표하여 현재까지 110여 편의 시가 알려졌다. 백석은 1930년대 한국 시문학사에서 독자적인 흐름을 형성하여 개성적인 자기 세계를 구축한 시인이다. 서로 다른 성격의 작품들이 혼재되어 있고 시작 기간이 짧고 순차적인 변모 양상을 찾아내기도 어렵다. 또한 백석 스스로 시론을 쓰거나 자신의 시 세계에 대해 언급하지 않았고 동인 활동도 없었기 때문에 어떤 계보에도 귀속시키기 어려운 독특한 성격을 지닌 시인으로 평가된다.

백석의 시에 대한 논의가 본격적으로 이루어지지 못했던 가장 큰 이유는 그가 재북 시인이었기 때문이다. 광복 이후 백석이 계속 북한에 남아 있었다는 이유로 시 세계에 대한 평가가 유보되었다. 1988년 납북, 월북, 재북 시인에 대한 해금 조치가 이루어진 이후부터 백석의 시는 비로소 남한의 독자와 연구자들에게 소개되기 시작하였다.

백석의 시는 1980년대 후반 이후, 국내에서 40여 종의 시집으로 재출간되었다. 먼저 해금에 앞서 이동순에 의해 『백석시전집』(창작과비평사, 1987)[76]이 출판되었다. 남북 분단 이후 오랫동안 잊혀

져왔던 백석을 남한의 연구자와 대중에게 알린 최초의 작업이었
다. 1988년 김학동은 백석의 시선집 『가즈랑집 할머니』(새문사)를
발간하고 2년 후 『백석전집』(새문사)을 출판했다. 송준은 1994년
『남신의주 유동박시봉방』(지나)이라는 제목으로 '백석 시인 일대
기'라는 부제를 달아서 백석 시집을 두 권 펴내었고 이듬해에 다
시 '백석 시어 사전'을 수록한 『백석시전집』(1995)을 펴내었다. 정
효구는 1996년 작품 전집에 평전, 평론을 덧붙인 『백석』(문학세계
사)을 발간하였다. 이동순은 1996년 『여우난골족』(솔)을 출판했다.
김재용은 북한에서 발표된 백석의 시 작품을 발굴하여 1997년 『백
석전집』(실천문학)을 펴내었고, 1998년에는 이동순이 새로 증보한
시전집 『모닥불』(솔)이, 2004년에는 김재용의 『백석전집』(실천문
학)의 증보판이 발간되었다. 다음은 1980년대 이후 국내에서 출간
된 백석 시집을 연도순으로 정리한 것이다.

---

76) 1987년 당시 이동순 편 『백석시전집』의 출판사 이름은 '창작사'이다. 1966년
   창립한 '창작과비평사'가 1980년 강제 폐간된 후 1986년 8월 '창작사'라는 이름
   으로 출판사 신규 등록을 한 것이다. 1998년 『창작과 비평』이 다시 복간되면서
   '창작과비평사'라는 출판사 명을 다시 쓰게 되었다. 이동순 편의 『백석시전집』은
   현재까지 판매되고 있고 '창작과비평사'라는 출판사 명이 일반적으로 사용됨으
   로 이를 사용한다.
    1987년은 월북, 재북 작가들에 대한 공식적인 해금은 있기 전이었지만, 해금의
   기운은 감지되던 시기였다. 당시 무크지로 간행되던 『창비 1987』에는 백석의 연
   인이었던 김자야 여사의 회고록이 실리기도 했고, 이를 계기로 백석 시전집도 간
   행되었다. 이에 대해 이동순은 다음과 같이 회고했다. "이 전집의 발간은 정부에
   의한 월북 문인들의 해금 조치 이전에 기획되고 실천에 옮겨졌다. 여기엔 나름대
   로 불안과 주저를 극복해야 하는 용단이 필요하였다."(이동순, 「백석 시의 연구
   쟁점과 왜곡 사실 바로잡기」, 『실천문학』, 2004년 가을호, 346쪽)

『백석시전집』, 백석, 이동순 편, 창작과비평사, 1987.

『사슴(기민근대시선 1)』, 기민사, 1987.

『납(拉)월북(越北)시인총서, 1』, 동서문화원, 1988.

『잃어버린 문학공간(文學空間) 제3한국문학 15』, 수문서관, 1988.

『제3한국문학 15』, 수문서관, 1988.

『한국해금문학전집』, 삼성출판사, 1988.

『(白石詩集)가즈랑집 할머니』, 김학동 편, 새문사, 1988.

『한국현대시사자료집성 31』, 윤여탁 편, 시집편, v. 31, 태학사, 1988.

『김기림, 백석 외 시인선, 1-15』, 삼성출판사, 1989.

『(백석시집)절간의 소 이야기』, 문학사상사, 1989.

『월북작가대표문학, 납북, 월북, 재북작가 51인선, 18』, 서음출판사, 1989.

『흰 바람벽이 있어』, 고려원, 1989.

『납,월북 시인총서1』, 동서문화원편집부, 동서문화원, 1990.

『백석전집』, 김학동 편저, 새문사, 1990.

『멧새소리(한국대표시인 100인 선집 v. 20)』, 미래사, 1991.

『사슴(월북작가대표문학 18)』, 한국도서출판중앙회, 1991.

『월북시인총서』, 한일문화사, 1991.

『남신의주 유동 박시봉방』, 송준 편, 지나, 1994.

『백석시전집: 부·시어사전』, 송준 편, 학영사, 1995.

『(백석시집) 내가 생각하는 것은』, 선영사, 1995.

『白石 (백석 시전집, 소설집, 평전 연구)』, 정효구 편, 문학세계사, 1996.

『여우난골族』, 이동순 편, 솔, 1996.

『백석전집』, 김재용 편, 실천문학, 1997.

『나와 나타샤와 흰 당나귀: 백석시집』, 시화사회 편집부 편, 시와사회, 1997.

『집게네 네 형제: 백석시집』, 시화사회 편집부 편, 시와사회, 1997.

『모닥불』, 이동순 편, 솔, 1998.

『멧새소리』, 미래사, 2002.

『백석전집』, 김재용, 실천문학, 2004.(1997판의 증보판)

『가무래기의 약』, 북토피아, 2004.

『백석산문집』, 위즈북, 2004.

『계집아이』, 이상일 편, 정상, 2004.

『사슴』, 열린책들, 2004.

『백석시전집: 부·시어사전』, 송준 편, 학영사, 2004.(1985년판과 동일함)

『나와 나타샤와 흰 당나귀: 백석시집』, 백시나 편, 다산초당, 2005.

『백석』, 문학사상사 편집부 편, 문학사상사, 2005.

시집을 재 출판하는 과정에서 시는 시인의 손을 떠나 편집자나 출판사의 의도에 따라 변개되는 경우가 많다. 재 출판된 백석 시집 중에는 백석의 시어를 어떻게 현대 맞춤법이나 띄어쓰기로 고쳤는지 그 원칙을 제시하지 않은 경우, 맞춤법이나 띄어쓰기에 대한 원칙을 명시했으나 원칙대로 편집하지 않은 경우들이 있었다. 또한 편집자에 의해 특별한 기준 없이 임의적으로 시의 제목이나 시어, 시 형태가 바뀐 사례가 있었다. 이처럼 변개된 백석 시집들이 과연 백석 시의 원래 의미를 훼손하지 않고 일반 독자들에게 전달할 수 있을지 그리고 연구자들이 백석 연구 텍스트로 삼아도 될지77) 의문이 생기지 않을 수 없다.

---

77) 백석 시 연구 자료들의 경우 비평의 전거로 삼은 판본을 거론하지 않거나 후대 판본을 인용했음에도 불구하고 원본이 발표된 잡지나 신문을 인용하였다고 주석을 단 경우도 많았다. 이는 어느 판본을 선택하느냐에 따라 시 해석에 차이가 발

백석은 특히 평안도 방언이나 고어 등을 많이 사용하였기 때문에, 다른 시인들의 후대 판본보다 원본이 변개된 경우가 더 많았다. 또한 최근에 출판된 백석 시집일수록 원본이 변개된 정도가 더 심했는데, 이는 한번 변개된 판본의 오류가 시정되지 않고 계속 답습되어 온 탓이다.

최근에 재출간된 백석의 시집에서 시의 제목이나 시어 표기가 변개된 대표적인 사례들을 간단히 살펴보면 다음과 같다.

'청소년을 위한 백석시 해설집'이라는 부제가 달린 이상일 편『계집아이』(정상, 2004)는 백석의 시를 쉽게 풀어서 수록하였다. 쉽게 풀어 쓰는 이유에 대해 '백석 시 원전은 까다로운 사투리와 토속어가 워낙 많아 청소년들에게는 너무 어렵게 느껴지기 때문'이라고 설명한다. 하지만 시를 쉽게 풀어쓰는 과정에서 백석 특유의 시어가 사라지고 자의적인 해석이 많아 시의 오독을 이끌어낼 위험이 있다. 이상일은 백석의 시 「여우난곬族」을 「명절날」이라는 제목으로 바꾸었다. 그런데 현재 7차 교과 과정의 고등학교 문학 교과서에는 백석의 시 「여승」, 「여우난골족」, 「고향」, 「남신의주 유동박시봉방」, 「국수」 등이 현대어 표기로 한문만 바뀐 채 원제목 그대로 수록되고 있다. 교과서에 수록된 시와 시집에 수록된

생함을 인식하지 못한 결과이며 결정본의 중요성을 인지하지 못했기 때문이다. 이숭원은 어느 텍스트를 인용하느냐에 따라 연구의 태도가 달라진다는 것을 인식하고 판본을 선택한 후 이를 명확히 알렸다. '백석시의 거주공간'과 관련된 연구(이숭원, 「백석 시와 거주 공간의 관련 양상」, 『한국시학연구』 9권, 한국시학회, 2003)는 백석의 작품을 원본에 가깝게 수록한 송준 편 전집을 선택하였고, '화자와 어조'를 분석하는 연구(이숭원, 「백석 시의 화자와 어조 연구」, 『한국시학회』, 1998)에서는 인용 작품의 표기를 현대어에 가깝게 옮겨 수록한 김재용 편 전집을 택하였다.

같은 내용의 시가 서로 제목만 다를 경우 시를 읽는 청소년들이 혼란을 겪을 수도 있다. 이 외에도 이상일은 백석의 「修羅」를 「거미네 가족」으로, 「童尿賦」를 「오줌싸개」로, 「八院」을 「계집아이」로, 「古夜」를 「옛날밤」으로 시의 제목을 고쳐 수록하였으며, 「饗樂」, 「夜半」, 「白樺」 세 편의 시를 합쳐 「산골마을」이라는 한 편의 시로 만들었다. 제목과 내용을 편집자 자의로 변경하여 시를 읽는 독자에게 혼란을 야기시키고 있다.

고려원에서 출판된 『흰 바람벽이 있어』(고려원 편집부, 1989)에는 '대표작이라 생각되는 작품'만을 선정하여 수록하였기 때문에 26편의 시가 누락되었다. 시와사회에서 출판한 『나와 나타샤와 흰 당나귀』(시와사회 편집부, 2004)는 원전의 훼손 정도가 심한데, 오식과 탈자가 다수 발견되었을 뿐 아니라 연과 행 구분이 틀린 것,78) 게재지의 발행년도가 틀린 것79) 등을 확인할 수 있었다.

본 연구의 목적인 백석 시 원전비평을 위해서는 현재까지 출간된 약 40여 종의 백석 시집 가운데서 기준 판본을 선정할 필요가 있다. 선정 기준은 첫째, 백석의 모든 시를 실은 전집일 것, 둘째, 편집자가 명확할 것, 셋째, 연구자들에 의해 많이 인용된 것으로 하였다. 세 가지 기준에 의거하여 선정한 백석 시 기준 판본은 다

---

78) 백석의 시 「나와 나타샤와 흰 당나귀」, 「여우난곬族」, 「가즈랑집」, 「古夜」, 「노루」, 「球場路」, 「靑柿」, 「山비」, 「수박씨, 호박씨」, 「국수」, 「木具」 등의 연과 행 구분이 틀렸다.

79) 「定州城」, 「여우난곬族」, 「古夜」 등의 게재지 발행연도가 틀렸다.

음과 같다.

① 이동순 편, 『백석시전집』, 창작과비평사, 1987.
② 김학동 편, 『백석전집』, 새문사, 1990.
③ 송준 편, 『백석시전집』, 학영사, 1995. ⇒ 2004년 중판[80]
④ 정효구 편, 『백석』, 문학세계사, 1996.
⑤ 이동순 편, 『여우난골족』, 솔, 1996. ⇒ 1998년 증보판 『모닥불』.[81]
⑥ 김재용 편, 『백석전집』, 실천문학, 1997. ⇒ 2004년 증보.[82]

이동순이 펴낸 『백석시전집』과 『여우난곬족』 두 권이 포함된 것은 같은 사람이 펴낸 시집임에도 시의 표기 형태와 해석에서 차이를 보이고 있어서 비교 대상이 되고, 앞서 출간된 『백석시전집』이 현재(2006년 5월)까지 계속 판매되고 있어서 여전히 영향력을 갖고 있기 때문이다.[83]

---

80) 2004년 중판이 간행되었으나 전혀 차이가 없기 때문에 1997년 판을 기준으로 삼는다.

81) 이동순은 1998년 솔 출판사에서 또 다시 『모닥불』이라는 제목의 백석 시집을 발간하였는데, 『모닥불』은 먼저 나온 『여우난골족』의 개정증보판이다. 그런데 먼저 나온 『여우난골족』을 기준 판본으로 선정한 이유는 뒤에 나온 『모닥불』이 『여우난골족』과 다른 점은 단지 백석이 해방 이후 북한에서 발표한 시가 추가된 것 외에는 차이가 없기 때문이다. 본 연구의 대상이 되는 백석의 남한 발표 작품은 두 전집의 표기가 똑같다.

82) 김재용 편의 2004년 판 『백석전집』은 1997년 판에 증보만 하고 개정은 하지 않아 표기가 다른 것은 없기 때문에 1997년 판을 기준 판본으로 선정하였다.

83) 이동순 편 『백석시전집』(창작과비평사)은 2006년 5월 현재 19쇄까지 간행되었다. 연구자가 확인해 본 바에 따르면 백석의 월북 이후 시가 더 발굴되어 이동순 교수가 창작과비평사에 새로운 개정판 출간 의뢰를 했으나, 창작과비평사 측에서는 북한 정치체제에 대한 찬양시 등 출판사의 편집 방침과는 맞지 않는 시들을 출간할 수 없다는 결정을 내렸다고 한다. 그래서 솔출판사에서 개정 증보판이 출

본 연구에서 기준 판본으로 선정한 여섯 권의 시집들을 그림으로 정리하면 아래와 같다.[84) 선으로 연결된 부분은 서로간의 관계를 도식화한 것이다.

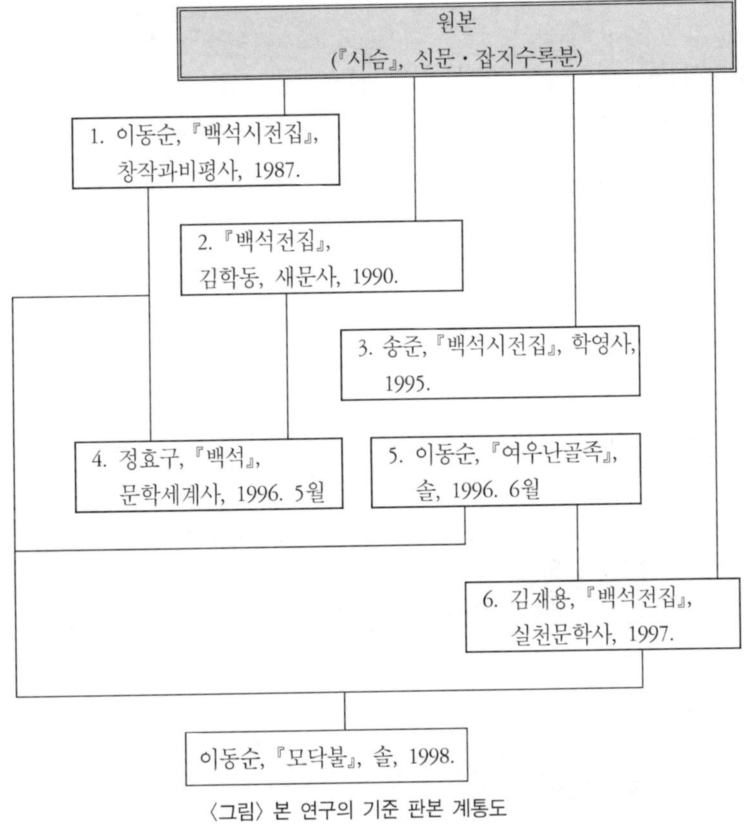

〈그림〉 본 연구의 기준 판본 계통도

간되었다고 한다.

84) 이 그림 아래부분에 표시된 이동순 편, 『모닥불』(솔, 1998)은 기준 판본에는 포함시키지 않은 것이다.

여섯 권의 기준 판본은 각각 나름대로의 의의와 한계를 지니고 있다. 그 특성을 중심으로 간단히 소개하면 다음과 같다.

(1) 이동순 편, 『백석시전집』, 창작과비평사, 1987.

이동순이 편집한 『백석시전집』은 재북 시인 해금에 즈음하여, 흩어져 있던 백석의 시를 묶어 출판한 국내 최초의 백석 전집일 뿐 아니라 2006년 5월 현재 19쇄까지 출간되어 그 영향력을 살필 수 있다.

이 전집에는 총 94편의 시가 실려 있으며 '산문' 편에는 7편의 소설과 수필이 수록되었다. 다음은 이 전집의 〈일러두기〉다.

1. 이 전집은 1936년 선광인쇄주식회사에서 발행한 시집 『사슴』과 당시의 신문·잡지들에 실린 시작품을 원본으로 하였다.
2. 시의 배열은 발표 연대를 따라 『사슴』을 중심으로 1부를 엮고, 이후 작품들을 2, 3부로 나누어 엮었다.
3. 표기는 백석시의 특수성을 감안하여 방언이나 속어, 어감이 달라진 말은 원문대로 살리고 일부 낱말과 띄어쓰기만 현대표기로 고쳤다.
   (예: 힌→흰, 갗후어→갖추어)
4. 부록으로 산문을 싣고 작가·작품연보, 참고문헌, 상세한 낱말풀이를 수록하였다.

4번에서 언급한 것처럼 상세한 낱말풀이를 수록하였기 때문에 이후 진행된 백석 시 연구에 많은 영향을 미쳤다. 그러나 이 같은 기여에도 불구하고 이동순 편은 몇 가지 한계점을 지닌다.

첫째, 일러두기 3에서 언급한 것처럼 띄어쓰기나 맞춤법이 비교적 현대적으로 고쳐졌으나, 같은 단어인데도 현대적 표기로 교체된 시어도 있고 교체되지 않은 시어도 있어 그 기준이 모호하다.

둘째, 원본에 있던 문장부호가 「南新義州 柳洞 朴時逢方」을 제외한 모든 작품에서 사라졌는데 일러두기에서 그 이유를 밝히지 않았다.

셋째, 원본에서는 산문 형태였던 「丹楓」이 행이 구분된 시 형식으로 표기되었다. 편집자에 의한 원본의 변개로 보인다.

넷째, 전집 구성에 관한 문제이다. 이 전집은 총 3부로 구성되었는데 1부는 '사슴', 2부는 '함주시초', 3부는 '북방에서'이다. 1부의 제목은 시집 『사슴』의 제목을 차용하였고, 2부의 제목은 백석의 시 가운데 5편의 표제어이다. 3부의 제목은 백석의 시 「北方에서」에서 비롯되었다. 백석의 시집 『사슴』은 '얼럭소새끼의영각', '돌덜구의물', '노루', '국수당넘어'라는 각 부의 제목 아래 시편들이 배치되어 시집의 구성에 신경을 쓴 흔적이 엿보인다. 그러나 이 전집에서는 시의 발표 연도에 따라 작품을 수록하여 시집의 순서와 다르게 작품이 배치되었고 『사슴』에 있던 부제도 생략되었다. 2부의 제목은 '함주시초'인데 백석의 '咸州詩抄'는 「北關」, 「노루」, 「古寺」, 「膳友辭」, 「山谷」의 표제어이다. 함주는 함경남도 소재의 군(郡)이고 '咸州詩抄'의 시편들은 함경도의 지방색이 드러내는 연작 기행시이다. 이동순의 『백석시전집』 2부 '함주시초'에는 한반도 남쪽을 기행한 '南行詩抄'뿐 아니라 평안도를 기행한 '西行詩抄', 일본의 지역 풍경을 그린 「伊豆國湊街道」도 포함되어 '함주시초'라는 제목은 이에 어울리지 않는다.

(2) 김학동 편,『백석전집』, 새문사, 1990.

김학동이 편집한『백석전집』은 총 96편의 시를 싣고 있다. 〈일러두기〉는 없으나 '책머리에'에서 시집에 대해 설명하고 있다. 특징적인 것은「내가 생각하는 것은」과「박각시오는저녁」을 발굴해 수록하였으며「丹楓」을 시가 아닌 수필로 규정한 점이다. 이 전집은 총 3부로 구성되었다. 1부에는 시를, 2부에는 단편소설, 수필, 번역소설, 번역논문 및 기타 설문답 등을 유형별로 나눠 싣고 있다. 3부에는 백석의 시세계를 고찰한 논문이 수록되었다. 부록으로 백석의 연보와 작품연보 및 시어분류표가 실렸다. 제1부의 시는 '사슴편', '보유편', '역시편'으로 나뉘는데 '보유편'은 다시 '함주시초', '박각시 오는 저녁', '남신의주 유동 박시봉방'이라는 소제목으로 분류되었다. 그런데 이 분류에서도 이동순 편의『백석시전집』과 마찬가지로 '함주시초'에 함주 지역과 관련 없는 작품들이 포함되어 있어 후대 연구자들의 혼란을 초래하고 있다.[85]

또한 이 책은 원본의 표기를 살리려 했다고 하나 오기와 행의

---

85) 김란희는 백석 시의 후대 판본 중 김학동 편을 선택하여 작품을 분석하고 연구하였다. 백석의 시「연자ㅅ간」을 해석함에 있어서 "이 시는 역시 정확히는 알 수 없으나 함주 지역의 어느 농촌으로 추정되는 지역의 연자간 풍경을 토대로 한 시적 주체의 정서적 감흥을 표현한 시"라고 하였다. 김란희는 이렇게 추정하게 된 이유에 대해 김학동 편 전집의 '함주시초' 편에 실려 있기 때문이라고 하였다. 잘못된 부제로 인하여 시 해석에 영향을 끼친 결과라고 할 수 있다.(김란희,『백석 시 연구』, 서강대 석사학위논문, 2003, 67쪽)

탈락, 연과 행 구분 혼동 등 원본과 표기상의 큰 차이를 보인다. 특히 문장 부호 표기는 기준을 알 수 없는 혼란한 양상을 보인다.

(3) 송준 편, 『백석시전집』, 학영사, 1995.

송준의 『백석시전집』은 2004년에 중판이 간행되었으나 1995년에 출판된 전집과 전혀 차이가 없기 때문에 1995년 판을 기준 판본으로 삼는다. 이 전집의 일러두기는 다음과 같다.

> 첫째 이 책의 모든 시는 원전에 근거를 두어 가능한 한 최대한 원본에 가깝게 하였음.
> 둘째 오자로 추정되는 시어는 따로 매 시편마다 주석으로 바로 잡았고, 간단한 해설도 하였음.
> 셋째 시는 특별한 경우를 제외하고는 중복을 피했음. 단 문맥이 조금씩 다른 부분의 시와 시『정주성』과 같은 대표시는 예외를 두어 중복을 허락하였음.

일러두기에서 밝힌 바와 같이 송준의 『백석시전집』은 원본과 가장 가깝게 표기된 전집이다. 해방 이후 북한에서 발표한 작품 9편도 수록하고 있으며 오자로 추정되는 시어를 각주를 통하여 수정하고 있다. 전집은 시편과 부록 편으로 구성되었다. 시편은 모두 7장으로 나뉘었는데 시기별, 주제별로 묶었다. 부록으로 백석의 번역시, 시어사전, 연보, 해설 등을 수록하였다. 또한 이하윤의 시집『호박꽃초롱』의 서문 격인 백석의 시「호박꽃초롱」을 발굴하여 실었다.

이 전집은 백석의 최초 발표본과 백석에 의해 개작된 시집본 두 편을 모두 실었다. 그래서 「定州城」, 「山地」, 「酒幕」, 「비」, 「여우난곬族」, 「統營」, 「힌밤」, 「古夜」 등 8편이 중복되었다. 또한 「이주하 이곳에 눕다」라는 증언시, 『만선일보』에 한얼生의 「孤獨」, 「雪依」, 「高麗墓子(꺼우리무=스)」 등을 백석의 시로 편입하였는데, 이 작품들을 왜 백석의 작품으로 추정하는지에 대한 설명이 없다.[86] 백석의 시 「탕약」(『시와 소설』, 1936. 3)이 누락되었고 문장 부호도 원본과 다르며 그 기준도 알 수 없다. 또한 모든 시가 내어쓰기로 표기되어 원본과 차이가 드러나며 산문시 「黃日」은 행을 구분하여 원본과 형태상의 차이를 보인다. 전집 뒤에 부록으로 '백석 시어 사전'을 싣고 있다.[87]

(4) 정효구 편, 『백석』, 문학세계, 1996.

정효구 편 『백석』은 1부 백석의 시와 소설, 2부 백석의 삶과 문학, 3부 백석 연구논집, 4부 백석 연구 자료집으로 구성되었다. 시의 경우 시집 『사슴』 이전의 시들과 『사슴』, 『사슴』 이후의 시들로 구분하였다. 이동순 편 전집과 김학동 편 전집을 기준으로 삼

---

86) 이것에 대해서는 IV-2 '시 작품 확정의 문제'에서 자세하게 논의할 것이다.

87) 그러나 시구 해석에 있어 수사적인 표현이 많이 들어가 있어 객관성을 담보하지 못하는 아쉬움이 있다. 예를 들어 '닉닉한'을 '기름기가 너무 많아 매우 비위에 거슬리는'으로 해석하고 있다. '닉닉한'은 '느끼한'의 평안도 방언으로 '비위에 맞지 아니할 만큼 음식에 기름기가 많다'라고 정의하면 되는데 '너무', '매우'와 같은 주관적인 어휘를 사용하고 있다. '당세'를 '좁쌀이나 술찌꺼기로 만든 달디단 죽'으로 설명하는 것도 마찬가지다.

아서인지, 앞서 발간된 후대 전집들의 문제점을 그대로 답습하고 있다.[88] 오기가 누적되어 오류가 더 많아졌다. 백석의「黃日」, 「丹楓」, 「호박꽃초롱」은 누락되었으며 작품연보에서는 「자류(柘榴)」를 「석류(石榴)」로 표기하였으나 왜 그렇게 표기했는가에 대한 설명은 없다.[89]

　(5) 이동순, 『여우난골족』, 1996, 솔.

　1987년 『백석시전집』을 편집한 이후 10여년 만에 이동순은 다시 『여우난골족』(1996)과 『모닥불』(1998)을 출판하였다. 『여우난골족』은 솔출판사의 '세계시인선' 총서 중 하나이다. 『모닥불』은 『여우난골족』에 「제3인공위성」과 연작 동화 시 「집게네 네 형제」가 더 보충되었다. 『모닥불』에 증보된 시들은 1997년 출판된 김재용의 『백석시집』에서 도움을 받은 것으로 보인다.[90]
　이 전집은 '1935~1936', '1936~1940', '1940~1960', '『집게네

---

88) 이러한 판단의 근거는 다음과 같은 정효구 편 전집의 일러두기 내용에 따른 것이다.
　　"이 책이 나오는 데는 이동순이 편한 『백석시전집』, 김학동이 편한 『백석전집』, 송준이 편집 및 집필한 『시인 백석 일대기』, 김자야가 쓴 『내 사랑 백석』의 도움이 컸다."(정효구 편, 『백석』, 문학세계, 1996, 일러두기)
89) 사전에도 자류(柘榴)는 석류(石榴)의 잘못이라고 되어 있으니 이를 지적하여 설명하였으면 좋았을 것이다.
90) 이러한 판단의 근거는 다음과 같은 이동순의 다음의 연구 내용에 따른 것이다.
　　"전집 발간 이후 그동안 알려지지 않았던 백석의 작품 발굴을 위해 노력한 이는 단연 김재용이다. 그는 분단 이후 북한 문단에서 발표된 백석의 시를 다수 발굴하여 『백석전집』(실천문학사, 1997)에 수록하였다."
　　이동순, 「백석 시의 연구 쟁점과 왜곡 사실 바로잡기」, 실천문학 2004년 가을호.

네 형제』'라는 시기가 구성의 기준이 되었다. 이 구성을 보아도 알 수 있듯이 창작과비평사에서 출판된 이동순의 『백석시전집』과 가장 크게 달라진 부분은 북한에서 발표한 시까지 수록하고 있다는 점이다. 그 이외에도 창작과비평사 편과는 현대어 표기, 한자 병기, 시 형식 등에서 큰 차이를 보인다. 그렇기 때문에 『여우난골족』과 『모닥불』은 창작과비평사 『백석시전집』의 개정 증보판이라고 할 수 있을 것이다. 시집의 내용 면에서 큰 차이를 보여 편집자가 같음에도 불구하고 『여우난골족』 역시 기준 판본으로 삼는다. 후대에 출판된 『모닥불』이 아닌 『여우난골족』을 기준 판본으로 삼는 이유는 본 연구의 대상이 되는 남한에서 발표한 작품의 표기는 두 전집이 똑같기 때문이다. 다음은 『여우난골족』의 〈일러두기〉91)이다.

1. 본 시집 『여우난골족(族)』은 백석의 첫 시집 『사슴』을 비롯, 해방과 분단 이후 남한과 북한에서 발표된 작품들로 구성된 백석의 시전집이다.

2. 표기법과 띄어쓰기는 현대 맞춤법에 맞게 고쳤으나 백석 특유의 어휘나 방언 등은 그대로 두었으며 독자들의 이해를 위해 어휘풀이를 달았다.

3. 이어지는 행의 경우 한 자를 내어서 조판하는 것이 일반적 관례이나 이 책은 한 자를 들여 쓰던 백석의 형식을 따랐다.

---

91) 본고에서는 이동순 편 『여우난골족』의 〈일러두기〉 1은 적지 않았는데 〈일러두기〉 1은 '세계시인선' 총서와 관련된 내용이기 때문에 생략하였다. 그래서 〈일러두기〉 2를 1로, 3을 2로, 4를 3으로 하였다.

위의 내용과 같이 이 전집에서는 표기법과 띄어쓰기를 현대 맞춤법에 의거하였고 한자의 경우 '산'과 같은 단어는 한자를 병기하지 않은 한글로 바꾸고, 노사(老死)와 같이 해석에 오류가 생길 수 있는 단어나 고원선(高原線)과 같은 고유명사는 한글 옆 괄호 안에 한자를 병기하였다. 그리고 시 하단에 방언과 난해 시어의 해석을 싣고 있다.

1987년에 출판된 『백석시전집』과 같이 『사슴』의 부제가 목차와 본문에서 생략되었다. 〈일러두기〉 3에서 알 수 있듯이 이어지는 행의 경우를 들여 쓰는 것이 백석 특유의 형식이라고 하여 모든 시를 들여 쓰고 있다. 그러나 백석 시 원본을 살펴보면 「조당에서」, 「두보나이백같이」, 「수박씨호박씨」, 「목구」와 같은 시편은 일반적 관례와 같이 이어지는 행을 내어서 조판하고 있다.92)

(6) 김재용 편, 『백석전집』, 실천문학사, 1997.(2004년 증보판
    출간)

1997년 출간된 김재용 편 『백석전집』은 2부로 구성되었다. 1부는 8·15이전의 시작품·수필·소설을, 2부는 8·15이후의 동화시·시·평문·정론 등을 싣고 있다. 2004년에 증보판이 출간되었는데 3부를 새로 구성하여 초판에 수록하지 못했던 작품과 북한에서 발표된 발굴 작품을 실었다. 이 전집의 특징은 백석이 북한에

---

92) 들여쓰기는 컴퓨터 프로그램에서 문단이 나누어짐을 명확하게 하기 위해 왼쪽 끝에서 일정한 간격을 벌려 오른쪽으로 들여 쓰는 것을 의미한다. 반면 내어쓰기는 이 반대의 경우이다.

서 발표한 시, 동화시, 아동문학에 대한 글 등을 실어 분단 이후의
백석 시의 면모를 확인할 수 있는 자료를 제시하고 있다는 점이다.
2004년 판『백석전집』은 1997년 판에 증보만 하고 개정은 하지 않
아 1997년 판을 기준 판본으로 선정하였다.

이 전집의 〈일러두기〉에는 다음과 같이 백석 시의 표기 방법을
소개하고 있다.

1. 전집의 1부는 해방이전의 작품을, 2부는 해방이후의 작품을 수록
   하였다.
   단행본으로 나온 시집『사슴』과『집게네 네 형제』는 원래의 체제
   를 살려 그대로 실었고 그 이외의 것은 장르별 속에서 발표 연도
   순으로 배치하였다.
2. 표기는 1부와 2부를 달리하였다. 1부인 해방 이전의 것은 방언을
   의식적으로 사용하였던 백석의 뜻을 살려 가급적 원본은 그대로
   두었다. 단 2부인 해방 이후의 것은 북한식 표기를 남한의 표준어
   로 바꾸어 독자들의 이해를 돕고자 한다.93)

8·15이전의 시는 '『사슴』에 수록된 작품'과 '『사슴』에 수록되
지 않은 작품'으로 나누었다. 한자 표기는 모두 한글로 바꾸고 한
자를 병기하였으며 표기와 띄어쓰기 등이 현대 표기로 변개된 경
우가 많다. 자료나 연구 텍스트로서의 가치는 떨어지는 대신 일반
독자를 염두에 둔 전집이라 할 수 있다. 띄어쓰기나 맞춤법이 비

---

93) 1997년 판과 2004년 판의 '일러두기'의 내용은 똑같으나 형식상 차이가 생겼다.
2004년판에서는 1의 "단행본으로 나온 시집『사슴』과 (후략)" 문장을 개별적인 2
번으로 처리하여 1, 2, 3의 셋으로 설명하고 있다.

교적 현대적이나 같은 단어가 현대어로 교체된 시어도 있고 교체
되지 않은 시어도 있고 한 단어가 각 시에서 다르게 표기되는 경
우도 있어 그 기준이 모호하다. 행과 연 구분에 있어서도 원본과
차이를 보이는 시가 있다.

이 전집은 「三防」으로 개작된 「山地」를 수록하지 않고, 장르 구
분이 모호한 「나와 지렁이」, 「黃日」은 증보판의 '보유편'에 시로
구분해 실었다. 반면 「丹楓」은 누락되었다.

2) 시어 표기의 차이와 그 영향

이 장에서는 후대 편집자들이 시어를 변형시켜 의미가 변해버
린 과정에 대해 살펴본다. 후대 편집자들의 실수로 인하여 변형이
나타난 경우도 있으나 후대 편집자들의 의도로 인하여 해석에 영
향을 줄 수 있는 문제점 등이 나타나는 경우가 많다. 시어 표기를
오늘날의 독자가 이해하기 쉬운 현대적 표기로 교체하거나 고어
와 방언을 표준어로 대체하는 과정에서 비롯된 것인데, 각 편집자
마다 편집의 원칙이나 기준이 다르기 때문에 원본과는 물론 각 편
집본마다 표기가 달라진다.

본 연구에서는 (1) 탈자가 나타난 경우, (2) 'ㄹ' 받침 표기의 차
이, (3) 해석에 차이가 생기는 경우, (4) 단순한 차이 등으로 구분하
여 표기의 차이 및 그 영향을 살펴보려 한다.

이를 위해 먼저 원본과 후대 기준 판본과의 차이를 표로 제시하
고 표 아래에 설명을 덧붙인다. 표에서 비워진 공간은 원본과 표기
가 같아 차이가 없는 경우이다. 1990년 새문사에서 출판된 김학동

편『백석전집』과 1996년 문학세계에서 출판된 정효구 편『백석』,
1996년 솔출판사에서 출판된 이동순 편『여우난골족』과 1997년
실천문학사에서 출판된 김재용 편『백석전집』에 같은 형태로 변
개된 시어들이 많아 두 전집을 같은 칸에 두었다. 두 전집 간에
차이가 있는 경우는 표 안에 편집자의 이름을 두어 표시하였다.

(1) 탈자가 나타난 경우

원본과 다르게 후대 편집본에서 탈자가 나타난 경우는 후대 편
집자의 의도라기보다 실수일 가능성이 높다. 다음은 탈자가 나타
난 경우를 도표화한 것이다.

판본 / 시제목	백석 원본: 『사슴』 // 잡지나 신문 게재	이동순 (창비, 1987)	김학동(1990), 정효구(1996)	송준 (1995)	이동순(솔, 1996) 김재용(1997)
오리망아지 토끼	맞구멍난토끼굴을**아 배와**내가막어서면				맞구멍난 토끼굴 을 내가 막어서면
大山洞	**발빰엥이**				**빨갱이**
山	벼락을 맞아 바윗돌 이 되었다는		**김학동 편 탈락**		

다음은 「오리망아지토끼」의 3연이다. 「오리망아지토끼」는 아버
지와 함께 한 유년의 추억을 그리고 있다. 3연의 다음 부분에서 이
동순 편(솔)과 김재용 편은 '아배와'가 누락되었다. '아배와'를 누
락시킴으로써 '맞구멍' 양 쪽에 어린 화자와 아버지가 버티고 서
있는 장면이 함께 생략되었다.

새하려가는아배의지게에치워 나는山으로가며 토끼를잡으리라
고생각한다
　맞구멍난토끼굴을**아배와**내가막어서면 언제나 토끼새끼는 내
다리아레로달어났다
　나는 서글퍼서 서글퍼서 울상을한다
— 「오리망아지토끼」 부분,『사슴』

　「大山洞」 3연의 경우 '눈빩앵이 갈매기 발빩앵이 갈매기'를 지
칭할 때 '발'이 누락되고 있다. 원본은 다음과 같다.

비애고지 비애고지는
제비야 네말이다
눈빩앵이 갈매기 **발빩**앵이 갈매기 가란말이지
승냥이 처럼 우는 갈매기
무서워 가란말이지
— 「大山洞」 부분,『조광』 4권 10호, 1938. 10.

　원본에서는 눈과 발이 빨간 갈매기가 승냥이처럼 무섭게 운다
는 것이 강조되고 있다. 몸의 전체가 빨간 것이 아니라 눈과 발만
빨갛다는 것을 강조하여 갈매기의 생김새와 그 울음소리에 대한
두려움의 감정을 더하고 있다. 이동순 편(솔)과 김재용 편은 '발'이
빨갛다는 부분이 탈락되어 몸 일부의 색채를 강조하여 무서운 이
미지를 부각하고자 하는 의도가 함께 생략되고 말았다.

山 너머는
겨드랑이에 짖이 돋아서 장수가 된다는

> 덕거 머리 총각들이 살아서
> 색씨 처녀들을 잘도 업어 간다고 했다
> 산 마루에 서면
> 멀리 언제나 늘 그물그물
> 그늘만 친 건넌 山에서
> **<u>벼락을 맞아 바윗돌이 되었다는</u>**
> 큰 땅괭이 한마리
> 수염을 뻗치고 건너다보는 것이 무서웠다
> — 「山」 부분, 『새한민보』 1권 14호, 1941. 4.

「산」 2연의 경우 김학동 편에서는 한 행이 완전히 탈락되어 벼락을 맞아 바윗돌이 된 '땅괭이'가 무섭다는 내용이 생략되었다. 시의 한 행이 누락되어 시 해석에 지대한 영향을 미치는 경우이다.

(2) 'ㄹ' 받침 표기의 차이

다음은 백석의 'ㄹ' 받침 표기에 대한 후대 편집자들의 차이를 도표화한 것이다.

판본 시제목	백석 원본: 『사슴』 // 잡지나 신문 게재	이동순 (창비, 1987)	김학동(1990), 정효구(1996)	송준 (1995)	이동순(솔, 1996) 김재용(1997)
山地	흐르듯 읊다				김재용의 경우 시가 전집에 실리지 않음.
가즈랑집	쇠메**듧**도적		쇠메**듨**도적 (김학동)		쇠메 든 도적 (김재용)
山비	맷비들기가**낢**다		멧비들기가 낢**다**		멧비둘기가 **난다** (김재용)

柘榴	노을먹고삶**다**				노을 먹고 **산다**
머루밤	門을**엹다**		門을**열다** (김학동)		문을 **연다**(김재용)
절간의 소 이야기	藥이있는줄을앒**다** 고	藥이 있는 줄 을 **안다고**			약이 있는 줄을 **안 다고(이동순)** 약(藥)이 있는 줄을 **안다고(김재용)**
山谷	남길동닭			남길동**닭**	남깃동 닭(이동순) 남길동**단**(김재용)
故鄉	수염을 **쏹다**			수염을 **쏹 다**	수염을 **쓴다** (김재용)

국어 맞춤법에서는 동사의 어간이 '르'로 끝나는 어휘가 관형형 어미 '는', 종결형 어미 'ㄴ다'와 같이 'ㄴ'으로 시작하는 어미와 결합할 때 '르'이 탈락된다. 그런데 백석의 경우 '르'을 탈락시키지 않고 표기했다. 이는 백석의 '독특한 표기법'[94]인데, 르불규칙으로 활용되는 어간의 원형을 살려서 쓴 것으로 보인다.[95] 그래서 원본의 표기들에 대한 의미는 '운다', '쇠메든', '일어난다', '산다', '연다', '안다고', '남길동 단', '쓴다'가 된다.

위의 표에서 세 번째 보기인 '맷비들기가넒다'는 기존의 논의에

---

94) 김영배, 「백석 시의 방언에 대하여」, 『평안방언연구』, 태학사, 1997, 528쪽.

95) 아래는 「古夜」의 잡지게재본과 시집본이다. 잡지본에는 '쇠듧밤'으로 표기하였다. '쇠들다'라는 기본형에 관형사형 'ㄴ'이 붙어 '쇠듧밤'으로 표기된 것이다. 「古夜」가 시집 『사슴』에 재수록되었을 때 '쇠든밤'으로 표기하였다.

　　나는아랫목의 샅귀를들고 쇠듧밤을내여
　　　　　　　　　　－「古夜」 부분, 『조광』 1936. 1.

　　나는아룻목의샅귀를들고 쇠든밤을내여
　　　　　　　　　　－ 「古夜」 부분, 『사슴』

서 다양하게 풀이되었다. 「山비」는 비가 내려 산비둘기가 움직이
니 나무 등걸에 있던 자벌레가 고개를 들어 멧비둘기쪽을 본다는
한편의 그림 같은 시각적 이미지 위주의 시이다.

> 山뽕닢에 비ㅅ방울이친다
> 멧비들기가**닒다**
> 나무등걸에서 자벌기가 고개를들었다 멧비들기켠을 본다
>
> —「山비」, 『사슴』

'닒다'는 두 가지로 해석할 수 있는데 첫 번째 해석은 '닒다'를
'낢다'의 오자로 보고, '날다'에 종결형 어미 'ㄴ다'가 붙어 '낢다'
가 되어 '난다'라는 의미가 되는 것이다. 다른 해석은 '닒다'를 고
어(古語) '닐다'로 보아 '일어난다'[96]라고 해석하는 것이다. 이 시
에서 멧비둘기의 움직임은 날아가는 것과 같은 커다란 동작이 아
니라 가만히 있던 것이 몸이 솟구쳐 일어난 것이다. 즉 앉았다가
몸을 솟구치고 날개를 펼친 후 날아가는 새의 몸짓 중에서 좀 더
짧은 순간을 포착한 것으로 이 시의 시각적인 느낌이 부각된다.
'닐다'라는 동사는 백석의 다음의 시 「夏畓」 1연에서도 찾아볼 수
있다.

> 짝새가 발뿌리에서**닐은**[97] 논드렁에서 아이들은개구리의뒤ㅅ
> 다리를 구어먹었다
>
> —「夏畓」 부분, 『사슴』(밑줄과 강조는 연구자)

---

96) 국립국어연구원 편, 위의 책.
97) 송준, 이동순(솔), 김재홍 편은 '날은'으로 표기하였다.

위의 「夏畓」에서도 '닐다'가 나타나는데 논두렁에 아이들이 지나가자 작은 짝새가 일어나 종종거리며 움직이는 모습을 보여준다. 백석의 시 중 두 군데서 '넓다'를 기본형으로 하는 시어가 발견되기 때문에 백석의 언어감각과 두 작품의 통일성, 원본을 존중하여 일어난다라고 해석하는 것이 자연스럽고 표기는 백석의 의도를 살려 그대로 두는 것이 좋을 듯하다.

김학동 편은 「가즈랑집」의 경우 '쇠메듧도적'을 '쇠메돐도적'으로, 「머루밤」의 경우 '門을엹다'를 '문을 열다'로 표기하고 있다. 전자는 표기의 오류로 인하여 해석이 달라질 수 있고 후자는 동사의 기본형을 그대로 쓴 경우라 잘못된 표기로 추정된다. 송준 편은 'ㄾ' 받침을 'ㄺ'으로 표기한 경우가 있었는데 이는 출판 과정의 실수로 보인다.

(3) 해석에 차이가 생기는 경우

다음은 후대 편집자들의 실수 혹은 의도적 변개로 인하여 시의 해석에 차이가 발생하는 경우를 도표화한 것이다.

판본 / 시제목	백석 원본:『사슴』// 잡지나 신문 게재	이동순 (창비, 1987)	김학동(1990), 정효구(1996)	송준 (1995)	이동순(솔, 1996), 김재용(1997)
夏畓	**게**구멍을			게구멍을	**개**구멍을
비 (『사슴』)	어데서 **물쿤**		어데서 **물준**		
定州城 (『사슴』)	**잠자리**조을든		**잠자려**조을든		

오리	닭이젖올코에	닭이짖 올코에	닭이젖올코에(김학동)	닭이짖올 코에	닭이짖올코에(김재용)
			닭이짖올코에(정효구)		닭이깃 올코에(이동순)
山谷	남길동닭 안주인				남깃동 닭 안주인(이동순)
絶望	붉은 길동을				붉은 깃동을(이동순)
외가집	복쪽제비들이		북쪽제비들이		북쪽제비들이(김재용)
夜雨小懷	물외 내음새	물의 내음새			물의 내음새
童尿賦	봄첨날	봄철날			봄철날
安東	기나긴 창꽈쯔를		지나간 창꽈쯔는		
	즐즐 끌고시펏다		줄을 끌고싶엇다		
咸南道安	익어가는				익어간
月林장	너구리가죽		너구리가족		
	떨당이	떡당이	떡당이	떡당이	떡당이
木具	귀에하고	귀애하고		귀애하고	귀애하고
「호박꽃초롱」序詩	버슷을	시가 전집에 실리지 않음	시가 전집에 실리지 않음		벗을(김재용)
국수	날여 맥이고	나려 맥이고	날여 맥이고		나려 맥이고
	즐거움에 싸서	즐거움에 사서	즐거움에 차서		
바 다	끊은것만		끊는것만		
白樺	삶는		삶은(김학동)		
수박씨, 호박씨	호박씨 닦은것을		호박씨 닦는것을		
南新義州 柳洞 朴時逢方	그 마른 잎새에는		그 마을 잎새에는(정효구)		

　내용을 보다 구체적으로 살펴보면 다음과 같다. 우선 「夏畓」의 부분이다.

　　짝새가 발뿌리에서닐은 논드렁에서 아이들은개구리의뒤ㅅ다
리를 구어먹었다

　　<u>게구멍</u>을쑤시다 물쿤하고 배암을잡은늪의 피같은물이끼에 해
볓이 따그웠다

　　돌다리에앉어 날버들치를먹고 몸을말리는아이들은 물총새가
되었다

－「夏畓」 부분, 『사슴』

　송준 편, 이동순 편(솔), 김재용 편에서는 2연의 '게구멍'을 '개
구멍'으로 오식하였다. 이 시의 2연은 아이들이 여름 논두렁에서
개구리를 잡아 먹고 논게들이 살고 있는 구멍을 쑤시다가 물렁물
렁하고 기분 나쁜 느낌의 뱀을 만지고 놀라는 모습을 그리고 있
다. '개구멍'이라고 표기하게 되면 뜻 자체가 '개[犬]가 다니는 울
타리나 뚝에 난 자그마한 구멍'을 뜻하기 때문에 해석에 차이가
생긴다. 따라서 원본의 '게구멍'으로 표기해야 한다.

　　아카시아들이 언제 힌두레방석을깔었나
　　어데서 <u>물쿤</u> 개비린내가온다

－「비」, 『사슴』

　위는 「비」의 전문이다. 김학동 편과 정효구 편은 밑줄 친 '물쿤'

을 '물준'으로 표기하였다. 이 시에서 '물쿤'은 좋지 않은 냄새가 한꺼번에 확 풍기는 모양으로 '개비린내'와 연결되는 주요 시어이다. '물준'으로 표기하면 전체적인 시의 의미와 어울리지 않으며 파열음의 강한 느낌 또한 사라지게 되므로 '물쿤'으로 표기해야 한다.

다음은 「定州城」 2연이다.

잠자리조을든 문허진城터
반디불이난다 파란魂들같다
어데서말있는듯이 크다란山새한마리 어두운 곬작이로난다
—「定州城」 부분, 『사슴』

김학동 편은 '잠자리'를 '잠자려'로, '어데서'를 '어대서'로 표기하고 있다. 이 판본을 참조하고 있는 정효구 편도 이러한 오기를 되풀이하였다. '잠자리'를 '잠자려'로 오기 한 것은 후대 비평가들에게 영향을 미칠 수 있는 오기이나, 뒤의 것은 단순한 오기로 보인다.

다음은 「오리」의 부분이다.

오리야 나는 네가좋구나 네가좋아서
벌논의눞옆에 쭈구렁벼알달린 짚검불을 널어놓고
닭이짖올코에 새끼달은치를 묻어놓고
동둑넘에숨어서

하로진일 너를 기달인다
           ― 「오리」 부분, 『조광』 2권 2호, 1936. 2.

밑줄 친 부분의 표기 '닭이젖올코'는 모든 전집이 다르다. 이동
순(창비) 편, 정효구 편, 송준 편, 김재용 편은 '닭이짖올코에'로 표
기하고 있으며, 김학동 편은 '닭이젖올코에'로, 이동순 편(솔)은
'닭이깃올코에'로 표기하였다. 이 시어의 뜻은 '닭의 깃+올코'로
닭의 깃털을 붙여 만든 올가미란 뜻이 된다.

다음은 「山谷」의 3연이다.

곬이다한 산대밑에 작으마한 돌능와집이 한채있어서
이집 **남길동닭** 안주인은 겨울이면 집을내고
산을돌아 거리로날여간다는말을하는데
해발은마당에는 꿀벌이 스무나문통있었다
   ― 「山谷」―咸州詩抄 부분, 『조광』 3권 10호, 1937. 10.

밑줄 친 부분의 표기 '남길동닭'을 이동순(솔)은 '남깃동 닭'으
로 표기하였다. 길동은 끝동의 평안북도 방언이다. 끝동은 여자의
저고리 소맷부리에 댄 다른 색의 천을 의미한다. 반면 깃동은 저
고리나 웃옷의 목둘레에 둘러대는 다른 색의 천을 의미한다. 그렇
기 때문에 '길동'과 '깃동'은 의미의 편차가 크다.[98] 「絶望」에도
'길동'이라는 시어가 나오는데, 여기에서도 이동순 편(솔)은 '깃동'

---

98) '길동'에 대한 해석은 박사논문 심사 중 박호영 교수님이 지적하신 것이다.

으로 표기하였다.[99]

> 아름답고 튼튼한 게집은있어서
> 힌저고리에 붉은 **길동**을달어
> 검정치마에 밫어입은것은
> 나의 꼭하나 즐거운 꿈이였드니
> 　　　　　—「絶望」부분,『삼천리문학』2호, 1938. 4.

다음은「외가집」이다.

> 내가 언제나 무서운 외가집은
> 초저녁이면 안팎마당이 그득하니 하이얀 나비수염을 물은 보
> 득지근한 **복쪽재비**들이 씨굴씨굴 모여서는 쨩쨩 쨩쨩 쇳스럽게
> 울어대고
> 밤이면 무엇이 기와곬에 무리돌을 던지고 뒤우란 배낡에 쩨듯
> 하니 줄등을 헤여달고 부뚜막의 큰 솥 적은 솥을 모주리 뽑아놓
> 고 재통에간 사람의 목덜미를 그냥그냥 나려 눌러선 잿다리 아
> 래로 쳐박고
> 그리고 새벽녘이면 고방 시렁에 채국채국 얹어둔 모랭이 목판
> 시루며 함지가, 땅바닥에 넘너른히 널리는 집이다.
> 　　　　　—「외가집」,『현대조선문학전집』, 1938. 4.

김학동, 정효구, 김재용 편에서는 원본의 '복쪽재비들'을 '북쪽

---

99) 국립국어연구원 편『표준국어대사전』에서 '깃동'을 찾으면 "그녀는 흰 저고리
　　에 붉은 깃동을 달아 검정 치마에 받쳐 입었다."라는 예시가 나온다. 국립국어연
　　구원 편『표준국어대사전』은 용례로 문학작품을 많이 인용하였는데 '깃동'이라
　　는 예시는 백석의「絶望」에서 비롯된 것이 아닐까 생각된다.

제비들’이라고 표기하였다. 그러나 원본의 의미는 ‘복+쪽재비들’, 즉 복(福)을 가져다 주는 족제비라는 의미100)로 보아야 한다. 후대 판본의 표기는 원본의 뜻에서 벗어나 ‘북쪽+제비들’을 의미하므로 시어 해석상 큰 차이를 보인다. ‘하이얀 나비수염’을 가지고 있는 것으로 보아 족제비를 의미하는 것으로 봐야한다. 또한 어린 화자가 외가집을 무서워하며 무서움을 느끼게 하는 것들을 나열하고 있다. 초저녁에 모여든 족제비들의 시끄러운 소리도 어린 화자에게는 두려운 것 중 하나이므로 여기서는 족제비로 보는 것이 맞다.

다음은 「夜雨小懷」의 1연이다.

> 캄캄한 비속에
> 새빩안 달이 뜨고
> 하이얀 꽃이 퓌고
> 먼바루 개가 짖는밤은
> 어데서 **물외** 내음새 나는밤이다
> — 「夜雨小懷」 부분, 『조광』 4권 10호, 1938. 10.

‘물외’란 ‘참외’와 구분하여 ‘오이’를 지칭한다. 이동순, 김재용

---

100) 이를 입증하는 근거로서 백석과 동시대 작가인 한설야의 소설 「탑」에는 다음과 같은 부분이 있다.
　　“그러면 밥은 오래 파먹은 자리가 나는데 쥐와 고양이 들락거리는데 무엇이 먹었는지 모르지만 할머니는 꼭 **복족제비**가 먹었다고 생각하였다. 그리고 이 집에 복을 누리게 하리라고 믿었다.”(밑줄・강조, 연구자)
　　『제3한국문학: 잃어버린 문학공간』 v. 5, 수문서관, 1988.

편은 '물외 내음새'를 '물의 내음새'로 오기하고 있다. 오이와 물은 시적으로 느낌도 냄새도 다르다. 원본의 '외'를 '의'로 잘못 읽은 후대 편집자들의 실수로 보인다.

다음은 「童尿賦」의 1연이다.

> <u>봄첨날</u> 한종일내 노곤하니 벌불 작난을 한날 밤이면 으례히 싸개동당을 지나는데 잘망하니 누어 싸는 오줌이 넙적다리를 흐르는 따근따근 한 맛 자리에 펑하니 괴이는 척척한 맛
> — 「童尿賦」 부분, 『문장』 1권 5호, 1939. 6.

「童尿賦」는 어린 화자의 오줌과 관련된 다양한 기억을 감각적으로 형상화한 작품이다. 위에 인용한 1연은 불장난을 한 봄날 밤 자신도 모르게 누워서 오줌을 싸고 마는 오줌싸개의 모습을 평안도 방언을 사용해 시적으로 묘사하고 있다.

원본의 '봄첨날'을 이동순 편과 김재용 편은 '봄철날'이라고 표기하였다. '봄첨날'은 봄의 처음날로 해석되는 반면 '봄철날'은 지속적으로 이루어지는 봄날로 해석된다. 그러나 벌에 불을 놓는 행사는 봄날 지속적으로 행해지는 것이 아니라 봄이 처음 시작되는 날, 즉 한 해 농사를 시작하기 전 논두렁, 밭두렁에다 짚을 깔아 놓았다가 불을 놓아 태우는 것을 의미한다. 이는 농작물에 피해를 주는 쥐를 잡고 들판의 마른 풀에 붙어 있는 해충의 알을 비롯한 모든 잡충을 태워 없애기 위함이고 또 민간신앙으로 보면, 이날 불을 놓으면 모든 잡귀를 쫓아내어 한 해 동안 아무 탈 없이 지낼

수 있다고 믿었던 것이다. 이날 달이 뜰 무렵이 되면 어린 아이들
도 행사에 참여할 수 있었다. 그렇기 때문에 원본 그대로 '봄의 처
음 날'을 의미하는 '봄첨날'로 표기해야 한다.

> 손톱을 시펄하니 길우고 **기나긴 창꽈쯔를 즐즐 끌고시펏다**
> 饅頭꼭깔을 눌터쓰고 곰방대를 물고가고시펏다
> 이왕이면 香내노픈 취향梨돌배 움퍽움퍽 씹으며 머리채 츠렁
> 츠렁 발굽을차는 꾸냥과 가즈런히 雙馬車 몰아가고시펏다
> ― 「安東」 부분, 『조선일보』 1939. 9. 13.

중국 단동 지방의 이국적인 풍광을 묘사하고 있는 「安東」의 경
우, 4연의 1행이 "손톱을 시펄하니 길우고 기나긴 창꽈쯔를 즐즐
끌고시펏다"라고 표기되어 있다. 창꽈쯔는 장괘자(長掛子)로 중국
식 긴 저고리를 말한다. 즉 손톱을 시퍼렇게 기르고, 중국식의 긴
저고리를 질질 끌고 싶었다라는 의미이다. 이동순 편에는 "손톱을
시펄하니 길우고 기나긴 창꽈쯔를 즐즐 끌고 싶었다"와 같이 종결
어미만 현대어 표기로 수정해 실었다. 그러나 김학동, 정효구 편은
"손톱을 시펄하니 길우고 지나간 창꽈쯔는 줄을 끌고시펏다"로 표
기했다. '를'이 '는'으로 오기되면서 원본의 주어는 시적 화자가
되는데 비해 김학동, 정효구 편의 문장 주어는 '창꽈쯔'가 된다. 또
한 '즐즐'이 '줄을'로 변개됨으로 인해 해석에 큰 차이가 난다. 그
래서 "손톱을 시퍼렇게 기른 '창꽈쯔'를 입고 지나가는 사람이 줄
을 끌고 가고 싶었다"라고 시 해석이 완전히 달라지게 된다. 만주
의 단동 거리에서 느끼는 시적 화자의 감상을 형상화하고 있기 때
문에 주어는 시적 화자가 되어야 하고 '줄을'을 '즐즐'로 원본대로

표기해야 한다.

다음은 「咸南道安」의 3연이다.

　　七星고기라는 고기의 쩜벙쩜벙 뛰노는 소리가
　　쨋쨋하니 들려오는 湖水까지는
　　들죽이 한불 새까마니 **익어가는** 망연한 벌판을 지나가야 한다.
　　　　　　　　　－「咸南道安」 부분,『문장』1권 9호, 1939. 10.

　　김재용 편은 밑줄 친 '익어가는'을 '익어간'으로 표기하였다.
'익어가는'이 현재를 모습을 나타낸다면 '익어간'은 이미 지난 과
거를 표현하는 관형형이기에 의미의 편차가 크다. 원본대로 표기
해야 한다.

　　『自是東北八〇粁熙川』의 標말이 선곳
　　돌능와집에 소달구지에 싸리신에 옛날이 사는 장거리에
　　어니 근방山川에서 덜걱이 꿱꿱 검방지게 운다

　　초아흐레 장판에
　　산 멧도야지 **너구리가죽** 튀튀새 낫다
　　또 가얌에 귀이리에 도토리묵 도토리범벅도낫다

　　나는 **주먹다시 가튼 떨당이**에 꿀보다도 달다는 강낭엿을 산다
　　그리고 물이라도 들듯이 샛노라티 샛노란 山골 마가을 벼테
　　눈이 시울도록 샛노라티 샛노란 햇기장 쌀을 주물며
　　기장쌀은 기장찹떡이 조코 기장차랍이 조코 기장감주가 조코

그리고 기장쌀로 쑨 호박죽은 맛도 잇는것을 생각하며 나는 기
뿌다
　　　－「月林장」－西行詩抄 (四),『조선일보』, 1939. 11. 11.

'서행시초 4'「月林장」은 평안북도 월림고개 근처에 장이 열려
그 지역의 특산물들이 잔뜩 나와 있는 모습을 그리고 있다. 김학
동, 정효구 편에서는 2연의 '너구리가죽'을 '너구리가족'으로 표기
하였다. 월림장에서는 여러 야생 동물들도 팔고 있는데 이 중에는
산돼지, 너구리의 가죽, 튀튀새[101] 등이 있다. 그렇기 때문에 '너구
리가족'으로 표기할 경우 가족처럼 보이는 여러 마리의 너구리들
이 월림장에 팔리려 나왔다는 어색한 해석이 된다.

　2연의 '나는 주먹다시 가튼 떨당이에 꿀보다도 달다는 강낭엿
을 산다'에서 '떨당이'는 모든 전집에서 '떡당이'로 표기하였다.
'주먹다시'는 주먹을 속되게 일컫는 방언이므로 주먹같은 '떨당이'
로 보아야 한다. 이 시에서는 모두 먹는 것들이 제시되어 있기 때
문에 '떡덩이'란 의미로 '떡당이'로 표기한 것으로 추측된다. '도
토리묵', '도토리범벅', '강낭엿', '기장쌀', '기장찻떡', '기장차랍',
'기장감주', '호박죽' 등 시에 제시된 많은 것들이 먹거리들이다.
월림장에 간 시적 화자가 주먹만한 '떡덩이'에 꿀보다 달다는 강
낭엿 등등을 사며 기뻐하는 모습을 그리고 있기 때문에 '떡덩이'
로 해석한 것으로 보인다.

　다음은 「木具」이다.

---

101) '튀튀새'는 개똥지빠귀의 방언이다.

五代나 날인다는 크나큰집 다 찌글어진 들지고방 어득시근한
구석에서 쌀독과 말쿠지와 숫돌과 신뚝과 그리고 넷적과 또 열
두 데석님과 친하니 살으면서

한해에 멫번 매연지난 먼 조상들의 최방등 제사에는 컴컴한
고방 구석을 나와서 대멀머리에 외얏맹건을 질으터 맨 늙은 제
관의손에 정갈히 <u>몸을 씻고</u> 교우 옿에 모신 신주 앞에 환한 초불
밑에 피나무 소담한 제상위에 떡 보탕 시케 산적 나물지짐 반봉
과일들을 공손하니 <u>받들고</u> 먼 후손들의 공경스러운 절과 잔을
<u>굽어보고</u> 또 애끊는 통곡과 축을 **귀에하고** 그리고 합문뒤에는
흠향오는 구신들과 호호히 <u>접하는것</u>

구신과 사람과 넋과 목숨과 있는것과 없는것과 한줌흙과 한점
살과 먼 넷조상과 먼 훗자손의 거룩한 아득한 슬픔을 담는것

내손자의손자와 손자와 니와 할아버지와 할아버지의 할아버지
와 할아버지의 할아버지의 할아버지와……… 水原白氏 定州白
村의 힘세고 꿋꿋하나 어질고 정많은 호랑이 같은 곰같은 소같
은 피의 비같은 밤같은 달같은 슬픔을 담는것 아 슬픔을 담는것
　　　　　　　　　　　　　－「木具」, 『문장』14호, 1940. 2.

목구는 제사에 이용되는 제기(祭器)이다. 이동순(창비, 솔), 송준,
김재용 편은 '귀에하고'를 '귀애하고'라고 표기하고 '귀애하다'를
기본형으로 하여 '귀애(貴愛)'를 귀하게 여기고 사랑하다라고 보았
다. 그러나 앞 구절이 '굽어보고'이고 뒷 구절이 '접하는'이니까
'귀에하고'는 귀[耳]에 하고, 즉 '귀로 듣는다'라는 뜻이다. '통곡
과 축'은 모두 듣는 대상이기 때문이다.

「木具」 2연은 제사 의식을 통해 목구의 구체적인 의미를 포괄하고 있다. 컴컴한 고방 구석을 '나와서' 제관의 손에 정갈이 몸을 '씻고' 후손들의 절과 잔을 '굽어보고' 애끓는 통곡과 축을 '귀에하고' 귀신들과 '접하는 것'을 목구라고 하였다. 즉 목구는 일상적인 그릇이 아니라 조상과 현재를 살고 있는 후손들을 연결시키는 도구다. 목구를 통하여 조상과 후손이라는 친족 공동체의 삶이 수직적으로 면면히 이어지고 있음을 보여준다. 조상과 후손을 연결해주는 목구를 의인화하여 이야기를 진행하고 있기 때문에 눈으로 보고, 귀로 듣고, 가까이 대하여 접하는 과정을 겪게 된 것이다. 그러므로 원래의 의미를 살릴 수 있도록 '귀에하고'로 표기해야 한다.

> 한울은
> 풀 그늘밑에 삿갓쓰고 사는 **버슷**을 사랑한다.
> 모래속에 문잠그고 사는 조개를 사랑한다.
> 그리고 또
> 두틈한 초가집웅밑에 호박꽃 초롱 혀고 사는 詩人을 사랑한다.
> — 「호박꽃초롱」 序詩 부분, 『호박꽃초롱』 1941. 1.

이하윤의 시집 『호박꽃초롱』의 서문 격인 백석의 시 「호박꽃초롱」의 2연이다. 하늘은 풀 그늘 아래에 삿갓 같이 생긴 균산(菌傘)이라고 불리우는 갓을 쓴 버섯을 사랑한다는 뜻이다. 그런데 김재용 편에서는 '벗을'이라고 표기하여 버섯을 친구인 벗으로 잘못 해석하게 만들었다.

다음은 국수 1연의 앞 부분이다.

    눈이 많이 와서
    산엣새가 벌로 날여 **멕이고**
    눈구덩이에 토끼가 더러 빠지기도하면
    마을에는 그무슨 반가운것이 오는가보다
               — 「국수」 부분, 『문장』 26호, 1941. 4.

'산엣새가 벌로 나려 멕이고'에서 '멕이고'가 김학동, 정효구 편에서는 '맥이고'로 표기되었으며, 그 해석 또한 분분하다. 이동순은 '메이다, 고정되지 않고 움직이다'의 평북방언으로 '쏘다니다의 뜻'이라고 해석[102]하였다. 최정례[103]는 이동순의 해석이 평북방언 '메우다'를 잘못 해석한 것이라고 지적하며 '메우다'는 '움직이다, 고정되지 않다'라고 보았다. '젖니가 메우다' '애들이 자꾸 건드리어서 말뚝이 메우다'의 용례로 쓰이므로 '새들이 쏘다니다'로 풀이하기에는 무리가 있다고 하였다.

그러나 '멕이다'는 '메기다'와 같이 쓰이는데 '메기다'를 표준국어대사전에서 찾아보면 '두 편이 노래를 주고받고 할 때 한편이 먼저 부르다'[104]라는 뜻이다. 우리나라 민요에는 "멕이고 받다"라는 형식이 있다. 한 쪽에서 먼저 노래를 불러 멕이면, 다른 한쪽에서 받아 부르는 형식을 의미한다. 한 사람씩 멕이면 여러 사람이 받아주는데 멕이는 사람은 길거나 짧게, 높거나 낮게 멕이고 받을

---

102) 이동순 편, 『백석시전집』, 창작과비평사, 1987, 196쪽.
103) 최정례, 「백석 시의 근대성 연구」, 고려대학교 박사학위논문, 2005, 83-84쪽.
104) 국립국어연구원 편, 『표준국어대사전』, 두산동아, 1999.

때는 서로 소리가 빨라지며 시끌시끌해지며 흥겨워진다.[105] 그렇
기 때문에 이 시에서는 산에 눈이 많이 와 산에서 먹을 것이 없어
진 새들이 벌로 내려와 서로 부르고 지저귄다는 뜻이 된다.

　백석의 시 「오리」 2연에도 '멕이다'가 나온다.

　　아무리 밤이좋은들 오리야
　　해변벌에선 얼마나 너이들이 욱자짓걸하며 **멕이기**에
　　해변땅에 나들이갔든 할머니는
　　오리새끼들은 장몽이나하듯이 떠들석하니 시끄럽기도하드란
　　숭인가
　　　　　　　　　　　－ 「오리」 부분, 『조광』 2권 2호, 1936. 2.

　이 시행의 뜻을 앞 뒤 문맥과 연결지어 설명하면 해변가에서 오
리들이 하도 왁자지껄하며 서로 멕이고 받아 해변에 나들이 갔던
할머니가 시끄럽다고 흉을 본다는 뜻이 된다. 따라서 원본대로 표
기하고 "서로 노래를 부르고 지저귄다"라는 뜻으로 해석해야 한다.

(4) 단순한 차이

　여기에서 문제로 삼는 것은 원본과 판본 사이에 나타난 단순한
오식들이다. 그러나 원본에는 올바르게 표기된 것이 잘못 옮겨진
경우도 있고, 원본에 사용한 한자를 한자어로 옮기면서 판본마다
차이가 생긴 경우도 있다. 그리고 편집자에 따라 동일한 작품이

---

105) 조성일, 『민요연구』, 연변인민출판사, 한국문화사 영인, 1996, 81-82쪽.

조금씩 달라지거나 같은 단어가 한 전집 내에서 다르게 표기되는 경우도 있었다. 표로 정리하면 다음과 같다.

판본 / 시제목	백석 원본: 『사슴』 // 잡지나 신문 게재	이동순 (창비, 1987)	김학동(1990), 정효구(1996)	송준 (1995)	이동순(솔, 1996), 김재용(1997)
山地	다래나무		다래나무		김재용의 경우 시가 전집에 실리지 않음.
山地	十五里서				시오리(十五里)서 (이동순)
오금덩이 라는곧	벌개늪역에서	벌개늪녘에 서			벌개늪녘에서
定州城	헌겁심지에	헌겊심지에	헌깁심지에		헌겊심지에
여우난곬	돌배먹고앓븐배를	돌배 먹고 알픈 배를			돌배 먹고 아픈 배를
여우난곬	떨배먹고	열배 먹고	떨배먹고		떨배 먹고(김재용)
伊豆國湊 街道	금귤이 눌 한				금귤이 누런
노루 (咸州詩抄 二)	가랑가랑한다				가랑가랑하다
山谷 (咸州詩抄 五)	모두 터알에		모두 터밭에		
바다	개지꽃에				개지꽃이
夜半 (山中吟三)	활신	활씬			훨씬(이동순)
외가집	나비수염		나뷔수염		
가무래기 의 樂	기쁨에 웃줄댄다	기쁨에 우쭐 댄다			기쁨에 우쭐 댄다 (이동순)
가무래기 의 樂	기쁨에 웃줄댄다	기쁨에 우쭐 댄다			기쁨에 웃즐댄다 (김재용)

시					
月林장 (西行詩 抄 四)	**標**말이	**팻**말이			**표(標)**말이(김재용) **팻**말이(이동순)
木具	**최방등** 제사에는		**최방등** 제사 에는(김학동)		
歸農	**이리하여**		**이리하야**		
국수	**예데가리**밭		**예데가리**밭		
	하로밤 **뽀오한**		하로밤 **뽀오 한**		
杜甫나 李白같이	지날것이**였만**	지날 것이**연 만**			지날 것이**언**만 (이동순)
	모를것이**다**		모를것이**나** (김학동)		
山	**복장 노루를**				**복작노루를**(이동순)
	뛰었다		**뛰었다**		
七月 백중	머리는 다리를 서너 켜레씩 **들여서**	머리는 다리 를 서너 켜레 씩 **들어서**			머리는 다리를 서너 켜레씩 **들어서**
	봉갓집에서	**붕가집**에서			**붕가집**에서
	봉갓집에	**붕가집**에		**봉가집**에	**붕가집**에(이동순)
南新義州 柳洞 朴時 逢方	**처다보는**		**처다보는**		
	그 **마른** 잎새에는		그 **마을** 잎새 에는(정효구)		

위의 표에서 알 수 있듯이 원본에는 올바르게 표기된 것이 후대 판본에 잘못 표기된 경우가 있다. 예를 들어 원본은 '다래나무'인데 '다레나무'로 표기된 경우도 있었고, '쳐다보는'이 '처다보는'으로 바뀐 경우도 있었다. 한자로 씌여진 원본을 한자어로 옮긴 경우 후대 판본마다 차이가 보였다. '標말이'라고 표기된 시어가 '팻

말이’ 또는 ‘표말이’, ‘폿말이’ 등으로 판본마다 다양하게 쓰였다. 또한 편집자에 따라 동일한 작품이 조금씩 다르게 표기되었다. 예를 들어 ‘돌배먹고옳븐배를’은 ‘돌배 먹고 알픈 배를’, ‘돌배 먹고 아픈 배를’로, 기쁨에 웃줄댄다’는 ‘기쁨에 우쭐댄다’, ‘기쁨에 우쭐 댄다’, ‘기쁨에 웃즐댄다’ 등으로 다양하게 쓰였다. 한 전집 내에서 같은 단어가 다르게 표기되는 경우도 있었는데, 하늘을 ‘한울’, ‘하눌’, ‘하늘’ 등 시 마다 다양하게 표기되거나 현재형 시제인 ‘가랑가랑한다’를 동사 기본형인 ‘가랑가랑하다’로 표기한 것 등이다. 단순하지만 시 해석에 영향을 미치는 오류도 있었다. 예를 들어 ‘모두 더앞에’라는 표기가 ‘모두 터밭에’로 ‘그 마른 잎새에는’이 ‘그 마을 잎새에는’으로 표기된 경우도 있었다.

오류가 많은 전집은 그 자체의 품격을 떨어뜨릴 뿐 아니라, 독자나 비평가에게 적지 않은 누를 끼치게 되므로, 오류를 바로잡아야 한다. 최근에 출판된 백석 시집일수록 원본이 변개되는 경우가 많은 것은 기존 시집의 오류가 누적되기 때문이다. 그렇기 때문에 단순한 오류도 간과해서는 안 된다.

3) 시의 형태 변형과 의미 변화

후대 판본에서 시의 형태가 바뀌어 의미가 변화되는 경우도 찾아볼 수 있다. 여기서는 후대 판본들이 행과 연의 구분, 문장부호 등을 변형시킴으로써 원본의 전체적인 의미에 영향을 미친 경우를 살펴보고자 한다. 「가즈랑집」, 「여우난곬族」, 「오리망아지토끼」, 「統營」(南行詩抄)은 후대 판본에서 연 배열이 변형되었으며, 「연

자ㅅ간」은 띄어쓰기에 변화가 있었다. 「국수」는 행이 달라졌으며
「南新義州 柳洞 朴時逢方」은 문장부호가 삭제되어 원본의 의미
가 변하게 되었다. 이를 자세히 파악함으로써 편집자의 의도 혹은
실수로 원래 의미가 훼손되고 잘못 표기된 사항이 있다면 이를
지적하고 바로 잡을 수 있을 것이다. 연의 구분 등을 명확하게 언
급할 필요가 있는 경우 시 앞에 연을 표시한다.

(1) 「가즈랑집」

<1연>　　　승냥이가새끼를치는 전에는쇠메듦도적이났다는 가즈
　　　　　　랑고개

<2연>　　　가즈랑집은 고개밑의
　　　　　　山넘어마을서 도야지를 잃는밤 즘생을쫓는 깽제미소
　　　　리가 무서웁게 들려오는집
　　　　　　닭개즘생을 못놓는
　　　　　　멧도야지와 이웃사춘을지나는집

<3연>　　　예순이넘은 아들없는가즈랑집할머니는 중같이 정해
　　　　　　서 할머니가 마을을가면 긴 담배대에 독하다는막써레
　　　　　　기를 몇대라도 붖이라고하며

<4연>　　　간밤엔 섬돌아레 승냥이가왔었다는이야기
　　　　　　어느메山곬에선간 곰이 아이를본다는이야기

<5연>　㉮ 나는 돌나물김치에 백설기를먹으며

넷말의구신집에있는듯이
㉯ 가즈랑집할머니
내가날때 죽은누이도날때
무명필에 이름을써서 백지달어서 구신간시렁의 당즈
깨에넣어 대감님께 수영을 들였다는 가즈랑집 할머니
언제나병을앓을때면
신장님달련이라고하는 가즈랑집할머니
구신의딸이라고생각하면 슳버졌다

<6연>　토끼도살이올은다는때 아르대즘퍼리에서 제비꼬리 마
타리 쇠조지 가지취 고비 고사리 두릅순 회순 山나물
을하는 가즈랑집 할머니를딸으며
나는벌서 달디단물구지우림 둥굴네우림을 생각하고
아직멀은 도토리묵 도토리범벅까지도 그리워한다

<7연> ㉰ 뒤우란 살구나무아레서 광살구를찾다가
살구벼락을맞고 울다가웃는나를보고
미꾸멍에 털이멫자나났나보자고한것은 가즈랑집할머
니다

<8연> ㉱ 찰복숭아를먹다가 씨를삼키고는 죽는것만같어 하로
종일 놀지도못하고 밥도안먹은것도
가즈랑집에 마을을가서
당세먹은강아지같이 좋아라고집오래를 설레다가였다
　　　　　　　　　　　　　　 ─ 「가즈랑집」, 『사슴』

「가즈랑집」은 후대 판본마다 연 구분에 차이가 난다. 김학동,

정효구 편은 위와 동일한 8연의 형식으로 수록하였다. 이동순 편 (창비, 솔), 김재용 편은 ㉕와 ㉖ 사이를 붙여 7연으로, 송준 편은 ㉓과 ㉔ 사이에 연 구분을 하여 총 9연이 되었다. 이렇게 연에 대한 표기가 다른 까닭은 원본『사슴』에서 ㉓과 ㉔, ㉕과 ㉖가 면을 달리해서 연 구분이 불분명하기 때문이다. 시집『사슴』의 앞 뒤 페이지와 비교하여 면밀하게 살펴보면, ㉓와 ㉔ 사이는 붙은 것으로 보이고, ㉕와 ㉖ 사이는 연 구분이 된 것으로 보인다. 또한 4연과 같은 경우 문장을 구분할 수 있는 시각적 표기가 불분명하여 한 행으로 할 것인가 아닌가의 처리가 불분명하다.

본 연구를 위해『사슴』에 수록된「가즈랑집」의 각 연의 내용을 살펴보면 다음과 같다.

1연은 가즈랑고개의 소개, 2연은 마을과는 외따로 있는 가즈랑집의 환경, 3연은 '중같이 정'한 가즈랑 할머니 소개, 4연은 외딴집인 가즈랑집의 이야기가 옛날 이야기 같음을, 5연은 가즈랑집이 '구신집'이며 가즈랑집 할머니가 '구신의딸'임을 밝히고 있으며 6연에서는 가즈랑집 할머니를 따라다니며 접했던 여러 가지 음식물들이 소개되고, 7연에서는 가즈랑집 '뒤우란 살구나무' 아래서 광살구를 찾다가 한꺼번에 떨어지는 살구 벼락을 맞아 아프기도 하고 좋기도 한 추억이, 8연에서는 가즈랑집에서 찰복숭아 씨를 삼키고 종일 밥도 못 먹었던 추억이 그려진다. 가즈랑집과 가즈랑집에 대한 단편적이고 인상적인 장면들이 불연속적으로 나열되어 있다.

시 해석을 해 보면 ㉓와 ㉔는 서로 연결됨을 알 수 있다. ㉓는 '나는 돌나물김치에 백설기를먹으며/ 넷말의구신집에있는듯이'인데 그 뒤에 종결을 짓는 이야기가 생략되었다. 이는 '가즈랑집 할머니의 이야기를 들었다'라는 내용이 생략된 것으로 보인다. 가즈랑집 할머니의 이야기란 섬돌 아래 승냥이가 왔었다는 이야기나 어느 산골에선 곰이 아이를 본다는 이야기이고 이는 '녯말의' 이야기 같다. 그렇기 때문에 ㉮는 ㉯와 연결이 된다. 또 ㉮의 '구신집이있는듯이'라는 부분은 ㉯와 연결되어 가즈랑집 할머니가 귀신의 딸임을 자연스럽게 알려준다. 이렇게 되면 ㉮와 ㉯가 자연스럽게 연결되어 ㉮와 ㉯를 연 구분하지 않고 표기해야 한다. ㉰와 ㉱는 가즈랑집 할머니와 가즈랑집에 관한 추억을 이야기하는 부분이다. 그렇기 때문에 가즈랑집 할머니에 대한 추억으로 묶여진 ㉰와 ㉱ 사이는 붙여 표기해도 무리가 없어 보인다.

(2) 「여우난곬族」

<2연> 배나무접을잘하는 주정을하면 토방돌을뽑는 오리치를잘 놓는 먼섬에 반디젓닭으려가기를좋아하는삼춘 삼춘엄매 사춘누이 **사춘동생들**

<3연> **의그득히들** 할머니할아버지가있는 안간에들몽여서 방안에서는 새옷의내음새가나고

— 「여우난곬族」 부분, 『사슴』

위에서 인용된 시는 『사슴』에 수록된 「여우난곬族」이다. 『조광』에서 발표되었을 때는 2~5연에 걸쳐 '신리고무' 가족, '토산고무' 가족, '큰곬고무' 가족, '삼춘' 가족을 소개하였는데 『사슴』에서는 이들을 모두 2연으로 통합하고, 가족 단위로 행만 나누었다. 그 다음 연은 '이그득히들'이라는 시어를 사용하여 가족들이 안간에 가득 들어앉은 명절의 흥성한 분위기를 고조시킨다. 그리고 『조광』에 발표했을 때 7연이던 「여우난곬族」이 『사슴』에 수록되며 4연으로 개작되었다. 이러한 개작을 통해 각 연마다 통일된 의미 구조를 가지게 되며 전체적으로 시 구조의 안정성을 획득하였다. 그런데 김재용 편에서는 「여우난곬族」을 2연으로 표기하였다. 아래는 김재용 편의 「여우난곬族」이다.

배나무접을 잘하는 주정을 하면 토방돌을 뽑는 오리치를 잘 놓는 먼섬에 반디젓 담그려 가기를 좋아하는삼춘 삼춘엄매 사춘 누이 **사춘동생들이 그득히들** 할머니 할아버지가 있는 안간에들 모여서 방안에서는 새옷의 내음새가 나고
　　― 「여우난골족(族)」 부분, 김재용 편, 『백석전집』, 1997.

『사슴』편에서 2연과 3연으로 나누어진 부분이 김재용 편에서는 한 연으로 연결되며 "사춘동생들이 그득히들"이라고 띄어쓰기를 하고 있다. 『사슴』에서는 모든 가족을 가리키는 '이'라는 대명사가 김재용 편에서는 '사춘동생' 뒤에 붙어 주격조사로 사용되고 있다. 또한 2연과 3연으로 분리되어 있던 것이 한 연으로 처리되어 의미 구조가 분리되지 않아 그릇된 시 해석을 하게 한다.

六十里라고해서 파랗게뵈이는山을넘어있다는 해변에서 과부가된 코끝이 **빩안** 언제나힌옷이정하든 말끝에설게 눈물을짤때 가많은 큰곬고무 고무의딸 洪女 **아들洪동이작은洪동이** / 배나

무접을잘하는 주정을하면 토방돌을뽑는 오리치를잘놓는 먼섬
에 반디젓닭으려가기를좋아하는삼춘 삼춘엄매 사춘누이 사춘
동생들
       — 「여우난곬族」 부분, 김학동 편, 『백석전집』, 1990.

김학동 편에서도 오류가 보인다. 『사슴』에서는 한 연에 걸쳐 '신
리고무' 가족, '토산고무' 가족, '큰곬고무' 가족, '삼춘' 가족을 소
개하고 가족 단위로 행만 나누었다. 김학동 편에서는 위의 '배나
무접을잘하는'으로 시작되는 '삼춘' 가족을 소개하는 부분을 다음
행으로 넘기지 않고 '큰곬고무' 가족 바로 뒤에 이어 붙여 표기하
였다. 원본대로 표기하려면 밑줄로 강조한 부분에서 행을 나누어
야 한다.

(3) 「오리망아지토끼」

<1연> ㉮ 오리치를 놓으려아배는 논으로날여간지오래다
       오리는 동비탈에 그림자를떨어트리며 날어가고 나는
      동말랭이에서 강아지처럼 아배를 불으며 울다가
       시악이나서는 등뒤개울물에 아배의신짝과 버선목과
      대님오리를 모다던저벌인다

<2연> ㉯ 장날아츰에 앞행길로 엄지딸어지나가는망아지를내라
      고 나는졸으면
       아배는행길을향해서 크다란소리로
        — 매지야오나라
        — 매지야오나라

<3연> ㉰ 새하려가는아배의지게에치워 나는山으로가며 토끼를
　　　　잡으리라고생각한다
　　　㉱ 맞구멍난토끼굴을아배와내가막어서면 언제나 토끼새
　　　끼는 내다리아레로달어 났다
　　　나는 서글퍼서 서글퍼서 울상을한다
　　　　　　　　　　　　　　－「오리망아지토끼」,『사슴』

이 시는 유년의 화자가 아버지와 함께 했던 세 가지 경험을 각 연으로 구성하고 있다. 제목인 오리, 망아지, 토끼와 관련된 내용이 각 연에 배치되어 3연으로 구성되었음을 알 수 있다. 그런데 김학동 편은 ㉮와 ㉯ 사이를 붙여 2연으로 편집하였고 김재용 편과 이동순(솔) 편은 ㉰와 ㉱ 사이를 떼어 총 4연으로 구분하였다. 3연으로 이루어진 이들 각각의 기억은 오리, 망아지, 토끼 들이 연결점이 되어 아버지와 함께 한 유년 시절의 추억이라는 하나의 주제로 통합된다.[106] 1연은 '오리치'를 놓으러 간 아버지를 기다리다 공연히 심술을 내는 장면, 2연에서는 장날 아침 집 앞으로 지나가는 망아지를 내 놓으라고 조르는 아들의 응석을 받아주는 아버지의 모습, 3연은 나무를 하러 가는 아버지를 따라 토끼 굴에 갔으나 토끼를 놓친 이야기가 시적으로 형상화되어 있으므로 2연이나 4

---

106) 최종금은 그의 석사학위논문에서 이 시를 "가족애적인 모습을 보이고 있어 흐뭇하게 전개되지만, 열거적인 제목에 대한 유사성이 발견되지 않는다(집에서 기르는 가축이라고 판단한다면, 토끼잡이를 위주로 한 '토끼' 이야기는 설 곳이 없게 된다)"라고 하였다.(최종금,「백석시에 나타난 민족의식에 관한 연구」, 한국교원대학교 석사학위논문 1989, 89쪽)
　그러나 이 시에서는 오리, 망아지, 토끼의 유사성이 중요한 것이 아니라 이 동물들을 통해 아버지와 함께 한 유년의 추억이 그 중심에 선다.

연으로 구분하는 것은 오류다.

(4) 「統營」—南行詩抄

<1연>   舊馬山의 선창에선 조아하는사람이 울며날이는배에
        올라서오는 물길이반날
        갓나는고당은 갓갓기도하다

<2연>   바람맛도 짭짤한 물맛도짭짤한

<3연>   전복에 해삼에 도미 가재미의 생선이조코
        파래에 아개미에 호루기의 젓갈이조코

<4연>   새벽녁의거리엔 쾅쾅 북이울고
        밤새ㅅ것 바다에선 뿡뿡 배가울고

<5연>   자다가도 일어나 바다로 가고십흔곳이다

<6연> ㉮ 집집이 아이만한 피도안간 대구를말리는곳
        황화장사령감이 일본말을 잘도하는곳
        처녀들은 모두 漁場主한테시집을가고십허한다는곳

<7연> ㉯ 山넘어로가는길 돌각담에 갸웃하는 처녀는 錦이라는
        이갓고
        내가들은 馬山客主집의 어린딸은 蘭이라는이갓고

<8연> ㉰ 蘭이라는이는 明井골에산다든데

明井골은 山을넘어 柊栢나무푸르른 甘露가튼 물이
솟은 明井 샘이잇는 마을인데
　샘터엔 오구작작 물을깃는처녀며 새악시들 가운데 내
가조아하는 그이가 잇슬것만갓고
　내가조아하는 그이는 푸른가지붉게붉게 柊栢꽃 피는
철엔 타관시집을 갈것만가튼데
　긴토시끼고 큰머리언고 오불고불 넘엣거리로가는 女
人은 平安道서오신듯한데柊栢꽃피는철이 그언제요

<9연>　　넷 장수모신 날근사당의 돌층계에 주저안저서 나는
　　　　이저녁 울듯울듯 閑山島바다에 뱃사공이되여가며 넝나
　　　　즌집 담나즌집 마당만노픈집에서 열
　　　　나흘달을업고 손방아만찟는 내사람을생각한다
　　　　　－「統營」－南行詩抄, 『조선일보』, 1936. 1. 23.

　이동순 편(솔)과 김재용 편은 위의 원본과 같이 총 9연으로 구
성되었다. 이동순 편(창비), 김학동 편, 정효구 편은 ㉮와 ㉯를 붙
여 8연이 되었고 송준 편은 ㉯와 ㉰를 붙여 8연이 되었다. ㉮와 ㉯
사이는 신문의 지면 구성 때문에 연 구분이 된 것인지 아닌지 확
인하기 어렵다. 반면 ㉯와 ㉰ 사이는 분명한 연 구분이 되어 있다.
　내용상 ㉮는 통영의 모습을 그리고 있다. 통영은 막 잡아 피가
떨어지는 커다란 대구를 말리는 곳이고, 잡화를 팔러 다니는 '황
화장사'도 일본말을 잘 하는 곳이고, 처녀들은 모두 부자인 어장
주에게 시집을 가고 싶어 하는 곳이다. ㉯는 통영에 사는 '錦'과
'蘭'과 같은 이름의 처녀에 대해 이야기한다. ㉰는 화자가 좋아하
는 사람이 살고 있는 마을과 그 사람에 대한 그리움을 그려내고

있다.

그렇기 때문에 ㉯의 내용은 ㉮의 3행과 자연스럽게 시상이 연결되고 ㉰로 넘어가는 부분도 어색하지 않게 만들고 있다. ㉯연은 앞 쪽의 통영의 모습과 뒤 쪽의 자신이 좋아하는 사람에 대한 깊은 감정 사이에서 완충작용을 하고 있는 것이다. 그렇기 때문에 ㉮와 ㉯사이, ㉯와 ㉰ 사이는 연 구분을 해야 한다.

(5) 「연자ㅅ간」

「연자ㅅ간」은 '달빛', '거지', '도적개', '풍구재', '얼룩소', '쇠스랑볓', '대들보 위의 베틀', '차일', '토리개', '후치', '보습', '쇠스랑' 등 서로 다른 동물과 사물들이 어우러진 밝고 경쾌하며 평화로운 정취를 전달한다.

> 달빛도 거지도 도적개도 모다 즐겁다
> 풍구재도 얼럭소도 쇠드랑볓도 모다 즐겁다
>
> 도적괭이 새끼락이나고
> 살진 쪽제비 트는 기지게길고
>
> 홰냥닭은 알을낳고 소리치고
> 강아지는 겨를먹고 오줌싸고
>
> 개들은 게몽이고 쌈지거리하고
> 놓여난 도야지 등구재벼오고

송아지 잘도 놀고
까치 보해 짖고

신영길 말이 울고가고
장돌림 당나귀도 울고가고

대들보우에 베틀도 채일도 토리개도 모도들 편안하니
구석구석 후치도 보십도 소시랑도 모도들 편안하니
　　　　　　─「연자ㅅ간」, 『조광』 2권 2호, 1936. 3.

　「연자ㅅ간」은 각 연마다 2행 댓구로 구성되어 안정된 구도를 보이고 있다. 또한 각 연마다 압운이 있어 전체적으로 리듬감 있는 구성을 보여준다. 총 7연으로 짜인 이 시는 행과 연의 구분에 있어 세심한 배려가 엿보인다. 1연과 7연은 문미에 '즐겁다', '편안하니'로 똑같이 끝나는 대구의 방법을 사용하고 있다. 2연에서 6연까지는 서로 다른 동물들의 묘사가 대구를 이루며 연자간의 흥겹고 넉넉한 분위기를 연출하고 있다. 3연에서 6연까지 1행, 2행이 모두 3어절로 배치되어 운율을 통해서도 안정감을 느낄 수 있다. 2연도 1행은 2어절, 2행은 3어절이 되어 리듬감을 살린다. 안정감 있는 내용과 리듬이 긴밀하게 결합되어 시적 의미를 창출한다. 생기발랄한 연자간의 리듬 속에서 살아있는 공동체의 생생함을 엮어 내는데 각 연의 의미소들이 동일한 리듬감 안에서 움직이고 있다.

　그러나 후대 편집자들은 백석의 리듬감을 염두에 두지 않고 현대적 띄어쓰기를 적용하고 있다. 김재용 편에서도 다음과 같이 적용하고 있는데 현대적 띄어쓰기를 적용하고 있다. 그러나 이 시의 경우 원본과 같이 띄어쓰기에 유의하여 표기해야 그 리듬감을 살필 수 있다.

> 도적괭이 새끼락이 나고
> 살진 쪽제비 트는 기지개 길고
>
> 홰냥닭은 알을 낳고 소리 치고
> 강아지는 겨를 먹고 오줌 싸고
>
> 개들은 게모이고 쌈지거리하고
> 놓여난 도야지 등구재벼 오고
> — 「연자간」, 김재용 편, 『백석전집』, 1997.

(6) 「국수」

이 작품은 제목에만 '국수'라고 명시되고 시 전문에 '국수'라는 시어를 한 번도 사용하지 않는다. 다만 '이것은 오는 것이다', '이것은 무엇인가'를 반복하고 '이것'이 표상하는 의미를 점점 더 강화시켜 '이것'이 무엇일까를 상상하게 만든다. 국수가 지닌 특성과 국수를 즐겨먹는 사람들이 속한 세계를 다양하게 병치시키며 소개하는데 소박한 먹을거리에 흥성거리는 마을의 모습에서 북방 지역만의 정서가 드러난다.

> 눈이 많이 와서
> 산엣새가 벌로 날여 멕이고

눈구덩이에 토끼가 더러 빠지기도하면

마을에는 그무슨 반가운것이 <u>오는가보다</u>

한가한 애동들은 여둡도록 꿩사냥을 하고

가난한 엄매는 밤중에 김치가재미로 가고

마을을 구수한 즐거움에 싸서 은근하니 홍성 홍성 들뜨게
하며

이것은 오는것이다

이것은 어늬 양지귀 혹은 능달쪽 외따른 산녑 은댕이 예데가
리밭에서

하로밤 뽀오햔 힌김속에 접시귀 소기름불이 뿌우현 부엌에

산멍에같은 분틀을 타고 <u>오는것이다</u>

이것은 아득한 녯날 한가하고 즐겁든 세월로 부터

실같은 봄비속을 타는듯한 녀름 볓속을 지나서 들쿠레한 구시월

갈바람속을 지나서

대대로 나며 죽으며 죽으며 나며 하는 이 마을 사람들의 으젓한

마음을 지나서 텁텁한 꿈을 지나서

집웅에 마당에 우물든덩에 함박눈이 푹푹 싸히는 여늬 하로밤

아배앞에 그어린 아들앞에 아배앞에는 왕사발에 아들앞에는
새끼

사발에 그득히 살이워 <u>오는것이다</u>

이것은 그 곰의 잔등에 업혀서 길어났다는 먼 녯적 큰마니가

또 그 집등색이에 서서 자채기를 하면 산넘엣 마을까지 들렸
다는

먼 녯적 큰 아바지가 오는것같이 <u>오는것이다</u>

아, 이 <u>반가운것은 무엇인가</u>

이 히수무레하고 부드럽고 수수하고 슴슴한것은 <u>무엇인가</u>

겨울밤 쩡 하니 닉은 동티미국을 좋아하고 얼얼한 댕추가루

　　를 좋아하고 싱싱한 산꿩의 고기를 좋아하고
　　　그리고 담배내음새 탄수내음새 또 수육을 삶는 육수국 내음
　새 자욱한 더북한 삿방 쩔쩔 끓는 아르굴을 좋아하는 이것은 무
　<u>엇인가</u>

　　　이 조용한 마을과 이마을의 으젓한 사람들과 살틀하니 친한것
　은 <u>무엇인가</u>
　　　이 그지없이 枯淡하고 素朴한것은 <u>무엇인가</u>
　　　　　　　　　　　　－「국수」,『문장』26호, 1941. 4.

　　「국수」는 산문시인데 행의 표식기능을 하는 들여쓰기와 내어쓰
기가 없어 행을 구분하기가 어렵다. 원본을 확인해 본 결과, 별도
의 시각적인 표지가 마련되어 있지 않아 행갈이 여부를 판단하는
데 어려움이 있었다. 굵은 글씨의 밑줄 친 부분은 1행으로 처리해
야 할지 2행으로 처리해야 할지 판단하기 어려운 부분이다. 이동
순 편(창비)과 송준 편에서는 "마을을 구수한 즐거움에 사서 은근
하니 흥성 흥성 들뜨게 하며/ 이것은 오는것이다"와 같이 행을 구
분해 표기하였다. 다른 기준 판본들은 밑줄 친 부분을 한 행으로
처리하였다. 행갈이를 하는 편이 '이것'에 대한 호기심을 불러일
으켜 시선을 집중시키는 효과를 발휘한다고 판단[107]한 경우도 있
었다.
　　그러나 1연의 '이것은 오는것이다'와 비슷한 효과를 이끌어내는
2연의 마지막 부분의 '그리고 담배내음새 탄수내음새 또 수육을
삶는 육수국 내음새 자욱한 더북한 삿방 쩔쩔 끓는 아르굴을 좋아

---

107) 이경수,『한국 현대시와 반복의 미학』, 월인, 2005, 98-99쪽.

하는 이것은 무엇인가'의 경우 이동순 편(창비)과 송준 편을 포함한 모든 전집이 1행으로 처리하고 있다. 이런 점을 고려해볼 때 굵은 글씨의 밑줄 친 부분 또한 행을 나누지 않고 한 행으로 처리하는 것이 시인의 의도에 맞는 표기법이다.

(7)「南新義州 柳洞 朴時逢方」

어느 사이에 나는 아내도 없고, 또,
아내와 같이 살던 집도 없어지고,
그리고 살뜰한 부모며 동생들과도 멀리 떨어져서,
그 어느 바람 세인 쓸쓸한 거리 끝에 헤매이었다.
바로 날도 지물어서,
바람은 더욱 세게 불고, 추위는 점점 더해 오는데,
나는 어는 木手네 집 헌 삿을 깐,
한 방에 들어서 쥔을 붙이었다.
이리하여 나는 이 습내 나는 춥고, 누긋한 방에서,
낮이나 밤이나 나는 나 혼자도 너무 많은 것 같이 생각하며,
딜옹배기에 북덕불이라도 담겨 오면,
이것을 안고 손을 쬐며 재우에 뜻 없이 글자를 쓰기도 하며,
또 문 밖에 나가디두 않구 자리에 누어서,
머리에 손깍지 벼개를 하고 굴기도 하면서,
나는 내 슬픔이며 어리석음이며를 소 처럼 연하여 쌔김질하는
것이었다.
내 가슴이 꽉 메어 올 적이며,
내 눈에 뜨거운 것이 핑 괴일 적이며,
또 내 스스로 화끈 낯이 붉도록 부끄러울 적이며,
나는 내 슬픔과 어리석음에 눌리어 죽을 수 밖에 없는 것을

느끼는 것이었다.

그러나 잠시 뒤에 나는 고개를 들어,

허연 문창을 바라보든가 또 눈을 떠서 높은 턴정을 쳐다보는
것인데,

이 때 나는 내 뜻이며 힘으로, 나를 이끌어 가는 것이 힘든 일
인 것을 생각하고,

이것들보다 더 크고, 높은 것이 있어서, 나를 마음대로 굴려
가는 것을 생각하는 것인데,

이렇게하여 여러 날이 지나는 동안에,

내 어지러운 마음에는 슬픔이며, 한탄이며, 가라앉을 것은 차
츰 앙금이 되어 가라앉고,

외로운 생각만이 드는 때 쯤 해서는,

더러 나줏손에 쌀랑쌀랑 싸락눈이 와서 문창을 치기도 하는
때도 있는데,

나는 이런 저녁에는 화로를 더욱 다가 끼며, 무릎을 꿇어 보며,

어니 먼 산 뒷옆에 바우 섶에 따로 외로이 서서,

어두어 오는데 하이야니 눈을 맞을, 그 마른 잎새에는,

쌀랑쌀랑 소리도 나며 눈을 맞을,

그 드물다는 굳고 정한 갈매나무라는 나무를 생각하는 것이
었다.

— 「南新義州 柳洞 朴時逢方」,『학풍』창간호, 1948. 10.

이 시는 장시(長詩)이지만 단 한 연으로 구성되었으며 5문장으
로 이루어졌다. 백석의 작품 중 유일하게 문장부호가 정확하게 찍
혀 있어 구성면에서 의 원숙함이 돋보인다. 백석의 작품에는 문장
부호를 유념한 작품들이 많지 않은데 이 시는 유독 문장부호에 집
중한다. 시적 화자의 매우 길고 연속적인 사고와 정황의 추이를

쉼표를 통해 드러내고 있기 때문이다. 그렇기 때문에 이 시에서 문장부호는 중요한 의미를 지닌다. 그런데 후대 판본들은 이를 간과하고 있다. 김재용 편은 두 번째의 마침표가 누락되었으며, 송준 편은 마침표는 모두 표기되었지만 "이 습내 나는 춥고, 누긋한 방에서"를 제외하고는 쉼표 표기를 누락시켰다. 김학동과 정효구 편은 5, 11, 25행에 쉼표 표기가 누락되었다.

백석의 다른 시와는 달리 「南新義州 柳洞 朴時逢方」의 잦은 문장부호는 고백체의 느슨해지기 쉬운 진술을 억제하며 자신과의 거리를 유지하고 객관적 성찰을 가능하게 하는 의도적인 시적 장치이다. 이를 통해 시적 화자의 미세한 감정 변화를 보여주고 있다. 잦은 쉼표의 사용은 복잡한 심경을 차분하게 고조시키는 의미를 지닌다. 이 시가 시적 화자의 비애와 감상성에 함몰되지 않는 것은 사고의 진실성뿐만 아니라 그러한 사고가 성숙되어가는 과정을 포착할 수 있도록 견고하게 짜인 치밀한 형식 때문이다. 잦은 쉼표와 마침표는 시의 내용과 조응하는 시인의 의도를 반영하고 있기 때문에 표기에 유의할 뿐 아니라 이 시를 낭송할 때 쉼표와 마침표로 인한 분절에 유념해야 한다. 기준 판본들은 이러한 점을 간과하였다.

Ⅲ. 난해시 해석과 작품 확정의 문제

1. 백석 시의 난해 시어 해석

이 장에서는 백석 시의 난해 시어를 해석해 보고자 한다. 이를 위해 작품 자체의 맥락과 외적 요소를 함께 고려하여 난해 시어의 가장 합리적이고 타당한 의미가 무엇인가 살펴보려 한다. 개개 시어에 대한 심도 있는 논의는 각 시편의 철저한 해석을 위한 가장 기본적인 작업이며 이를 바탕으로 시편들의 특질과 주제론을 해명할 수 있다. 이는 원전비평 연구에 있어서 주석이 있는 결정본을 위한 기초 작업이자, 현대적 표기의 문제와도 연결된다.

이숭원은 정지용과 백석의 시를 분석하면서 작품 속의 난해 어구를 해석하는 몇 가지 원칙을 다음과 같이 제시하였다.

첫째, 시어로 사용된 낱말 자체의 뜻을 여러 가지 사전과 자료를 참조하여 정확히 파악할 것, 둘째, 시어의 뜻이 어휘의 일차적 의미만으로 파악이 안 될 경우 시의 전후 문맥에 의해 해석할 것, 셋째, 어느 시구의 해석이 곤란한

경우 그 시인의 다른 작품에 나오는 시어나 표현에 유추하
여 의미를 해석할 것[108]

이 장에서도 사전과 전후 문맥, 시인의 다른 작품에 나오는 시
어나 표현을 참조하여 백석의 난해시 해석을 시도한다. 먼저 선행
연구의 시어 해석을 먼저 살펴보고 그 오류를 검토한 후 본고의
논의를 전개하도록 한다.

한편 본고에서는 난해 시어를 시의 문맥 파악에 크게 작용하는
시어와 단순한 난해 시어로 구분하여 분석한다.[109] 시의 문맥에 작
용하는 핵심 난해 시어로는 「모닥불」의 '몽둥발이', 「修羅」의 '수
라', 「北方에서」의 '앞대', 「南新義州 柳洞 朴時逢方」의 '갈매나
무'를 고찰해보고자 한다. 단순한 난해 시어로는 「定州城」의 '말
있는듯이', 「古夜」의 '진상항아리', 「국수」의 '집등색이', 「北新」의
'小獸林王', 「적막강산」의 '벌 배채 통이 지는 때'의 '지는', 「모닥
불」의 대립쌍 해석의 오류, 「여우난곬족」의 띄어쓰기 문제로 인한
해석의 오류를 살펴보고자 한다.

---

108) 이숭원, 『정지용 시의 심층적 탐구』, 태학사, 1999, 150-153쪽.
109) 이 또한 이숭원의 구분론에 따른 것이다.
　　이숭원, 「백석 시의 난해 시어에 대한 연구」, 『인문논총』 8, 서울여대 인문과학
　연구소, 2001.

1) 시의 문맥에 작용하는 난해 시어

(1)「모닥불」

새끼오리도 헌신짝도 소똥도 갓신창도 개니빠디도 너울쪽도
집검불도 가락닢도 머리카락도 헌겊조각도 막대꼬치도 기와장도
닭의짖도 개털억도 타는 모닥불

재당도 초시도 門長늙은이도 더부살이아이도 새사위도 갖사
둔도 나그네도 주인도 할아버지도 손자도 붓장사도 땜쟁이도 큰
개도 강아지도 모두 모닥불을 쬐인다

모닥불은 어려서우리할아버지가 어미아비없는 서러운아이로
불상하니도 **몽둥발이**가된 슳븐력사가있다

—「모닥불」,『사슴』

「모닥불」의 주제와 연결되어 다양한 해석이 존재하는 시어는
'몽둥발이'이다. '몽둥발이'의 현대적 표기는 '몽동발이'이고 표준
국어대사전에서의 의미는 "딸려 붙었던 것이 다 떨어지고 몸뚱이
만 남아 있는 물건"110)이다. 김재홍 편『시어사전』111)에서는 "일
가친척이 아무도 없는 혼자 남은 고아"로 상징적인 해석을 하고
있다. 최정례112)는 모닥불의 평안도 방언인 '몽당불'에 "몸뚱이만
남은 물건"이란 뜻의 평안도 방언 '몽둥발이'를 연결시켜 '몽당불'

---

110) 국립국어연구원,『표준국어대사전』, 두산동아, 1999.
111) 김재홍 편저,『시어사전』, 고려대학교 출판부, 1997.
112) 최정례,「백석 시의 근대성 연구」, 고려대학교 박사학위논문, 2005, 75-76쪽.

이 '몽둥발이'가 되었다며, 시의 주제를 언어 형태상의 유사함을 통해 함축하고 있다고 지적하였다. 유종호[113]는 "발가락이 못쓰게 되거나 오그라져서 펴지 못하게 된 발, 고아이던 할아버지가 어린 시절 엎친 데 덮친 격으로 모닥불에 화상을 입어 불구가 되었다"라고 '몽둥발이'의 사전적 의미와 연결지어 해석하였다. 한경희는 "딸려 붙어 있던 것이 떨어져나가고 달랑 몸뚱아리만 남은 물건 같은 역사가 우리 역사"라면서 '몽둥발이'는 '우리 역사'라는 논리[114]를 펴고 있는데, 이는 1, 2연과 매끄럽게 연결되지 않는 해석이다.

이상과 같이 '몽둥발이'에 대해 이견이 있지만 김재홍 편 『시어사전』과 같이 이 시에서 의미하는 '몽둥발이'는 어린 시절 고아로 자라 오갈 데 없이 달랑 몸뚱아리만 남은 외로운 처지로 쓸쓸하게 모닥불을 쪼이곤 하던 할아버지의 처지와 상황을 비유한 것으로 파악된다.

(2) 「修羅」

거미새끼하나 방바닥에 날인것을 나는아모생각없시 문밖으로
쓸어벌인다
차디찬밤이다

어니젠가 새끼거미쓸려나간곤에 큰거미가왔다

---

113) 유종호, 『다시 읽는 한국 시인』, 문학동네, 2002, 270쪽.
114) 한경희, 「한국 현대시에 나타난 시적 자아의 내면 연구」, 한국정신문화연구원 박사학위논문, 2002, 108쪽.

나는 가슴이짜릿한다
나는 또 큰거미를쓸어 문밖으로 벌이며
찬밖이라도 새끼있는데로가라고하며 설어워한다

이렇게해서 아린가슴이 싹기도전이다
어데서 좁쌀알만한 알에서 가제깨인듯한 발이 채 서지도못한
무척적은 새끼거미가 이번엔 큰거미없서진곧으로와서 아물걸인다
나는 가슴이 메이는듯하다
내손에 올으기라도하라고 나는손을내어미나 분명히 울고불고
할 이작은것은 나를 무서우이 달어나벌이며 나를서럽게한다
나는 이작은것을 곻이 보드러운종이에받어
또 문밖으로벌이며
이것의엄마와 누나나 형이 가까이이것의걱정을하며있다가 쉬
이 맞나기나했으면 좋으렸만하고 슲버한다

— 「修羅」, 『사슴』

‘수라’는 이 시의 제목이지만 시의 본문에 나오지 않는 시어인
데다가 시의 내용과 관련성을 찾기가 어려워 이에 대한 다양한 해
석이 있어 왔다. 우선 『한국불교대사전』의 사전적 의미[115]를 살펴
보면 ‘수라’는 ‘아수라(阿修羅)’의 준말로 두 가지 뜻이 있다. 원래
용모의 누추함을 뜻하였으나 제석(帝釋)과 전투하는 신, 즉 싸움을
잘하는 용맹스런 귀신을 지칭하는 말이 되었다. 또한 육도(六道)의
하나를 가리키는 용어로도 사용되었는데 육도는 불교에서 깨달음
을 얻지 못한 무지한 중생이 윤회전생(輪廻轉生)하게 되는 6가지

---

115) 한국불교대사전편찬위원회, 『한국불교대사전』, 보련각, 1982.
　　 『두산세계대백과사전』, 두산동아, 2002.

세계 또는 경계를 의미한다. 가장 좋지 못한 곳이 지옥(地獄)이고 아귀(餓鬼), 축생(畜生), 아수라(阿修羅), 인간(人間), 천상(天上)의 여섯 길로 갈라져 있다. 수라는 서열상 가장 고통스러운 지옥에서 네 번째 즉 인간계의 아래, 축생계의 윗 단계에 놓여 있는 세계이다. 인간보다는 더 고통스럽고 축생보다는 나은 중생의 삶이 영위되는 곳이다. 선행 연구도 위의 두 가지 뜻에 따라 해석이 나뉜다.

김은자[116]는 수라를 불교에서 말하는 지옥이라고 해석하고 이 시를 "흩어진 거미가족에 대한 연민"으로 이해했다. 김은자의 이러한 해석은 오세영[117]에게도 연결되어 세속적인 삶은 아수라와 같은 삶이며, 그것은 시에서 보여주는바 화자와 거미가 대면하는 상황과 같은 세계라고 보았다. 박건명[118]은 가족 붕괴의 현실이 아수라의 세계로 암시되고 있다고 하여 기존의 해석과 크게 다르지 않으나, 그것이 현실의 해체를 보여주는 것이 아니라 거미 가족의 해체에 의해 재구성되기 때문에 "인간 삶의 리얼리티는 감소"된다고 지적하면서 화자의 삶과 연관시키지 않았다.

반면 김수복[119]과 강연호[120]는 해석의 각도를 달리하여 화자는 자신이 의도하지 않았음에도 불구하고 "거미 가족을 방 밖으로 쓸

---

116) 김은자, 「생명의 시학—백석시에 나타난 동물상징을 중심으로」, 『백석』, 고형진 엮, 새미, 1996, 263쪽, 272-274쪽.

117) 오세영, 『한국현대시 분석적 읽기』, 고려대 출판부, 1998, 275-277쪽.

118) 박건명, 「백석시연구」, 『건국어문학』 23, 건국대학교 인문과학연구소, 1999, 91-92쪽.

119) 김수복, 「백석 시의 집의 공간 인식」, 『논문집』 34집, 단국대학교 인문사회과학 편, 1999, 8쪽.

120) 강연호, 「유랑의 현실과 정착의 꿈」, 『인문학연구』 3호, 원광대학교 인문학연구소, 2002.

어내는” 폭력적인 존재로서 '수라'에 비유된다고 하였다. 시적 화자를 '수라'로 보는 시각에 덧붙여 김수복은 거미 가족 해체의 상황으로, 강연호는 늘 싸움이 그치지 않는 세계로 해석하여 '수라'의 두 가지 사전적 의미를 모두 포괄하였다.

이와 같이 '수라'를 고통스러운 상황으로 파악할 것인가 혹은 가족을 해체시키는 무서운 존재로 볼 것인가라는 두 가지 해석이 존재한다. 지금까지 해석의 공통점은 모두 거미 가족의 해체와 연관지은 것이다.

그러나 거미들이 진짜 가족인지는 알 수 없다. 아무 친족 관계가 없이 우연히 순차적으로 방 안에 들어온 세 마리 거미일 가능성도 있다. 시적 화자는 처음에 방바닥에 내려앉은 거미를 생각 없이 문 밖으로 내보내지만 그 후 들어온 큰 거미, 무척 작은 거미를 내보내며 점점 감정이 복잡해진다. 그 이유는 시적 화자가 방 안에 차례로 들어온 세 마리의 거미들을 가족이라는 혈연 공동체로 묶었기 때문이다. 시의 화자가 거미를 방 밖에 버리는 체험에서 '가슴이 짜릿한', '가슴이 메이는', '서럽게 한다', '슬퍼한다' 등의 감정을 표출하는데 이는 거미 가족의 흩어짐을 서글퍼하는 것이 아니라 차가운 밤에 홀로 있어야 하는 자신의 외로운 심사를 이입하고 있는 것이다. 공동체로부터 떨어져 나와 홀로 견뎌야하는 시적 화자의 힘겨운 삶이 바로 '수라'이다. 그렇기 때문에 제목에 나타나는 '수라'는 시적 화자가 처한 상황이 되는 것이다. 백석의 시에는 공동체로부터 소외된 고독감과 외로움, 쓸쓸함의 감정이 다양하게 드러난다. '나'와 명태, 멧새소리 밖에 없는 처량한 공간에서 서럽고 비참한 자아를 '가슴에 길다란 고드름'이 걸린 명태라고 비유한 「멧새소리」(『여성』 3권 10호, 1938. 10), 사랑하는 사람들과 떨어져 슬픔에 잠긴 우수를 그리고 있는 「흰 바람벽이 있어」(『문장』 26호, 1941. 4), '그 어느 바람 세인 쓸쓸한 거리 끝에 헤매'이는 화자의 모습을 통해 적막감과 외로움을 드러낸 「南新義州 柳洞 朴時逢方」(학풍창간호, 1948. 10)에서 이러한 감정들이 잘 표현된다. 특히 「杜甫나李白같이」에서는 고향과 가족을 떠나 타지에서 외롭게 맞이하는 명절의 감회를 그리고 있다.

> 오늘 고향의 내집에 있는다면
> 새옷을입고 새신도 신고 떡과 고기도 억병 먹고
> 일가친척들과 서로 뭏여 즐거이 웃음으로 지날것이였만
> 나는 오늘 때묻은 입듯옷에 마른물고기 한토막으로
> 혼자 외로히 앉어 이것저것 쓸쓸한 생각을하는것이다
>   ─「杜甫나李白같이」 부분, 『인문평론』 16호, 1941. 4.

정월 대보름날 고향의 집에 있다면 새 옷을 입고, 새 신을 신고 떡과 고기도 많이 먹고 친척들과 모여앉아 즐겁게 보낼 터인데, 이국에 남은 시적 화자는 때 묻은 헌 옷을 입고 말린 생선 한 조각을 앞에 둔 채 쓸쓸한 생각을 하고 있다. 백석은 공동체의 즐거움을 그린 시와 그 곳에서 소외된 쓸쓸한 정서를 그린 시를 많이 썼다.

제목인 '수라'가 의미하는 것은 거미 가족의 상황도 거미 가족을 해체시키는 주체도 아닌 시적 화자가 처한 상황이다. 시적 화자의 삶 자체가 일반적인 인간의 삶보다 더 고통스러운 '수라'의 세계인 것이다. 즉 「修羅」는 시적 화자가 당면한 현실이자 고독한 자아의 처지를 비유한 작품이라고 할 수 있다.

(3) 「北方에서－鄭玄雄에게－」

아득한 녯날에 나는 떠났다
扶餘를 肅愼을 勃海를 女眞을 遼를 金을,
興安嶺을 陰山을 아무우르를 숭가리를.
범과 사슴과 너구리를 배반하고
송어와 메기와 개구리를 속이고 나는 떠났다.

나는 그때
자작나무와 익갈나무의 슬퍼하든것을 기억한다
갈대와 장풍의 붙드든 말도 잊지않었다
오로촌이 멧돌을 잡어 나를 잔치해 보내든것도
쏠론이 십리길을 딸어나와 울든것도 잊지않었다.

나는 그때
아모 익이지못할 슬픔도 시름도 없이
<u>다만 게을리 먼 **앞대**로 떠나나왔다</u>
그리하여 따사한 해ㅅ귀에서 하이얀 옷을 입고 매끄러운 밥을
먹고 단샘을 마시고 낮잠을 잤다
밤에는 먼 개소리에 놀라나고
아츰에는 지나가는 사람마다에게 절을 하면서도
나는 나의 부끄러움을 알지못했다.

그동안 돌비는 깨어지고 많은 은금보화는 땅에 묻히고 가마귀
도 긴 족보를 이루었는데
이리하야 또 한 아득한 새 녯날이 비롯하는때
이제는 참으로 익이지못할 슬픔과 시름에 쫓겨

나는 나의 녯 한울로 땅으로—나의 胎盤으로 돌아왔으나

이미 해는 늙고 달은 파리하고 바람은 미치고 보래구름만 혼
자 넋없이 떠도는데

아, 나의 조상은 형제는 일가친척은 정다운 이웃은 그리운것
은 사랑하는것은 우럴으는것은 나의 자랑은 나의 힘은 없다 바
람과 물과 세월과 같이 지나가고 없다.
　－「北方에서－鄭玄雄에게－」, 『문장』 2권 6호, 1940. 6 · 7합호

「北方에서－鄭玄雄에게－」는 '앞대'를 어떻게 해석하느냐에 따
라 시의 문맥이 전혀 달라진다. 『평북방언사전』121)에 의하면 '앞
대'란 평안도를 벗어난 남쪽지방, 즉 황해도, 강원도에서부터 제주
도에 이르는 각지를 이른다. 백석의 「힌 바람벽이 있어」에서도
'앞대'라는 시어가 사용되었는데 이 작품에서 '앞대'란 사전적 의
미인 평안도 아래 남쪽 지역을 의미한다.

또 내 사랑하는 사람이 있다
내 사랑하는 어여쁜 사람이
어늬 먼 **앞대** 조용한 개포가의 나즈막한 집에서
그의 지아비와 마조 앉어 대구국을 끓여놓고 저녁을 먹는다
벌서 어린것도 생겨서 옆에 끼고 저녁을 먹는다
　　－「힌 바람벽이 있어」 부분, 『문장』 26호, 1941. 4.

그러나 「北方에서－鄭玄雄에게－」는 그 의미가 명확지 않아 이

---

121) 김이협, 『평북방언사전』, 한국정신문화연구원, 1981.

견이 있었다.

남기혁[122]은 이런 의미에서 '앞대'가 한반도를 의미한다고 하였다. 「北方에서-鄭玄雄에게-」를 쓸 당시 백석은 만주 지역에 있었다. 제목에서도 자신이 '북방'에 있음을 밝히고 있다. 그렇기 때문에 북방은 중국의 만주 지역을, '앞대'는 만주 아래 남쪽 지역을 의미한다. 그러나 박주택[123]은 '앞대'를 평안도 지명이라고 보고 "시적 화자의 공간이 중국 동북지방과 흑룡강, 그리고 송화강을 거쳐 평안도를 들어온 것이 아닌가 추측된다"고 하였다. 이 해석에 의하면 시적 화자가 평안도에 있고 '앞대'는 평안도라는 등식이 성립된다. 두 비평가가 '앞대'를 서로 다르게 해석함으로써 시의 전체적인 문맥이 완전히 달라지고 있다. 이와 다른 논리로 최정례[124]는 사전적 의미와 함께 "과거근원으로부터 앞세대라고 하는 미래를 향한 방향을 동시에 지시하고 있다"고 설명하였다. 그래서 백석의 과거 지향적 경향과 연결해 이 시를 해석한다. 개개 시어나 시편에 대한 논의라기보다 주제론과 연결된 해석으로 보인다. 이 시에서 '앞대'란 시간적 의미보다는 공간적 의미로 해석하는 것이 시 문맥상 더 적절하다.

이 시에서는 만주라는 북방의 광대한 영역을 버리고 남쪽 한반도의 작은 영역으로 내려온 조선 민족에 대한 역사적 상상력이 드러난다. '나'는 역사 속에서 수모를 겪는 조선 민족으로 상징되는

---

122) 남기혁, 「'또 다른 고향'의 환상에서 벗어나기」, 『시의 아포리아를 넘어서』, 이숭원 외 지음, 이룸, 2001.

123) 박주택, 「백석 시 연구」, 경희대 박사학위논문, 1999, 115쪽.

124) 최정례, 「백석 시의 근대성 연구」, 고려대학교 박사학위논문, 2005, 98-102쪽.

것 같으면서도 한편으로는 시적 화자 개인의 모습을 나타내고 있다. 이 시의 서정적 자아는 근원으로 회귀하여 그 역사를 추체험함으로써 자신이 누구인지를 규정하고자 했다. '扶餘', '肅愼', '勃海', '女眞', '遼', '金', '興安嶺', '陰山', '아무우르', '숭가리', '오로촌', '쏠론' 등 과거 북방 지역, 즉 만주 지역을 거친 여러 부족과 나라들을 아우르며 태초로부터 현재까지 '나'의 지나온 경로를 조망한다. 과거에 북방을 떠나지 말라는 주위의 만류에도 불구하고 '앞대'로 내려온 것이다. 따라서 '앞대'는 위에 언급한 남기혁의 의견과 같이 만주 지역의 남쪽인 한반도를 의미한다. 한반도에서 흰 옷을 입고 매끄러운 밥을 먹고 단 샘을 마시고 낮잠을 자는 평안한 삶을 유지하느라 주변 강대국의 폭력과 억압에 시달리면서도 '부끄러움'을 알지 못했다고 한다. 한반도에서 오랜 세월을 보낸 후 '익이지못할 슬픔과 시름에 쫓겨' 다시 옛 땅이자 '나의 胎盤'인 북방으로 돌아왔지만 그 곳 역시 조상도 친척도 이웃도 자랑도 힘도 없는 땅임을 깨닫고 절망한다. 결국 이 시는 백석의 만주 체험과 유랑을 통한 철저한 자기 발견을 형상화하고 있다. 만주를 전전하던 시적 자아의 방황과 위기의식은 결국 극단적인 부재의 확인으로 귀착되고, 자아는 고독한 현재의 상황에 도달한다.

요약하자면 「北方에서」의 시적 화자는 시를 쓸 당시 만주지역인 북방에 위치하고 있으며 '앞대'는 한반도를 의미한다.

(4) 「南新義州 柳洞 朴時逢方」

　　어느 사이에 나는 아내도 없고, 또,

아내와 같이 살던 집도 없어지고,

그리고 살뜰한 부모며 동생들과도 멀리 떨어져서,

그 어느 바람 세인 쓸쓸한 거리 끝에 헤매이었다.

바로 날도 지물어서,

바람은 더욱 세게 불고, 추위는 점점 더해 오는데,

나는 어는 木手네 집 헌 삽을 깐,

한 방에 들어서 쥔을 붙이었다.

이리하여 나는 이 습내 나는 춥고, 누긋한 방에서,

낮이나 밤이나 나는 나 혼자도 너무 많은 것 같이 생각하며,

딜옹배기에 북덕불이라도 담겨 오면,

이것을 안고 손을 쬐며 재우에 뜻 없이 글자를 쓰기도 하며,

또 문 밖에 나가디두 않구 자리에 누어서,

머리에 손깍지 벼개를 하고 굴기도 하면서,

나는 내 슬픔이며 어리석음이며를 소 처럼 연하여 쌔김질하는
것이었다.

내 가슴이 꽉 메어 올 적이며,

내 눈에 뜨거운 것이 핑 괴일 적이며,

또 내 스스로 화끈 낯이 붉도록 부끄러울 적이며,

나는 내 슬픔과 어리석음에 눌리어 죽을 수 밖에 없는 것을
느끼는 것이었다.

그러나 잠시 뒤에 나는 고개를 들어,

허연 문창을 바라보든가 또 눈을 떠서 높은 턴정을 쳐다보는
것인데,

이 때 나는 내 뜻이며 힘으로, 나를 이끌어 가는 것이 힘든 일
인 것을 생각하고,

이것들보다 더 크고, 높은 것이 있어서, 나를 마음대로 굴려
가는 것을 생각하는 것인데,

이렇게하여 여러 날이 지나는 동안에,

내 어지러운 마음에는 슬픔이며, 한탄이며, 가라앉을 것은 차츰 앙금이 되어 가라앉고,

외로운 생각만이 드는 때 쯤 해서는,

더러 나줏손에 쌀랑쌀랑 싸락눈이 와서 문창을 치기도 하는 때도 있는데,

나는 이런 저녁에는 화로를 더욱 다가 끼며, 무릎을 꿀어 보며,

어니 먼 산 뒷옆에 바우 섶에 따로 외로이 서서,

어두어 오는데 하이야니 눈을 맞을, 그 마른 잎새에는,

쌀랑쌀랑 소리도 나며 눈을 맞을,

그 드물다는 굳고 정한 **갈매나무**라는 나무를 생각하는 것이었다.

　　－「南新義州 柳洞 朴時逢方」,『학풍』 창간호, 1948. 10.

「南新義州 柳洞 朴時逢方」은 혈연 공동체로부터 떨어져 외로움에 빠져 있다가 생각의 반추를 통해 어지러운 마음을 정화하고 삶의 태도에 대해 성찰하는 시이다. 이 시의 갈매나무는 삶의 자세라는 주제와 연결되는 대상물인데 그 해석이 다양하다. 우선 갈매나무의 사전적 정의는 다음과 같다.

갈매나무는 낙엽 활엽 관목이다. 높이는 2~5미터이며, 가지에 가시가 있다. 잎은 마주나고 톱니가 있으며, 5월엔 연한 황록색의 잔꽃이 한 두 송이씩 핀다. 열매는 약용하고 나무껍질은 염료로 쓴다. 골짜기나 개울가에서 자라는데 경북, 충남을 제외한 한국각지와 우수리, 중국 등지에 분포한다.[125]

---

125)『두산세계대백과사전』, 두산동아, 2002.

‘갈매나무’를 수식하는 시구가 ‘드물다는 굳고 정한’이기 때문에 갈매나무의 정신에 대해서는 큰 해석의 편차를 보이지 않는다. 그러나 비평가마다 주제를 확정하고 그것에 조응하도록 ‘갈매나무’를 해석하다 보니 시의 문맥과 다르게 해석된 경우도 있었다. 갈매나무가 특정한 인물을 비유하고 있다는 해석도 있고, 이를 민중들의 보편적 삶의 정서, 강인한 남성적 어조 등으로 해석한 경우도 있었다.

이황직126)은 “백석의 고향이자 오산학교의 소재지가 평안북도 정주군 갈산면”이고 ‘갈산’과 ‘갈매’가 음상 면으로 유사하다고 지적하며 갈매나무는 “오산의 스승 조만식의 표상”으로 보았다. 정한숙127)은 “가족과 고향과의 유대에서 떨어져 나와 외로이 헤매는 백석은 자신을 한 마리 소에 비유” 하고 있다면서 “갈매나무처럼 굳세고 깨끗하게 살 것을 각오” 하는 다짐이라고 설명하였다. ‘소처럼 연하여 쌔김질하는 것이었다’라는 시구를 유추 해석하여 시적 화자를 한 마리 소로 본 것인데, 문맥 상 자연스럽지 못한 해석이다. 이황직과 정한숙은 ‘갈매나무’를 지나치게 상징적으로 해석하였다.

‘갈매나무’를 백석의 강인한 정신으로 논의한 경우도 있었다. 윤지관128)은 이 시를 “굳건한 리얼리즘 정신의 한 단면”으로 해석하며 ‘굳고 정한 갈매나무’가 보여주는 견딤의 자세는 “삶의 미래

---

126) 이황직, 「근대 한국의 윤리적 개인주의 사상과 문학에 관한 연구」, 연세대학교 박사학위논문, 2002, 245-246쪽.
127) 정한숙, 『현대한국문학사』, 고대출판부, 1986, 195쪽.
128) 윤지관, 「순수시의 정치적 무의식」, 『외국문학』, 1995년 겨울호.

를 긍정하는 지사적인 정신"이라고 해석하였다. 양문구[129]는 민중들의 보편적인 삶의 정서로 시를 해석하며 "시련의 연속에서도 '굳고 정한' 갈매나무처럼 산다는 것은 새로운 세계의 전망을 밝게 표상하는 것"이라고 하였다. 곽봉재[130]는 '갈매나무'의 정신을 "눈보라로 표현된 엄혹한 현실을 견디어 내고자 하는 정신"으로 해석하고 "쌀랑쌀랑 소리를 내겠다는 것은 문자 행위에 대해 지닌 소명 의식"으로 보아 시인으로서의 소명을 다짐하는 지사적인 시로 읽었다. 반면 박주택[131]은 "현재적 처지를 드러내는 '외로운 갈매나무'는 현실로 상징되는 '눈'속에서도 당당히 초탈하고자 하는 강인하고도 건강한 견딤의 어조를 힘찬 남성적 어조로 보여"준다며 강인한 남성적 어조를 강조하였다. 이러한 해석은 지나치게 주제론에 얽매여 시를 과잉 해석하고 '갈매나무'에 과도한 의미를 부여한 것으로 보인다.

박혜숙[132]은 '굳고 정한 갈매나무'를 "시인이 겪어온 처지와 슬픔을 정신적으로 초극하고자 하는 의지의 표현"이며, 결국 시인 자신을 비유하고 있다고 설명하였다.

논의를 위하여 이 작품을 처음부터 독해하면 다음과 같다. 이 작품의 서정적 자아는 가족들과 떨어져 낯선 객지에서 추운 겨울을 보내고 있다. 고향도 떠나고 사랑하는 사람들과도 헤어져 살고 있는 시적 자아의 모습은 안쓰럽고 측은하다. '바람은 더욱 세게

---

129) 양문규, 「백석 시 연구」, 명지대학교 박사학위논문, 2002, 109쪽.
130) 곽봉재, 「백석 문학 연구」, 경희대학교 박사학위논문, 1999, 157-158쪽.
131) 박주택, 「백석 시 연구」, 경희대학교 박사학위논문, 1999, 172쪽.
132) 박혜숙, 『백석』, 건대출판부, 1995, 45쪽.

불고, 추위는 점점 더해 오는데'라는 구절은 겨울의 혹독함을 표현하는 동시에 화자가 견뎌야 하는 현실의 각박함을 상징한다. 이런 겨울에 화자는 '박시봉'이라는 목수네 집의 방 하나를 빌린다. 그 방은 허름하고 눅눅하기 이를 데 없는데 거기에서 시적 화자는 자신의 삶에 대한 냉정한 마주보기를 시도한다. 어렵고 힘든 상황에서 처절한 자기 대면을 시도하고 있는 시적 화자에게 현재의 성찰이 주는 절망은 혼자 짊어지기엔 너무 무겁다.

그러나 화자는 고개를 들어 높은 천정을 바라봄으로써 고통스러운 삶 위에 군림하는 운명을 인식하게 되고, 자기 성찰 과정은 정점을 향한다. 화자는 삶을 향한 새로운 자세를 견지하면서 '쌀랑쌀랑 싸락눈'을 통해 방밖으로 시선을 옮긴다. 갈매나무는 현실 혹은 세상을 견디면서 먼 산 위에 서 있는 드물고 '굳고 정한' 나무이다. 그 나무에서 환기되는 꼿꼿한 자세는 '맑고 가난한'(「가무래기의 樂」), '맑고 높은'(「허준」), '가난하고 높고 외롭고 쓸쓸한'(「흰 바람벽이 있어」) 그리고 '맑고 참된 마음'(「촌에서 온 아이」)과 동질적인 것이다.

'갈매나무'는 리얼리즘 정신의 한 단면도 아니며 새로운 세계의 전망을 밝게 해주거나 시인으로서의 소명을 환기시키는 표상도 아니다. '갈매나무'를 통해 힘차고 강인한 남성적 어조를 드러내려 했다기보다는 존재론적으로 외롭고 고독할 수밖에 없는 인간의 보편적 감정을 형상화하려 했다.

시적 화자는 '갈매나무'와 같은 존재로 살아가기를 소망하고 있다. 고향으로부터, 사랑하는 사람에게서 홀로 떨어져 나와 일본, 서울, 함흥, 만주를 떠돌다 남신의주에까지 와 있는 자신에게 닥친 운명과 상황을 받아들이고 견디고자 하는 화자의 의지가 '갈매나무'로 표출된 것이다. 갈매나무는 운명에 순응하는 화자가 감내해야 할 삶의 태도를 암시하는 것이다.

2) 단순 난해 시어

(1) 「定州城」

잠자리 조을든 문허진城터
반디불이난다 파 란魂들갓다
어데서 **말잇는듯이** 크다란 山새 한머리가
어두운 골작이로 난다
— 「定州城」,『조선일보』 부분, 1935. 8. 31.

잠자리조을든 문허진城터
반디불이난다 파란魂들같다
어데서**말있는듯이** 크다란山새한마리 어두운곬작이로난다
— 「定州城」,『사슴』 부분

이 시에서 해석이 상충되는 시어는 3행의 '어데서말있는듯이 크다란山새한마리 어두운 골작이로난다'에서의 '말'이다. 1935년 8월 31일 『조선일보』에 발표되었을 때는 '말잇는듯이'라고 표기한 것을 『사슴』으로 옮기며 '말있는듯이'로 개작하였다. 『조선일보』의 표기는 말[言]을 끊어지지 않게 계속하다라는 의미의 '잇다'와 말이 실제로 존재하고 있다는 '있다'의 두 가지 의미로 해석 가

능133)하기 때문에 개작을 통하여 의미의 혼란을 피하였다.

 ‘말’은 말[馬], 마을[村], 말[言]로 해석된다. 김용직134)은 새들이 야맹성이어서 밤에 날 수 없는데 거기에 말까지 곁들이고 있어 ‘비현실적인 소재를 접합시킨 경우’라고 설명한다. 즉 말을 말[馬]로 해석한 것이다. 김영익135)과 한경희136)는 ‘말’을 마을로 해석한다. 김영익은 “마을을 찾아 크다란 산새 한 마리리가 어두운 골짜기로 나는 시각적 묘사”라고 하였으며, 한경희는 “이 적막한 골짜기에 말(=마을)이 있는 듯 ‘크다란 산새 한 마리’가 ‘어두운 골짜기’로 날아오른다”라고 해석하였다. 곽봉재137)는 말[言]로 해석하고 있다. ‘새를 날게 하는 소리’가 ‘말’이라고 여기며, “화자가 성의 의미에 대한 어떤 각성에 이르렀고, 그것은 의미를 지닌 것”

---

133) 백석의 시에서 ‘있다’의 의미를 ‘잇다’로 표기한 예가 존재한다.
　　 明井골은 산을넘어 桐栢나무푸르른 甘露가튼 물이솟은 明井**샘이잇는** 마을인데
　　　　　　　　 －「統營」－南行詩抄 부분,『조선일보』, 1936. 1. 23.

　　 가까이 **잔치가잇서서**
　　 곱디고흔 건반밥을 말리우는마을은
　　 얼마나 즐거운 마을인가
　　　　　　　 －「固城街道」－南行詩抄 (三) 부분,『조선일보』, 1936. 3. 7.

　　 기장쌀은 기장찻떡이 조코 기장차랍이 조코 기장감주가 조코 그리고 기장쌀로 쑨 호박죽은 **맛도 잇는것을** 생각하며 나는 기뿌다.
　　　　　　　 －「月林장」－西行詩抄 (四)부분,『조선일보』, 1939. 11. 11.
134) 김용직,「토속성과 모더니티」,『백석』, 고형진 편, 새미, 1996, 256쪽.
135) 김영익,「백석 시문학 연구」, 충남대학교 박사학위논문, 1998, 32-33쪽.
136) 한경희,「한국 현대시에 나타난 시적 자아의 내면 연구－이상, 백석, 윤동주 시를 중심으로」, 한국정신문화연구원 박사학위논문, 2002, 66쪽.
137) 곽봉재,「백석 문학 연구」, 경희대학교 박사학위논문, 1999, 83-84쪽.

이기 때문에 단순한 "소리가 아니라 각성의 내용이 말로 표현된 것"이라고 설명한다.

위의 세 가지 해석 모두 '말'은 산새를 어두운 골짜기로 보내는 역할을 맡고 있지만 말[言]로 해석할 때 백석 시의 의미가 가장 잘 드러난다. 잠자리가 졸던 무너진 성터에 이젠 파란 반딧불만 맴돌고 있는데 어디선가 사람의 말 소리 때문인지 커다란 산새 한 마리가 어두운 골짜기로 날아가고 정주성은 더욱 황량하기만 하다. 그렇지만 말을 각성의 내용으로 바라보는 곽봉재의 해석은 과도한 의미 부여다. 화자는 한밤 골짜기를 향해 날아가는 새를 보며, 새가 날아오른 것이 말소리 때문이 아닐까 추측한다. 이를 통해 고즈녁한 정주성의 적막감이 더욱 강조되고 있다.

(2) 「古夜」

섯달에 내빌날이드러서 내빌날밤에눈이오면 이밤엔 쌔하얀할
미귀신의눈귀신도 내빌눈을 받노라못난다는말을 든든히녁이며
엄매와나는 앙궁웋에 떡돌웋에 곱새담웋에 함지에 버치며 대냥
푼을놓고 치성이나들이듯이 정한마음으로 내빌눈약눈을받는다
이눈세기물을 내빌물이라고 제주병에 **진상항아리**에 채워두고
는 해를묵여가며 고뿔이와도 배앓이를해도 갑피기를앓어도 먹을
물이다

— 「古夜」 부분, 『사슴』

이 시에서는 백석 특유의 방언이 많이 나타난다. 평안도 방언은 시 전체에 독특하게 작용하여 시적 화자의 어린 시절을 실감나게

한다. 특히 위 「古夜」의 4연은 '내빌날', 즉 납일(臘日) 밤에 대한 기억을 상기시키고 있다.

납일(臘日)이란 예전에, 민간이나 조정에서 조상이나 종묘 또는 사직에 제사 지내던 날이다. 동지 뒤의 셋째 술일(戌日)에 지냈으나, 조선 태조 이후에는 동지 뒤 셋째 미일(未日)로 하였다고 한다.[138] 즉 납일이란 한 해 동안 지은 농사형편과 그 밖의 일을 여러 신에게 고하며 제사 지내는 날이다. 납일에 내린 눈을 받아 녹인 납설수(臘雪水)는 약용으로 썼다. 납설수로 장을 담그면 구더기가 생기지 않는다 하여 이것을 받아두었다가 환약을 만들 때나 장을 담글 때 사용하였고, 납설수로 눈을 씻으면 안질에도 걸리지 않으며 눈이 밝아진다고 했다.[139] 납일 밤에 납일눈이 오면 할미귀신도 이 눈을 받느라 바빠서 세상에 나타나지 않는다는 말을 든든히 여기며 시적 화자와 '엄마'는 아궁이, 떡돌, '곱새담' 위에 함지와 양푼을 놓고 정한 마음으로 눈을 받는다. 납일물을 '제주병'과 '진상항아리'에 담아두고 한 해 동안 감기와 복통에 약물로 쓴다. 제주병이란 제사에 쓸 술을 넣어두는 병이다. 제주는 일반적인 병에 넣어두지 않고 제주병에 따로 담아 넣어 사용한다. 그렇기 때문에 제주병이란 보통의 일반적인 병이 아니라 제사 때만 사용하는 집안의 귀한 병이라고 할 수 있다.

그런데 '진상항아리'의 경우 후대의 비평가들이 모두 '허름하고 보잘 것 없는 항아리'[140]라고 해석하였다. 사전에서는 '진상항아

---

138) 국립국어연구원 편, 『표준국어대사전』, 두산동아, 1999.
139) 『두산세계대백과사전』, 두산동아, 2002.
140) 이동순 편, 『백석시전집』, 창작과비평사, 1997, 207쪽.

리'를 찾을 수 없었는데, 일반적으로 알고 있는 진상은 한자로는 '進上'으로 진귀한 물품이나 지방의 토산물 따위를 임금이나 고관에게 바침을 의미한다. 그래서 '진상 가는 꿀 병 동이듯'이란 말은 무엇을 소중하게 동여매는 경우를 비유한 것이다.[141] 납일에 받은 눈을 녹인 '내빌물'은 고급항아리에 두고 약처럼 먹는다고 해야 의미가 잘 드러나게 된다. 다시 말해 '진상항아리'는 허름하고 보잘 것 없는 항아리가 아니라 소중하고 귀한 항아리로 해석해야 한다.

(3)「국수」

> 이것은 그 곰의 잔등에 업혀서 길여났다는 민 넷적 큰마니가
> 또 그 **집등색이**에 서서 자채기를 하면 산넘엣 마을까지 들렸다는
> 먼 넷적 큰 아바지가 오는것같이 오는것이다
> — 「국수」 부분, 『문장』 26호 1941. 4.

'집등색이'의 뜻에 대해서도 다양한 의견이 있다. 이동순과 송준은 짚등성, 짚이나 칡덩굴로 짜서 만든 자리[142]로 풀이했다. 그렇지만 짚으로 만든 자리라고 해석하면 앞 뒤 문맥이 소통되지 않는다. 반면 최정례[143]는 등새기가 산등의 평안도 방언이라며 "집

송준 편, 『백석시전집』, 학영사, 1995, 287쪽.
141) 김이협, 『평북방언사전』, 한국정신문화연구원, 1981.
142) 이동순, 『여우난골족』, 솔, 1996. 송준, 『백석시전집』, 학영사, 1995.
143) 최정례, 「백석 시, 자기 응시로서의 관찰과 자아 탐색의 도정」, 『우리어문연구』, 2003, 320쪽.

등성이, 즉 집의 등마루가 되는 부분 또는 집 근처 등성이”로 풀이
하고 있다. 김영범144)은 “집의 등마루가 되는 부분, 지붕마루”라고
해석한다. ‘지붕마루’라 함은 ‘용마루’로 지붕 가운데 부분에 있는
가장 높은 수평 마루를 의미한다.145) ‘큰 아바지’가 재채기를 하러
지붕의 높은 곳까지 올라갔다는 표현은 문맥상 어색하다. 따라서
집 근처의 등성이로 해석하는 것이 가장 자연스럽다. 즉 집 근처
등성이에서 재채기를 하면 그 소리가 얼마나 큰지 산 너머의 마을
까지 들렸다라고 해석하는 것이 올바르다.

(4)「北新」

「北新」에서 시적 화자는 자신이 속한 실재 세계 그대로를 긍
정하며 거기서 느껴지는 야성으로부터 생동하는 아름다움을 발견
한다.

거리에서는 모밀내가 낫다
부처를 위하는 정갈한 노친네의 내음새가튼 모밀내가 낫다

어쩐지 香山부처님이 가까웁다는 거린데
국수집에서는 농짝가튼 도야지를 잡어걸고 국수에치는 도야
지고기는 돗바늘 가튼 털이 드문드문 백엿다
나는 이 털도 안뽑은 도야지 고기를 물구럼이 바라보며

<hr>

144) 김영범,「백석 시어 연구: 선행 연구의 오류 검토를 중심으로」, 고려대학교 석
　　사학위논문, 2005, 39-40쪽.
145) 국립국어연구원 편,『표준국어대사전』, 두산동아, 1999.

또 털도 안뽑는 고기를 시껌언 맨모밀국수에 언저서 한입에
끌꺽 삼키는 사람들을 바라보며
나는 문득 가슴에 뜨끈한것을 느끼며
小獸林王을 생각한다 **廣開土大王**을 생각한다
　　　－「北新」－西行詩抄 (二) ,『조선일보』, 1939. 11. 9.

곽봉재[146]는 소수림왕, 광개토대왕을 '더욱 큰 근원적인 힘'이
라고 보고, "역사를 소급해 올라가는 것은 자신의 시적 기반인 과
거의 삶이 지닌 의의를 보다 강고히 해야 할 필요 앞에 직면했다
는 것을 의미"한다고 해석하였다. 최정례[147]는 소수림왕의 한자
의미가 "짐승의 털과 무성한 야생의 숲을 연상하게 한다"고 지적
한다. 김미경[148]은 이 시가 "건강한 남성성에 대한 시인의 관심
이며 부성추구의 표현이라고 볼 수 있다"이라고 하였으나 과도한
의미 부여다.

　이 시의 화자는 산골 사람들의 거칠고 야성적인 삶의 기운을 느
끼면서 그 힘의 근원인, 옛날에 만주 벌판까지 진출했다는 소수림
왕과 광개토대왕에서부터 면면히 이어지는 삶의 엄연함을 깨닫는
다. 소수림왕과 광개토대왕은 전성기의 고구려를 환기하고 곧 민
족적 자긍심을 상징한다. '농짝같은 도야지', '돗바늘 같은 털'의
억세고 야성적인 시각적 환기는 '한입에 꿀꺽 삼키는'에서의 느껴
지는 거칠지만 건강한 힘으로 변환된다. 이 생명력은 시인에게 뜨

---

146) 곽봉재, 「백석 문학 연구」, 경희대학교 박사학위논문, 1999, 127쪽.
147) 최정례, 「정지용과 백석이 수용한 전통의 언어: 시어 선택과 시적 태도를 중심
　　으로」,『어문논 집』제48집, 2003, 367쪽.
148) 김미경, 「백석시 연구」, 서울대학교 석사학위논문, 1993, 38쪽.

끈한 것으로 전파되어 시간을 거슬러 올라가 소수림왕 광개토대
왕에 까지 확장되는 것이다.

　소수림왕과 광개토대왕은 건강한 생명력으로 이어지는 삶의 연
속성을 획득하고자 하는 시인 의식의 발로로 볼 수 있다.

　(5)「적막강산」

　　오이 밭에 벌 배채 통이 **지는** 때는
　　산에 오면 산 소리
　　벌로 오면 벌 소리

　　산에 오면
　　큰 솔 밭에 뻐꾸기 소리
　　잔 솔 밭에 덜거기 소리

　　벌로 오면
　　논두렁에 물닭의 소리
　　갈 밭에 갈새 소리

　　산으로 요면 산이 들썩 산 소리 속에 나 홀로
　　벌르 오면 벌이 들석 벌소리 속에 나 홀로

　　定州 東林 九十여里 긴긴 하로 길에
　　산에 오면 산 소리 벌에 오면 벌 소리
　　적막 강산에 나는 있노라
　　　－「적막강산」,『신천지』2권 10호 11·12 합병, 1947. 12.

박혜숙은 '지는'이라는 시어를 '잘자란'이라는 의미로 보아 '잘 자란 때는'으로 해석하였다.[149] 그래서 백석이 느끼는 고독감은 1연에서 보이는 자연의 풍성함과는 달리 대자연으로부터 일탈되어 있는 현실 때문이라고 하였다. 이경수는 '지는'을 '살지다' 의미로 파악하여 '살이 오르는 때'라고 보았다.[150] 여기에서 '지는'은 배추의 '통이 지다'라는 의미로 포기가 형성되어 속이 꽉 들어차는 배추 통으로 해석할 수 있다.

(6) 「모닥불」

새끼오리도 헌신짝도 소똥도 갓신창도 개니빠디도 너울쪽도 집겸불도 가락닢도 머리가락도 헌겊조각도 막대꼬치도 기와징도 닭의짖도 개털억도 타는 모닥불

재당도 초시도 門長늙은이도 더부살이아이도 새사위도 갖사둔도 나그네도 주인도 할아버지도 손자도 붓장사도 땜쟁이도 큰개도 강아지도 모두 모닥불을 쪼인다

모닥불은 어려서우리할아버지가 어미아비없는 서러운아이로 불상하니도 몽둥발이가된 슳븐력사가있다

— 「모닥불」, 『사슴』

이 시에서 보이는 난해 시어들은 시 해석에 크게 영향을 미치지 않는 단순한 난해 시어들이지만 해석에 이견이 많다. 우선 새끼오

---

149) 박혜숙, 『백석』, 건대출판부, 1995, 81쪽.
150) 이경수, 『한국현대시의 반복과 미학』, 월인, 2005, 91쪽.

리는 '새끼+오리'로 구성된 말이며, 새끼는 짚으로 꼬아 줄처럼 만든 것, 오리는 실, 나무, 대 따위의 가늘고 긴 조각을 의미한다는 해석151)과 새끼오리를 오리의 어린 것을 의미하는 어휘로 보는 견해152)가 있었다. 그러나 백석의 시에서는 '머리오리'(「女僧」), '대님오리'(「오리망아지토끼」), '미억오리'(「統營」) 등과 같이 '길고 가느다란 조각'의 의미로 쓰인 다른 어휘 용례들이 흔히 발견되므로 새끼오리는 짚으로 꼬아 만든 새끼줄의 긴 가닥 정도의 의미로 보는 것이 타당하다.153)

'갓신창'에 대해서도 다양한 해석이 있는데 이동순과 최정례154)는 '부서진 갓에서 나온 말총으로 된 질긴 끈의 한 종류, 갓진창의 오류'라고 하였다. 그러나 '갓신창'은 가죽신의 밑창을 의미한다.155)

「모닥불」에는 평안도 방언과 다양한 시어들이 열거되는데, 이러한 사물들 간의 유사성과 차이점을 근거로 대립적 관계의 융화라는 주제를 찾으려는 시도 때문에 여러 다른 해석이 이루어졌다.

---

151) 고형진, 「백석시 연구」, 고려대학교 석사학위논문, 1983.
152) 이동순, 「민족시인 백석의 주체적 시정신」, 『백석시전집』, 창작과비평사, 1987, 169쪽.
　　　정정교, 「소월과 백석 시의 향토성 비교 연구」, 건국대 교육대학원 석사학위논문, 1992.
153) 이에 대해서는 이경수와 이숭원이 자세히 분석하였다.
　　　이경수, 「백석시 연구」, 고려대학교 석사학위논문, 1993, 42쪽.
　　　이숭원, 「백석 시의 난해 시어에 대한 연구」, 『인문논총』 8집, 서울여대 인문과학연구소, 2001.
154) 최정례, 「정지용과 백석이 수용한 전통의 언어: 시어 선택과 시적 태도를 중심으로」, 『어문논 집』 제48집, 2003, 373쪽.
155) 김영배, 「백석 시의 방언에 대하여」, 『평안방언연구』, 태학사, 1997, 534쪽.

김영범156)은 '갓신창'을 설명함에 있어 「모닥불」의 시어들이 길이와 너비의 대립쌍으로 이루어져 있다고 단정하고 설명을 시도하였다. 최정례157) 또한 '소똥과 갓신창 즉 비천한 것과 그 상대되는 것의 한 쪼가리를 말하고자 한 것이었다면 개이빨과 면사포 너울의 한쪼가리는 댓구가 된다'고 하며 대립쌍들의 구성으로 설명을 시도하였다. 그래서 '너울'은 '널빤지쪽'이란 해석158)이 일반화되었음에도 불구하고 최정례는 굳이 '면사포'라고 설명하였다. 전영준159)도 "모닥불이라는 상징이 생명있는 것과 없는 것, 보잘 것 없는 것과 그렇지 않은 것의 경계를 지우는 융화의 상징"이라고 하였다. 그렇다면 1연에 생명있는 것과 없는 것이 함께 타오른다는 말인데, 1연에 제시된 어휘들에 이러한 대립쌍의 모습은 보이지 않는다. 김영익160) 또한 1연이 "죽은 사물이거나 버림받은 사물로서 자연적인 것과 인위적인 것의 대립적 나열"이라고 하며 "대립적 관계에서 오는 갈등과 그 갈등에서 오는 비애가 조화롭게" 공유되고 있다고 하였으나 1연에서 대립적 관계로 인한 비애의 조화는 드러나지 않는다.

위의 비평가들은 대립물을 병렬적으로 나열하였다고 하는데, 2연에서는 '새사위: 갓사둔', '나그네: 주인', '할아버지: 손자', '큰개: 강아지'와 같은 대조적인 규칙이 나타나지만 1연에까지 적용

---

156) 김영범, 「백석 시어 연구: 선행 연구의 오류 검토를 중심으로」, 고려대학교 석사학위논문, 2005, 14-16쪽.
157) 최정례, 위의 논문, 373쪽.
158) 이동순, 『백석시전집』, 창작과비평사, 1987. 송준, 『백석시전집』, 학영사, 1995.
159) 전영준, 「백석시 연구」, 연세대학교 석사학위논문, 2001, 42-43쪽.
160) 김영익, 「백석 시문학 연구」, 충남대학교 박사학위논문, 1999.

하여 시어를 해석하게 되면 두 개씩 무리하게 짝을 짓게 되고 해석도 어색해진다. 즉 김영범, 최정례, 전영준, 김영익 비평의 문제점은 대립된 것들의 융화라는 주제를 강조하기 위해 무리하게 시어를 분류했다는 데 있다. 난해 시어의 뜻을 하나 하나 이해하지 않고 비평자가 선험적으로 판단한 전체 주제를 향해 시를 분석한 데에서 오는 오류라고 할 수 있다.

대립적인 나열이라고 단정하기보다는 "새끼 오라기에서 개털에 이르기까지 보잘 것 없는 모든 것을 받아들이는 공간, 더부살이 땜쟁이 심지어 강아지까지 구별 없이 안아주는 너그럽고 여유있는 공간"161)으로 받아들이는 것이 백석의 원래 의도에 더 가깝다고 하겠다.

1연에서는 보잘 것 없고 쓸모없는 사물들이 모여서 이루는 모닥불의 기원을, 2연에서는 동네에서 가장 높은 문장 어른과 재당 어른부터 더부살이 아이까지 그리고 나그네와 강아지까지 하나로 끌어들이는 모닥불의 흡인력을 엿볼 수 있다.

(7) 「여우난곬族」

열여섯에 四十이넘은홀아비의 후처가된 포족족하니 성이잘나
는 살빛이매감탕같은 입술과 젓꼭지는더깜안 예수쟁이마을가까
이사는 土山고무 고무의딸承女 아들承동이
                    ― 「여우난곬族」 부분, 『사슴』

---

161) 이숭원, 「풍속의 시화와 눌변의 시학―백석」, 『백석』, 정효구 편, 문학세계사, 1996, 271쪽.

띄어쓰기를 잘못하여 오류가 생기는 경우162)도 있다. 박주택은 「여우난곬族」 중 윗 부분을 인용하고 "원관념인 입술과 보조관념인 매감탕은 색채의 유사성을 바탕으로 한다. 매감탕이 메주를 쑤어낸 솥에 남아있는 진한 갈색의 물이라 할 때 비유된 입술은 일상적 생활 경험에서 발견될 수 있는 객체적 대상"163)이라고 설명한다. 즉 '매감탕'이 보조관념이고 '입술'이 원관념이며 '매감탕같은'이 '입술'을 수식하는 것처럼 서술하였는데 이는 문맥을 잘못 파악한 것이다.

'토산고무'를 수식하는 관형절은 '열여섯에 사십이넘은 홀아비의 후처가된', '포족족하니 성이잘나는', '살빛이매감탕같은', '입술과 젓꼭지는더깜안', '예수쟁이마을가까이사는' 등 5개기 된다. '매감탕같은'과 '입술과 젓꼭지는더깜안' 사이가 떨어져 있고 대등한 차원에서 고모를 수식하는 말이다. 그렇기 때문에 '매감탕'과 '입술' 사이에 관계가 있는 것으로 보기 어렵다.

2. 시 작품 확정의 문제

백석의 시집 『사슴』에 수록된 시 33편에 대해서는 논란의 여지가 없지만,164) 그 외 신문이나 잡지에 발표된 백석의 작품은 수합

---

162) 이숭원은 「고야」와 「가즈랑집」의 띄어읽기 오류의 경우를 설명하였다.
　　　이숭원, 「백석 시의 난해 시어에 대한 연구」, 『인문논총』 8집, 서울여대 인문과학연구소, 2001.
163) 박주택, 「백석 시 연구」 경희대학교 박사학위논문, 1999, 191-192쪽.
164) 박혜숙은 『사슴』에 35편의 시가 수록되었다고 기록하였는데 이는 착오로 보인

하는 과정에서 차이가 나기 때문에 각 전집마다 수록된 시의 편수가 서로 다르다.

전집에 수록한 시의 편수가 다른 데는 몇 가지 이유가 있다. 첫째, 백석의 작품 중 장르 구분이 명확하지 않은 작품이 세 편 있다. 「나와 지렝이」(『조광』 2권 1호), 「黃日」(『조광』 2권 3호), 「丹楓」(『여성』 2권 10호) 등인데 장르를 밝히지 않아 시인지 수필인지 모호하다. 이를 시로 편입시킨 전집도 있고, 아예 전집에 실지 않은 경우도 있다. 둘째, 창작 주체의 이름이 백석이 아님에도 백석의 시로 여겨지는 등 백석의 작품인지 아닌지 불확실한 경우가 있다. 예를 들어 '백정(白汀)'과 '한얼생'이라는 시인의 작품을 두고 백석의 작품인지 판단하는 데 의견 차이가 있다. 한편 최근에 새로 백석의 작품으로 발굴된 시가 있는데 이 작품은 아직 어떤 전집에도 수록되지 않았다.

이 장에서는 원전비평적 연구를 통하여 장르 구분, 창작 주체, 최근에 발굴된 시 등의 문제를 검토하고 백석의 결정판 시 전집에 수록해야 하는 시 작품 확정에 대하여 논의하고자 한다.

1) 장르 구분

(1) 「나와 지렝이」

1935년 11월 『朝光』 창간호에 발표된 「나와 지렝이」는 '新博物

다. 『사슴』 이전에 발표된 「나와 지렝이」, 「山地」를 포함시켰기 때문인 것 같다. (박혜숙, 『백석』, 건국대학교출판부, 1995, 20쪽)

誌'기획에 실렸으나 시집『사슴』에는 누락된 작품이다. 김재용을 제외한 후대 편집자들은 이 작품을 시로 장르 규정하고 시 전집에 수록하였다. 김재용은 1997년『백석전집』을 출간할 때 이 작품을 포함시키지 않았다가 2004년 증보판의 '보유편'에 추가하였다.

「나와 지렝이」는『조광』창간호의 '新博物志'라는 기획 아래 쓰여진 글이다. 20명의 필자가『조광』지 곳곳에 칼럼 형식으로 짤막하게 글을 썼다. 20편의 '新博物志-나와동식물'은 각각 다른 페이지에 실렸지만『조광』창간호의 목차를 살펴보면 이들을 함께 묶어 놓았다. 김진섭, 이상호, 김동명, 이헌구, 김유정, 한인택, 백석, 안회남, 방인근, 함대훈, 신석정, 김동환, 이하윤 등이 「나와 붕어」, 「나와 사자」, 「나와 말」, 「나와 꾀꼬리」라는 제목으로 자신과 관련 있는 동식물들에 대한 소견과 이야기를 짤막하게 적고 있다.

다음은 백석의 「나와 지렝이」이다.

> 내 지렝이는
> 커서 구렁이가 되었읍니다.
> 천년동안만 밤마다 흙에 물을주면 그흙이 지렝이가 되었읍니다.
> 장마지면 비와같이 하눌에서 날여왔읍니다.
> 뒤에 붕어와 농다리의 미끼가 되었읍니다.
> 내 리과책에서는 암컷과 숫컷이있어서 색기를 나헛습니다.
> 지렝이의눈이 보고싶읍니다.
> 지렝이의 밥과집이 부럽습니다.
> ― 「나와 지렝이」-〈新博物志〉,『조광』1권 1호, 1935. 11.

최두석165)은 "「나와 지렝이」와 「황일」을 시로 보는 연구자도 있는데 시인의 의도를 존중한다면 수필로 처리"해야 한다고 하였다. 하지만 백석이 이 작품들에 대해 언급한 기록이 없기 때문에 시인의 의도를 알기 어렵다.

나명순166)은 이 작품을 "시로 봐야 할지는 논란의 여지가 있으나 백석의 옛것에 대한 태도를 읽어낼 수 있다는 점에서 의미 있는 작품"이라고 하였다. 이 시가 "'내 지렁이'와 '리과책의 지렁이'의 대조로 구성"되었으며 "증명 가능한 과학적 사유방식과 동화나 전설 같은 이야기가 병치"되어 전근대적인 것에 더 많은 정서적 호감을 갖고 있음을 보여주는 백석의 시적 경향과 연관된다고 해석하였다. 최정례167)는 "시 란에 발표된 것이 아니라 할지라도 충분히 시적인 내용을 갖추고 있고 행의 배열 역시 시의 형태로 발표되었기에 이를 시의 장르에 편입" 한다고 하였다. 또한 이 작품을 "오래된 사물 즉 시간이 쌓여 있는 옛것을 발견하여 의미를 부여" 하는 것이라 하여 백석 시의 특징 중 하나인 옛 것에 대한 의미 부여와 연관 지어 설명하였다. 나명순과 최정례는 백석의 일반적인 특성과 연결 지어 해석하였다.

이 작품은 지렁이의 습생에 관한 소품이기는 하지만 행의 배열이 시의 형태이며 "천년동안만 밤마다 흙에 물을주면 그흙이 지렁이가 되었읍니다"라든지 "장마지면 비와같이 하눌에서 날여왔읍니다" 등의 시구에서 보이는 시적 비약과 상상력이 눈에 띈다. 백석이 짧은 형식의 감상문도 시로 썼음을 알 수 있다.

---

165) 최두석, 『리얼리즘의 시 정신』, 실천문학, 1998, 96쪽.
166) 나명순, 「백석 시 연구」, 고려대학교 박사학위논문, 2004, 78-79쪽.
167) 최정례, 「백석 시의 근대성 연구」, 고려대학교 박사학위논문, 2005, 59-60쪽.

(2) 「黃日」

「黃日」은 1936년 『조광』 3월호에 실렸다. 같은 지면인데 『조광』 앞 부분에는 「黃日」이, 시 작품란에는 「연자ㅅ간」이 실렸다. 「黃日」은 '二色畵文集'라는 잡지 기획에 맞추어 쓴 글이다. 봄에 관련된 소재를 이용하여 7명의 작가가 글을 쓰고 7명의 화가가 그림을 그렸다.

이은상은 「시내」, 이태준은 「古木」, 김기림은 「길」, 이원조는 「빈배」, 백석은 「황일」, 이상은 「西望栗島」, 함대훈은 「봄물가」를 썼다.[168] 작품 원문[169] 은 다음과 같다.

> 한 十里 더가면 절간이 있을듯한마을이다.
> 낮기울은 볓이 장글장글하니 따사하다 흙은 젓이 커서 살같이 깨서 아지랑이낀 속이 안타까운가보다 뒤울안에 복사꽃핀 집엔 아무도없나보다 뷔인 집에 꿩이날어와 다니나보다 울밖 늙은들 매낡에 튀튀새 한불앉었다 힌구름 딸어가며 딱장벌레 잡다가 연두빛닢새가 좋아올나왔나보다 밭머리에도 복사꽃 피였다 새악시도피였다새악시복사꽃이다복사꽃 새악시다 어데서 송아지 매—하고 운다 골갯논드렁에서 미나리 밟고서서 운다 복사나무 아래가 흙작난하며 놀지 왜우노 자개밭둑에 엄지 어데안가고 누었다

---

168) 임종국은 『이상시전집』을 펴내며 「西望栗島」를 수필로 분류하였으며, 김학동도 『김기림전집』에서 「길」을 수필로 처리했다. 작가가 작품의 장르를 구분하지 않았을 경우 작품에 대한 면밀한 고찰을 통해 장르 확정을 지어야 한다.

169) 「黃日」과 「丹楓」은 그림과 함께 실려 있어 본고에 원본 그대로를 살리기 어렵다. 그래서 '원문'이라는 표현을 사용하였고, 원본과 의미나 형식 상 차이가 없도록 실었다.

아릇동리선가 말웃는 소리 무선운가 아릇동리 망아지 네소리 무
서울라 담모도리 바윗잔등에 다람쥐 해바라기하다 조은다 토끼
잠 한잠 자고나서 세수한다 힌구름 건넌산으로 가는길에 복사꽃
바라노라 섰다 다람쥐 건넌산 보고 불으는 푸념이 간지럽다
　　　저기는 그늘 그늘 여기는 챙챙─
　　　저기는 그늘 그늘 여기는 챙챙─
　　　　─「黃日」─〈春郊七題〉,『조광』 2권 3호, 1936. 3.

　　이 작품에 평북 방언의 사용은 보이지 않지만 백석 특유의 독특
한 '눌변의 미학'170)이 엿보인다. 농촌의 한 마을에 봄이 온 풍경
을 단순한 반복과 토속적인 비유의 어법을 활용하여 표현하고 있
다. 봄날의 시골 정경을 수채화로 옮겨 놓은 듯한데 아지랑이 피
는 따사로운 햇볕이 내리쬐는 모습을 '장글장글'이라는 의태어로
표현하였으며, 송아지의 울음소리, 다람쥐의 봄볕 아래 졸음, 흰
구름의 움직임, 모두 한가로운 농촌의 소박한 어법이 그대로 나타
난다. 이러한 병렬적 열거로 외연적 의미를 넘어서 내포적 확대를
이룩하고 있으며 봄날의 농촌 풍경에 대한 시각적인 묘사가 뛰어
나다. 또한 산문의 형태를 취하면서도 짧은 문장으로 구성되었으
며 열거, 반복, 대구 등을 통한 율동감도 지니고 있다. '푸념이 간
지럽다'와 같은 시적 표현, "밭머리에도 복사꽃 피였다 새악시도

---

170) 이숭원은 백석의 시에서 "지극히 소박한 반복이나 열거의 방법"이 보이고 "비
　　유 방법 역시 세련된 것이 아닌 일상적 비유의 어법을 그대로 활용하거나 시골의
　　토속적인 사물을 통해 비유하는 방법"이 선호되는 것에 착안하여 "도시의 세련
　　된 비유를 의도적으로 거부하고 농촌의 소박한 어법을 그대로 차용하려는 백석
　　의 자각적 방법론"을 '눌변의 미학'이라고 설명하였다.(이숭원,『한국 시문학의 비
　　평적 탐구』, 삼지원, 1985, 261쪽)

피였다새악시복사꽃이다복사꽃 새악시다"라는 반복적인 대구, 송
아지에게 말 웃는 소리 때문에 우냐고 물으며, 아랫동네 망아지는
오히려 송아지의 우는 소리를 무서워할지 모른다고 하며 내용 면
에서도 자연스런 대구가 나타난다. 그리고 마지막 연 '저기는 그
늘 그늘 여기는 챙챙'의 반복을 통한 운율적 효과 조성 등 시의 문
체로 봄날을 그리고 있음을 알 수 있다. 따라서 이 작품 「黃日」은
시로 보아야 마땅하다.

  정효구 편 전집과 김재홍 편 전집에는 이 작품이 실리지 않았으
며, 송준 편은 수록은 하되 다음과 같이 행갈이를 하였다.

한 十里 더가면 절간이 있을듯한마을이다.
낮기울은 볓이 장글장글하니 따사하다
흙은 젓이 커서 살같이깨서 아지랑이낀 속이 안타까운가보다
뒤울안에 복사꽃핀 집엔 아무도없나보다
뷔인 집에 꿩이날어와 다니나보다
울밖 늙은들매낡에 튀튀새 한불앉었다 힌구름 딸어가며 딱장
벌레 잡다가 연두빛닢새가 좋아 올나왔나보다
  밭머리에도 복사꽃 피였다 새악시도 피였다새악시복사꽃이다
복사꽃 새악시다
어데서 송아지 매ー하고운다
골갯논드렁에서 미나리 밟고서서 운다
복사나무 아레가 흙작난하며 놀지 왜우노
자개밭둑에 엄지 어데안가고 누었다
아릇동리 선가 말웃는 소리 무서운가
아릇동리 망아지 네소리 무서울라
담모도리 바윗잔등에 다람쥐 해바라기하다 조은다

토끼잠 한잠 자고나서 세수한다
힌구름 건넌산으로 가는길에 복사꽃 바라노라 섰다
다람쥐 건넌산 보고 불으는 푸념이 간지럽다
저기는 그늘 그늘 여기는 챙챙―
저기는 그늘 그늘 여기는 챙챙―

　　　　　　　　― 송준, 「황일」, 『백석시전집』

「黃日」은 산문시이므로 송준 편과 같이 임의로 행갈이 하여 원본을 훼손해서는 안된다.

(3) 「丹楓」

이 작품은 『여성』 2권 10호(1937년 10월)에 실렸다.

　　빩안물 짙게든 얼굴이 아름답지않으뇨 빩안情 무르녹는 마음이 아름답지않으뇨. 단풍든시절은 새빩안 우슴을웃고 새빩안말을 지줄댄다.
　　어데 靑春을보낸 서러움이 있느뇨. 어데 老死를 앞둘 두려움이 있느뇨.
　　재화가 한끝 풍성하야 十月햇살이 무색하다. 사랑에 한창 익어서 살찐 따뭄이 불탄다. 영화의 자랑이 한창 현란해서 **청청한 울이** 눈부셔한다.
　　十月시절은 단풍이 얼굴이요, 또 마음인데 十月단풍도 높다란 낭떨어지에 두서너나무 깨웃듬이 외로히서서 한들걸이는것이 기로다.
　　十月단풍은 아름다우나 사랑하기를 삼갈것이니 울어서도 다하지 못한 독한 원한이 빩안 자주로 지지우리지 않느뇨.
　　　　－「丹楓」－〈가을의 表情〉,『여성』2권 10호, 1937. 10.

『여성』지 10월호 기획, '가을의 풍경'에 맞춰 쓴 작품인데, 가을과 단풍의 정경을 그리고 있다. 백석의 글 바로 옆에는 이원조의 「낙엽」이 실렸는데 '－이다'체의 단정한 산문체였다. 반면 백석의 「丹楓」은 반복과 은유, 독특한 시어 구사, 운율 등을 다채로운 표현으로 형상화되고 있기 때문에 시로 볼 수 있다.

　김학동 편 전집171)에는 이 작품을 수필로 구분하였고, 정효구 편 전집172)에는 싣지 않았다. 송준 편『백석시전집』과 이동순편『여우난골족』에는 이 작품을 시로 수록하였지만 원본과 다르게 옮겼다.

　재화가 한끝 풍성하야 十月햇살이 무색하다_사랑에 한창 익어
서 살찐 띠몸이 불탄다.
　영화의 자랑이 한창 현란해서 청청한울이 눈부셔한다.
　　　　　　　　　　　－ 송준 편,『백석시전집』(밑줄은 연구자)

　빨간물 짙게 든 얼굴이 아름답지 않으뇨
　빨간 정(情) 무르녹는 마음이 아름답지않으뇨
　단풍 든 시절은 새빨간 웃음을 웃고 새빨간 말을 지줄댄다
　어데 청춘을 보낸 서러움이 있느뇨
　어데 노사(老死)를 앞둘 두려움이 있느뇨
　재화가 한끝 풍성하야 시월햇살이 무색하다
　사랑에 한창 익어서 살찐 띠몸이 불탄다

---

171) 김학동 편,『백석전집』, 새문사, 1990.
172) 정효구 편,『백석』, 문학세계, 1996.

　　영화의 자랑이 한창 현란해서 **청청한 울이** 눈부셔한다.
　　시월 시절은 단풍이 얼굴이요 또 마음인데
　　시월 단풍도 높다란 낭떠러지에 두서너 나무 깨웃듬이 외로히
　서서 한들걸이는 것이 기로다
　　시월 단풍은 아름다우나 사랑하기를 삼갈 것이니
　　울어서도 다하지 못한 독한 원한이
　　빨간 자주로 지지우리지 않느뇨
― 이동순 편, 『여우난골족』

송준 편 전집에서는 마침표와 쉼표가 원본대로 표기되지 않았다. '무색하다.' 뒤의 마침표가 생략되었으며 '불탄다' 뒤의 쉼표가 마침표로 바뀌어 행을 분리하지 않아도 될 부분에서 행이 나뉘었다. 이동순 편 전집에서는 이 작품을 시로 규정하였으나 원본과 다르게 행을 구분하여 형태상의 차이를 보인다. 또한 원본에 쓰인 마침표가 모두 생략되고 편집도 원본의 들여쓰기를 내어쓰기로 바꿨다. '청청한울이'가 '청청한 울이'로 띄어쓰기가 되어 의미의 차이도 나타난다.

「丹楓」은 시로 봐야 타당하며 편집자들의 의도에 따라 변개되어서는 안 된다. 백석의 원래 의도를 훼손할 가능성이 있기 때문이다.

(4) 「海濱手帖」의 세 편의 작품

백석이 1934년 일본 유학 당시 쓴 산문 「海濱手帖」이 시인 유경환에 의해 2002년 11월 공개되었다.[173] 조선일보 장학생들의 친목단체인 '이심회(以心會)'의 회원들이 1934년에 만든 회보의

창간호에 실렸던 작품이다. 백석은 조선일보 장학금을 받아 일본의 青山學院에서 영문학을 전공했다. 「海濱手帖」의 맨 마지막에 '南伊豆柿崎海濱'이라고 적혀 있는 것으로 보아 이 산문을 쓴 곳은 일본 동경 아래 쪽 이즈반도 남단에 있는 가키사키[柿崎]해안으로 짐작된다.

200자 원고지 12장 분량인 「海濱手帖」은 「개」, 「가마구」, 「어린 아이들」 등 세 편의 짧은 글로 이루어져 있다. 바닷가에서 본 개와 까마귀, 어린아이들의 모습을 세밀하게 관찰하여 소묘한, 백석 특유의 언어감각이 돋보이는 산문이다. 일본 유학 시절의 여행 체험을 바탕으로 쓴 것으로 보인다.

「海濱手帖」은 다음과 같다.

저녁물이 끝난 개들이 하나둘 기슭으로 뭉입니다. 달 아레서는 개들도 뻑다귀와 새끼똥아리를 물고깍지 아니합니다. 행길에서 것든 걸음걸이를 잊고 마치 밋물의 내음새를 맡는듯이 제발 자국소리를 들으랴는듯이 고개를 쑥—빼고 머리를 처들이고 천천이 모래장변을 거닙니다. 그것은 멋이라없이 칠월강변의 즐게를 생각케합니다. 해변의 개들이 이렇게 고요한 시인이 되기는 하늘에 쏘구랑별들이 자리를 박구고 먼 바다에 배ㅅ불이 물길 옮는동안입니다.

산탁 방성의개들은 또 무엇에 놀래어 짖어내어도 이 기슭에서 잇는 개들은 세상의일은 동딸이 짖으려하지아니합니다. 마치 고된업고를 떠나지못하는 족속을 어리석다는듯이 그리고 그들은 그

---

173) 「海濱手帖」은 『조선일보』를 통해 공개되었다. 유경환 선생님께 문의를 드린 결과 현재 원본은 조선일보사에서 보관하고 있다고 한다.

소리에서 무엇을 찾으랴는듯이 무엇을생각하는듯이 웃둑서서 고
개를들고 귀를 기울입니다. 그들은 해변의 숭엄한 철인들입니다.

　밤이들면 물속의고기들이 숨구막질을 하는때이니 이때이면
이기슭의개들도 든덩의 벌인배우에서 숨구막질을 시작합니다.

　그들은 그들의일이 끝나도, 언제까지나 바다가에 웃둑하니서
서 즈츰걸이며 기슭을떠나려하지아니합니다. 저달이제집으로 돌
아간뒤에야올 조금의들물에게 무슨이야기나잇는듯이.

— 「개」

　〈전략〉

　바다사람들이 모래장변에 왕구새의자리를펴고 참치를 말리는
시절엔 참대끝에 가마구의 송장을매어달어 그자리가에세웁니다.
이는 죽엄의사자인 가마구들에게 죽엄의두려움을 가르치려는 어
리석인 지혜입니다.

　제종족의 송장아레서 가마구들은 썩은 송장파든 그쥐두미를
덩싯걸이며 무서운저주를 사특한이웃인 이바다사람들에게 뱉는
것입니다. 그러다도 그녕니한 지혜가 말하기를 바다사람들의 이
러한 버릇이 그들을 두려워하고 위하는 표이리라고 그리하야 바
다사람들은 그들의죽은종족을 높이받들어 참치를 제물로괴이고
졸곡제를 지내는것이라고하면 그 때엔 바다가의 제사장인 가마
구들은 제종족의죽엄을 우럴어받드는 이바다사람들을 까욱까욱
축복하면서 먼 소나무가지로 날어가앉습니다 이는 제종족이죽어
제사를받는때 그제터에 가까이하지않는것으로 죽은종족의명복
을비는 그들의 녜절과 풍속을 직히는 까닭입니다.

— 「가마구」 부분

　바다에 태어난까닭입니다.

> 바다의주는 옷과밥으로 잔뼈가굴른 이바다의 아이들께는 그
> 들의어버이가 바다으로 나가지않는날이 가장행복된때입니다. 마
> 음놓고 모래장변으로 놀러나올수잇는까닭입니다.
> 굴깝지우에 낡은돋대를 들보로세운집을 지키며 바다를몰으고
> 사는사람들을 부러워하며 자라는 그들은 커서는 바다으로 나아
> 가여야합니다.
>
> 바다에 태어난까닭입니다.
> 흐리고 풍낭세인날 집안에서여을의노대를 원망하는 어버이들
> 은 어젯날의 배人노리를 폭이되엇다거나 아니되엇다거나 그들에
> 게는 이바다에서는 서풍끝이면 으레히 오는소낙비가와서 그들의
> 사랑하는모래텁과 아끼는 옷을 적시지만않으면 그만입니다.
> — 「어린아이들」 부분

최원식은 「海濱手帖」을 1편의 산문시로 보아야 한다고 하였다. 그 이유에 대해 작가의 "의도보다 작품이 더 중요"하다고 밝혔다.[174] 또한 "관찰과 명상이 박명(薄明)의 분위기 속에 어우러진 인상파적 터치로, 묘한 아우라를 거느린 일류의 작품들이라고 설명했으나 어떤 부분들이 그러한지는 지적하지 않았다.

「海濱手帖」은 해변가의 개, 까마귀, 아이들의 모습을 소묘하고 있는 이 작품은 '―ㅂ니다'의 경어체로 쓰였으며 자신의 생각을 정리하여 줄글로 적었기 때문에 수필로 볼 수 있다. 백석은 같은 장소를 배경으로 한 시 「柿崎의 바다」와 「伊豆國湊街道」를 『사

---

174) 최원식, 「해빈수첩 해제―새로 찾은 백석의 산문시」, 『민족문학사 연구』 22권, 2003.

슴』에 실었는데 다음과 같다.

    저녁밥때 비가들어서
    바다엔배와사람이 홍성하다

    참대창에 바다보다푸른고기가께우며 섬돌에곱조개가붙는집의
    복도에서는 배창에 고기떨어지는 소리가들렸다

    이즉하니 물기에 누굿이젖은 왕구새자리에서 저녁상을받은 가
    슴앓는사람은 참치회를먹지 못하고 눈물겨웠다

    어득한 기슭의행길에 얼굴이했슥한처녀가 새벽달같이
    아 아즈내인데 病人은 미억냄새나는덧문을닫고 버리지같이 눟
    었다
                          —「柿崎의 바다」, 『사슴』

    넷적본의 휘장마차에
    어느메 촌중의 새새악시와도 함께타고
    머느바다가의 거리로 간다는데
    금귤이 눌 한 마을마을을 지나가며
    싱싱한 금귤을 먹는것은 얼마나 즐거운일인가.
                       —「伊豆國湊街道」, 『시와 소설』, 1936. 3.

「柿崎의 바다」는 가키사키[柿崎]해안을 중심으로 그 지역의 풍
정을 그리고 있는 작품인데, 이 작품은 다양한 비유의 어법을 통
하여 가키사키 해안을 묘사하고 있다. 「伊豆國湊街道」 또한 그 지
역의 풍경을 시적으로 그리고 있다. 두 시는 「海濱手帖」과 어조

에서 차이가 난다. 물론 백석의 시 중 산문체의 시가 있으나 산문
시라 해도 시적인 기법과 언어를 사용하고 있다. 「海濱手帖」의
경우 긴장미, 압축성 등이 고려되지 않았으며 따라서 이 작품은
수필로 규정해야 한다.

　　그리고 혹 「海濱手帖」을 시라고 할 경우 백석의 최초 시 발표
작이 되어 백석의 시사(詩史)를 다시 정리해야 한다. 지금까지 알려
진 백석의 최초 발표 시는 1935년 8월 31일에 조선일보에 발표한
「定州城」인데 이 작품이 1934년에 발표되었으니까 「海濱手帖」의
작품들을 시로 본다면 이들이 백석의 처녀시가 되어야 한다. 그러
나 「定州城」과 「海濱手帖」은 내용, 형식상 큰 차이를 보이고 있어
「海濱手帖」이 시의 어법을 염두에 둔 작품이 아님을 알 수 있다.

2) 창작 주체

　　송준 편의 『백석시전집』에는 백정(白汀)의 「늙은갈대의獨白」과
한얼생의 작품 3편이 포함되었다. 창작 주체가 분명하지 않은 작품
을 백석의 작품이라고 추정하여 전집에 포함시킨 것으로 보인다.

(1) 백정, 「늙은갈대의獨白」

　　백정의 「늙은갈대의獨白」은 1935년 11월 『朝光』 창간호에 발
표되었다. 『朝光』 창간호에 백석의 이름으로 발표된 작품은 「나와
지렁이」, 「山地」, 「酒幕」, 「비」, 그리고 수필 「麻布」이다. 「늙은갈

대의獨白」은 '가을의 향기'라는 기획 아래 다른 시편들과 함께 실렸다. 만약 이 작품이 백석의 것이라면『조광』에는 백석의 작품이 총 6편 실린 것이다.

송준은 이 시를 전집에 실었고[175], 다른 기준 판본들은 이 시를 수록하지 않았다. 박주택[176]은 "동일한 시형의 반복으로 각각 4음보의 등장성(等長性)을 이루고" 있으며 백석의 시는 "어휘와 구문의 길이가 동일하게 반복되거나 유사한 통사구조가 반복되는 정형적 특징"을 보인다며 백석의 것으로 판단하였다.

이 작품 역시 장르 규정이 되어 있지 않지만, 5연으로 이루어졌고 각 연은 1연을 제외하고 모두 4행으로 이루어져 시의 형태를 띤다. 1연은 3행으로 이루어졌지만 두 문장의 사이를 넓게 떨어뜨려 놓아 4행처럼 볼 수도 있다. 시 전문은 다음과 같다.

해가 진다 갈새는 얼마아니하야 잠이듶다
물닭도 쉬이 어늬 낯설은 논드렁에서 돌아온다
바람이 마을을오면 그때 우리는 설게 늙음의이야기를편다

보름밤이면
갈거이와함께 이언덕에서 달보기를한다
江물과같이 歲月의노래를부른다
새우들이 마름잎새에 올라앉는 이때가 나는좋다

어늬處女가 내닆을따 갈부던을 결었노

---

175) 송준은 마지막 연의 '산골'을 '산글'로 잘못 표기하였다.
176) 박주택, 「백석 시 연구」, 경희대학교 박사학위논문, 1999, 150-151쪽.

어늬童子가 내잎늪따 갈나발을 불었노
어늬기러기내순한대를 입에다 물고갔노
아— 어늬太公望이 내젊음을 낚어갔노

이몸의매딤매딤
잃어진사랑의허물자국
별많은 어늬밤 江을날여간 강다리ㅅ배의 갈대피리
비오는어늬아침 나루ㅅ배나린길손의 갈대지팽이
모다 내사랑이었다

해오라비조는곁에서
물뱀의새끼를업고 나는꿈을꾸었다
— 벼름질로 돌아오는낫이 나를다리려왔다
달구지타고 山골로 삿자리의 벼슬을갔다.
　　　　— 「늙은갈대의獨白」, 『朝光』 창간호, 1935. 11.

이 시는 세 가지 측면에서 백석의 시임을 유추할 수 있다.

우선 시어의 사용이다. '갈거이'는 평안도 방언이며, '갈부던'과 '물닭'은 백석의 다른 시에서도 쓰인 시어이다. '갈거이'는 옆으로 기어가는 게로 정주에서는 가을에 나오는 게를 말한다. '갈부던'은 「山地」와 「三防」에도 나오는 시어인데 「늙은갈대의獨白」에서는 갈잎으로 엮어 만든 장신구로 보인다. '물닭'은 '물닭의 소리'라는 연작시도 존재하고, 「적막강산」과 「膳友辭」에서 시어로 사용된 바 있다.177)

---

177) 벌로 오면
　　　논두렁에 **물닭의 소리**

또한 「늙은갈대의獨白」에는 백석의 독특한 표기인 'ㄹ' 받침과 백석 특유의 비유 및 의인법이 사용되었다. 강물과 같이 세월의노래를 부르고 새우들이 늙은 갈대의 '마름잎새에 올라앉는' 가을이 좋다는 늙은 갈대의 독백은 처량하면서도 가을의 정취를 한껏 담고 있다. 마지막 연에서 늙은 갈대는 해오라비가 조는 옆에서 물뱀의 새끼를 업고 꿈을 꾸고 있다. 그 꿈이란 벼름질에 의해 즉 갈대가 일정한 비례에 맞추어 여러 몫으로 고르게 낫에 베어져 달구지를 타고 산골로 가서 갈대를 엮어서 만든 자리인 '삿자리'[178]가 되는 것이다. '삿자리'에서 느껴지는 어감을 이용하여 이를 '벼슬을갔다'라고 처리하는 솜씨는 예사롭지 않아 보인다.

'白汀'이라는 필명을 사용했지만 「늙은갈대의獨白」은 백석의 시라고 보아야 한다.

(2) 한얼生의 작품 「孤獨」, 「雪依」, 「高麗墓子(새우리무=스)」

송준은 『만선일보』에 발표되었던 '한얼生'의 「孤獨」(1940. 7. 14), 「雪依」(1940. 7. 24), 「高麗墓子(써우리무=스)(1940. 8. 7) 세 편을 백석의 시로 규정하여 전집에 수록하였다. 몇몇 연구자들이 송준

갈 밭에 갈새 소리
　　　　- 「적막강산」 부분, 신천지 2권 10호 11·12합병, 1947. 12.

바람좋은 한벌판에서 **물닭이소리**를들으며 단이슬먹고 나이들은탓이
외따른 산골에서 소리개소리배우며 다람쥐동무하고 자라난탓이다
　　　　　　- 「膳友辭」 부분, 『조광』 3권 10호, 1937. 10.
178) 국립국어연구원 편, 『표준국어대사전』, 두산동아, 1999.

의 관점을 그대로 수용하여 이들을 백석의 시로 간주하고 연구한 경우도 있었다.179) 그러나 이동순은 한얼생이 백석이 아님을 분명히 지적하였다.

우선 한얼生의 시 세 편을 제시하고 이 시의 창작 주체가 백석인지 알아보고자 한다.

　　나는 孤獨과 나라니 걸어간다
　　희파람 호이 호이 불며
　　郊外로 풀밧길의 이슬을 찬다

　　문득 녯일이 生覺키움은—
　　그 時節이 조앗젓슴이라
　　뒷山 솔밧속에 늙은 무덤하니
　　밤마다 우리를 맛어 주엇지안엇더냐!

　　그째 우리는 單 한번도
　　무덤속에 무엇이 무처는 가를 알라고 해본적도 늣겨 본적도
업섯다
　　썩갈나무 숩에서 부헝이가 울어도 겁나지 안 엇다

　　그무렵 나는 人生의 第一課를 질겁고 幸福한 것으로 배웟섯다

---

179) 이 부분에 대해서는 이동순(「백석 시의 연구 쟁점과 왜곡 사실 바로잡기」, 『실천문학』, 2004년 가을호)이 자세하게 지적하고 있다. 이동순은 오양호의 평론 제목이 「한얼생 백기행의 시와 마도강」이라며, 이는 백석과 한얼생을 한 사람으로 고정시키고 있는 것이라고 강하게 비판하였다. 또한 오양호가 한얼생의 「아까시아」라는 작품까지도 백석의 시로 편입시키고 있다며 한얼생은 백석이 아님을 강조하였다.

나는 孤獨과 나라니 걸어간다
하늘 놉히 短杖 홰홰 내두르며
郊外 풀밧길의 이슬을 찬다

그 날밤
星座도 곱거니와 개고리소리 유난유난 하엿다
우리는 아모런 警戒도 必要업시 金모래 구르는 淸流水에 몸
을 담것다
별안간 雷聲霹靂이 울부짓고 번개불이 어둠을 채집했다
다음 瞬間 나는 내가 몸에 피를흘리며 發惡햇던것을 쌔달엇고
내 周圍에서모든것이서 쩌나려 갓슴을 알앗다

그째 나는 人生의 第二課를 슬픔과 孤寂과哀愁를 배윗나니
나는 孤獨과 나라니 걸어간다
旗ㅅ폭이냥 옷자락 펄펄 날리며
郊外 풀밧길의 이슬을 찬다

絡絲娘의 잣는 실 가늘게 가늘게 풀린다
무엇이 나를 寂寞의 바다 한가온대로 쩌박지른다
나는 속절업시 부서진 배(船)쪼각인가?

나는 대고 밀린다
寂寞의 바다 그쯔트로
나는 바다ㅅ가 沙場으로 밀여 밀여 나가는조개 껍질인가?
오!하늘가에 홀로 팔장씨고 우-뚝 선저-거므리는 그림자
여……

─ 「孤獨」, 『滿鮮日報』, 1940. 7. 14.

雪依는

邪念업는 꼿입피런가?

오직 神仙이 사는 東方에서만 피고

그 젊은 女人은 달을 부쓰릴만큼 玲瓏한

眞珠알을 품은 이바다가 가장 애끼여마지안는 貝類로다

眞紅錦帛 발가득 펴 울장에 너는 한女人이 잇도다

그는 元來 우리와 種族이 다르냐?

그의 마음은 언제나 손에 든 비단빗처럼

활활 타며잇지만

그의 넉슨 녹지도 戀치도 안는 雪色의

鑛物質이리라

○

짐짓 그의 등뒤에 심지를 불쓴 도두고

華美한 女心을 山넘으로 훔처보는 太陽의

戀情을 나는 同情해도 좃타.

— 「雪依」, 『滿鮮日報』, 1940. 7. 24.

옛님이 지나신 발자춰 그 누가

알야 속비인 古木 너는 아느먀

째째 너를 차지와

쉬어가고 울다가는 저—孰公이나 아는가?

(써우리무ー스 써우리무ー스 네이름만이남엇다)

×   ×

비 바람 모질고

흘러간 歲月의 물길 거침어윗슴을알네라

髑髏들이 코 골든

쯰집(墓)마저 살아젓스니

무엇이 이뒤의 빈터를 마르리?

(쩌우리무ㅡㅅ 쩌우리무ㅡㅅ 네이름만이남엇다)

　　　×　　　　　　×

分明 님 이곳에서

저물도록 써 너흐시다

그리다 이곳 변죽을 億萬年 무고 직하려

자랑스러운 歷史의 旗幟 쏩어두고

스스로 쯰집속에 몸을 숨기신지 그멋해?

(쩌우리무ㅡㅅ 쩌우리무ㅡㅅ 네이름만이남엇다)

　　　ㅡ「高麗墓子(쩌우리무=ㅅ)」,『滿鮮日報』, 1940. 8. 7.

송준 편은 이 시 세편을 전집에 수록하면서 어떤 이유에서 이 시를 백석의 시라고 추정하였는지 설명하지 않았다. 다만 백석이 이 시기 만주에 머물러 있었기 때문에 '한얼생'을 백석의 필명으로 추측한 것으로 보인다.

이은봉180)은 김재용의『백석전집』에 '한얼생'의 작품이 빠져 아쉽다고 하였으며, 박주택181)은 그의 박사학위논문에「孤獨」과「雪依」를 인용하고 설명한다. 그는「孤獨」이 백석의 내면을 선명하게 드러내고 있어 "백석의 현재적 심리를 파악하는 데 중요한 단서"를 제공한다고 하였다. 특히 "마지막 부분의 '오! 하늘가에 홀로 팔짱끼고 우ㅡ뚝 선 저ㅡ거무리는 그림자여'는 시적 화자의 내면을 가장 잘 집약시켜 주는, 죽음과 불길의 심상을 보여"주고 있다고 서술하였다.

---

180) 이은봉,『시와 생태적 상상력』, 소명출판, 2000, 180쪽.

181) 박주택,「백석 시 연구」, 경희대학교 박사학위논문, 1999, 47-50쪽, 170쪽, 183-184쪽.

그렇지만 이 시들은 만주에 살고 있는 조선인에 의해 쓰였다는 것은 확실할 뿐, 백석의 다른 작품과 너무 확연한 차이를 보이고 있다. 이 시들이 발표된 시기의 다른 시들과 비교해 사용 어휘의 차이, 주제적 측면에서의 차별성 등을 알아보고 이 시들이 백석의 작품이 아님을 논증해보고자 한다.

이 세 편의 시는 1940년 7월부터 8월 사이에 『만선일보』에 발표되었고 모두 타국에서 이방인으로서의 고독과 비애를 이야기하고 있다. 백석은 1940년에는 「木具」(『문장』 14호, 1940. 2), 「수박씨, 호박씨」(『인문평론』 9호, 1940. 6), 「北方에서―鄭玄雄에게―」(『문장』 18호, 1940. 6 · 7합호), 「許俊」(『문장』 21호, 1940. 11)을 『문장』과 『인문평론』을 통해 발표했다. 이 네 편의 시들은 모두 백석 삶 주변에 놓여 있는 사물이나 사람들을 향한 이야기이다.

그런데 『만선일보』에 실린 세 편의 시는 주제가 형이상학적이고 한자도 너무 많다. 「孤獨」에서는 인생의 행복과 애수, 고독에 대한 이야기를 현란한 한자어를 사용해 표현하였다. 「高麗墓子(꺼우리무=스)」에서 꺼우리는 고려인을 가리키는 말이다. 한족은 조선족을 비하하여 꺼우리팡쯔(高句麗幇子)라고 불러왔다.[182] '고려묘자'는 만주에 있는 고구려 무덤이다.[183] 조선 민족의 역사상 제일 강성했던 고구려가 무덤으로 이름만 남은 민족 역사를 추억하며 현재의 비참한 민족 운명을 슬퍼하고 통탄하는 주제 의식이 드러난다.

일반적으로 백석의 시는 평북 방언 때문에 독해가 어렵지만 시

____

182) 이이화, 『역사는 스스로 말하지 않는다』, 산처럼, 2004, 269-270쪽.
183) 김장선, 『조선인문학과 중국인문학의 비교 연구』, 역락, 2004, 262쪽.

를 이해하는 것 자체는 어렵지 않다. 방언의 독해가 끝나면 백석이 말하고자 하는 것이 무엇인지 쉽게 알아차릴 수 있으며 전체적인 시의 분위기를 감지할 수 있다. 북방에서의 감회를 적은 「北方에서」도 부족명을 이르는 명사만을 한자로 적었을 뿐 대부분 한글로 시를 썼으며 지역어를 살리기 위해 노력을 하였다. 그러나 위의 작품들은 기존의 백석의 시와 달리 한자어가 너무 많다. 위의 세 편의 시는 한자어의 남발이라는 미숙한 방법으로 난해한 인생의 주제를 건드리고 있다.

또한 백석 시의 특성이라 할 만한 열거나 대구도, 전통적이고 향토적인 세계도 찾아볼 수 없다. 백석의 시에는 고유한 우리 말 어휘가 나타나고 그렇게 표현될 수밖에 없는 정서적 필연성에 대한 감각들이 도드라지는데, 이들 시에서는 그런 것들이 보이지 않는다. 『만선일보』에 실린 세 편의 시들에서는 백석의 이전 시에서는 볼 수 없는 표현 방법들이 사용되고 있으며, 모든 감정과 감각들은 일반적이고 민족적인 체험과 연결된다. 또한 백석 시에서 한탄과 안타까움은 개인적인 체험이나 감상에서 비롯되는 것인데 이들 시에서는 시적 화자보다는 타국에서 살아가는 이방 민족의 운명을 슬퍼하고 한탄한다. 그러면서 시적 감정을 정제하지 못하여 느낌표와 물음표가 수시로 등장하고 강조점이 사용되는 등 시로서 수준 미달임을 보여준다. 시는 감정이 육화되어 시어로서의 압축미와 숭고미를 지녀야 하는데 그저 자신의 감상과 현학을 열거하는 것에 지나지 않는 시가 되었다. 이처럼 이 시들은 전반적인 창작의 스타일이 백석과는 많은 차이가 나 백석 시의 경향에서 이탈해 있음을 알 수 있다. 그렇기 때문에 섣부르게 백석의 시라

단정해 시 전집에 수록하는 것은 곤란하다.

이동순은 한얼생의 작품들이 "문체나 표현방법, 전반적인 창작의 스타일"만 보더라도 백석의 시와 수준차가 많이 난다고 지적하였다. 또한 고도로 치밀하게 언어를 사용하는 백석의 시에서는 사용될 수 없는 미숙한 시어들과 한자 어휘의 난발 등으로 미루어 백석의 시가 아니라고 확신하였다.[184] 박태일도 『만선일보』에 백석의 이름이 네 번 보이는데, 이때 필명인 '백석'을 그대로 사용했다고 지적하며 '한얼생'은 백석이 아님을 면밀하게 검증하였다.[185]

요약하자면, 송준, 이은봉, 박주택은 『만선일보』에 발표된 한얼생의 작품 3편을 백석의 작품이라고 판단하였으나, 주제나 한자어의 남용, 미숙한 시적 표현 등으로 볼 때 한얼생은 백석이 아니라고 판단된다.

3) 발굴된 시와 일역시(日譯詩)

「병아리싸움」은 1951년 부산에서 창간된 『재건타임스』라는 신문에 실린 것을 박태일이 2001년 발굴하였다.[186] 그러나 아직 어느 후대 판본에도 이 시를 수록하지 않았다. 이 시가 백석의 시가 확실하다면 앞으로 발간되는 전집에는 이 작품이 수록되어야 한다. 한편 김종한이 일역한 「髮の毛」는 그 원본이 아직 밝혀지지

---

184) 이동순, 「백석 시의 연구 쟁점과 왜곡 사실 바로잡기」, 『실천문학』, 2004년 가을호.

185) 자세한 사항에 대해서는 박태일, 「백석과 『만선일보』, 그리고 우리시의 북극성」 (『한국근대문학의 실증과 방법』, 소명출판, 2004, 73-74쪽) 참조.

186) 박태일, 「백석의 미발굴 시 「병아리 싸움」 변증」, 『한국문학논총』 28, 2001.

않았다. 일역된 「髮の毛」를 박태일이 다시 국역하여 소개하였는데 아직 발굴 가능성이 있는 백석의 시가 더 있을지도 모른다는 가능성을 보여주었다.

(1) 병아리 싸움

「병아리싸움」은 1951년 부산에서 창간된 『재건타임스』라는 신문에 실린 작품이다. 시 전문은 다음과 같다.

성난 독수리마냥
두놈이 마주서 노린다
아직 날개쭉지도 자라지않고
젓비린내나는 두놈이

눈알맹이는 팽팽돌고
독사처럼 독오른 주둥이는
금시 간알픈 심장을 쪼아박아
들짱이 날것만같다

푸두득— 날센 조약과 함께
물고 뜯고 재치고
한놈은 기어코
또 한놈의 면두를 물고 늘어졌다

면두에서 피가 흐르고
가슴은 팔닥거려

> 밑에 깔린 놈이나
> 위에 덥친 놈이나 쥐죽은듯하다
>
> 이윽고 어미닭이 나타났다
> 두놈은 아무렇지도 않다는듯이
> 스르르 싸움을 헤치고
> 어미등에 품에 기여든다
> — 「병아리 싸움」,『재건타임즈』, 1952. 8. 11.

이 작품을 발굴한 박태일은『재건타임즈』에 실린 이 시의 저자 이름이 '백석'이며, 시어 선택, 도치와 반복 등의 시 구성 등을 보아 이 시가 백석의 작품이라고 설명한다. 이 작품은 1952년, 즉 한국전쟁 직후 남한에서 발간되었던『재건타임스』에 수록되었다. 북한 출신의 한 인사가 분단 이전부터 이 작품을 소장하고 있다가 이 지면을 통해 발표한 것으로 박태일은 추정하고 있다. 그 과정을 '작품 바깥쪽 증거'로 꼼꼼하게 추론하고 있다. 또한 박태일은 이 작품이 남과 북의 싸움을 알레고리적으로 상기시킨다고 지적한다.

동시에 가까운 이 작품은 닭싸움이 아닌 병아리들의 싸움을 그리고 있다. 제목은 '병아리싸움'인데 첫 행부터 '성난 독수리'처럼 서로 노리고 있다며 직유법을 사용한 재치가 돋보인다. 이는 2연의 '독사처럼 독오른 주둥이', 3연의 '날센 조약' 등에서도 어린 병아리들의 싸움을 비웃는 시적 화자의 태도가 드러난다. 그러나 이들의 싸움이 진정한 격투가 아닌 하나의 유희임을 보여준다. 5연에서 어미 닭이 나타나자 아무렇지도 않았듯이 싸움을 그만 두고 어미의 품속에 기여드는 모양새를 통해서도 이를 알 수 있다.

2연에서 4연까지 병아리들이 서로 싸우는 상황을 마치 다 큰 닭의 싸움처럼 세심하고 꼼꼼하게 형상화하고 있다. 싸움의 기운으로 충만하여 제 정신이 아닌 병아리들은 '독가처럼 독오른 주둥이'로 상대의 심장을 쪼아 박아 금방 다 죽게 될 것 같다. 2연의 '들짱이 나다'는 평안도 방언187)으로 '바닥나다, 다 소비되다, 다 없어지다'의 의미이기 때문에 이러한 해석이 가능하다. 3연에서는 '날센 조약' 즉, 날쌔게 도약(跳躍)하여 물고 뜯고 하다가 병아리 한 마리가 다른 병아리의 '면두', 볏을 물고 늘어진 모습이 나타난다. 4연에서는 결국 한 마리가 다른 한 마리를 덮쳐 볏에서는 피가 흐르고 싸움이 종료된다.

결국 대낮의 시골 농가의 한가한 마당 구석에서 펼쳐지는 어린 병아리들의 싸움질을 동시적 상상력으로 그려내고 있다. 단순한 소재를 가지고 작품을 만들어낸 솜씨가 예사롭지 않으며 시어의 반복, 1연과 5연의 대칭 구조, 도치법의 사용, '푸두득'과 같은 의태어의 사용 등, 이 작품은 후대 북한에서 발표한 백석의 동화시와 연결지어 해석할 수 있는 단초를 마련하고 있다고 여겨진다.

(2) 「髪の毛」

김종한은 한국 시인의 몇 작품을 일본어로 번역한 일문 번역시집 『雪白集』(박문서관, 1943)을 간행하였는데, 이 『설백집』에는 조선의 정서나 향토성을 드러내고 있으면서 완성도가 높다고 판단

---

187) 김이협, 『평북방언사전』, 한국정신문화연구원, 1981.

한 작품들을 실었다. 여기에 백석의 번역시 「髮の毛」가 수록되었는데 이 작품은 원본이 아직까지 밝혀진 바가 없다. 김종한은 이 책의 후기에서 『설백집』에 실린 번역시들은 한글로 씌어진 것에서 가져왔다고 하였으니 1943년 이전에 발표된 시일 것이다. 아직까지 발굴할 백석의 시가 남아있음을 암시하는 대목이다. 또한 백석의 시 「외가 집」과 「개」, 「박각시 오는 저녁」도 선집(選集)에 수록된 것으로 보아 이 세 편의 시들도 발간되기 이전에 어느 매체 속에서 원본이 발견될 수 있으리라는 추측이 가능하다.

박태일은 일문 번역시집인 『설백집』188)에 실린 「髮の毛」를 「머리오리」라고 재번역하여 다음과 같이 소개한 바 있다.189)

髮の毛

おばあさんの髮の毛
おかあさんの髮の毛
をばさんの髮の毛
櫛で梳いては まるめた髮の毛を
おばあさんよ おかあさんよ をばさんよ
髮の毛を 垂木に挿すならひは
おばあさんの髮の毛は 母屋の垂木に
おかあさんの髮の毛は 背戸の垂木に
をばさんの髮の毛は 離れの垂木に挿すのは
おばあさんよ おかあさんよ をばさんよ

---

188) 김종한 번역, 『설백집』, 박문서관, 1943.
189) 박태일, 『한국근대문학의 실증과 방법』, 소명출판, 2004.

春さきの山越えて 海鰻賣りが來たら
白い海鰻 黑い海鰻 海鰻と換へて
火鉢の火で 仲よく燒いて食べるためである
おばあさんよ おかあさんよ をばさんよ
髮の毛を垂木に揷すのはまた 秋なかば
黃海道から行商人が來たら 大針小針 針と糸を買ひ
秋月玉色の 唐紅の 朱鷺色の染粉を買ふためである

―『설백집』

머리오리

할머니 머리오리
오마니 머리오리
작은오마니 머리오리
빗으로 빗어 말아둔 머리오리를
할머니 오마니 작은오마니
머리오리를 서까래에 나란히 꽂는 까닭은
할머니 머리오리는 안채 서까래에
오마니 머리오리는 뒷문 서까래에
작은오마니 머리오리는 별채 서까래에 꽂는 까닭은
할머니 오마니 작은오마니
이른 봄 산을 넘어 갯장어 장수가 오면
흰장어 먹장어 갯장어와 바꾸어서
정답게 화롯불에 구워먹으려 한다
할머니 오마니 작은오마니
머리오리를 서까래에 꽂는 까닭은 또한 가을
황해도로부터 황화장수가 오면 큰바늘 작은바늘 바늘과 실을
사고

추월옥색 진분홍 연분홍 가루분을 사려고 한다
- 박태일의 재번역

한글로 쓰여진 원문이 발굴되지 않았기 때문에 시 내용의 신빙성을 확인하는 과정을 거치지 못했지만, 박태일은 백석 특유의 시적 호흡과 문체적 특성을 적용하여 이를 한국어로 옮기고 다듬어 정리했다. 그렇다고 하더라도 백석의 원본이 아니기 때문에 이를 바탕으로 연구가 이루어지기는 어렵다. 『설백집』은 1943년에 간행되었기 때문에 1943년 이전 어딘가에서 이 시의 원본을 찾을 수 있을 것이다. 백석의 작품 중 「개」와 「외가집」은 『현대조선문학전집』(1938)에, 「박각시 오는 저녁」은 『조선문학독본』(1938)에 수록되어 있다. 『현대조선문학전집』과 『조선문학독본』은 당시 작가들의 작품 가운데서 몇 작품을 모아 엮은 책이다. 즉 「개」, 「외가집」, 「박각시 오는 저녁」의 최초 발표본은 아직 발굴되지 않았고 후대 전집들은 『현대조선문학전집』과 『조선문학독본』에 실린 작품을 수록하고 있다. 이 세 편의 작품도 1938년 이전의 출간물에서 발견될 가능성이 있다. 앞으로 전집을 편찬하고자 하는 연구자나 출판사는 아직 세상에 원래의 모습이 알려지지 않은 백석 시의 발굴 가능성에 대해 항상 주목해야 할 것이다.

요컨대 「병아리싸움」은 시인의 이름이 '백석'이라고 명시되었고 평안도 방언의 사용, 백석 특유의 토속적 시어 선택, 동시적 상상력 등을 감안할 때 백석의 시로 확정하여 전집에 포함시켜야 한다. 반면 「髮の毛」는 한글 원본을 발굴한 이후에 전집에 포함시켜야 논란을 방지할 수 있을 것이다.

Ⅳ. 결론

　본 연구는 백석의 시 작품을 대상으로 원전비평적 연구를 수행하였다. 결정판 시 전집 작업의 기초를 마련하기 위해 백석 시의 첫 발표 지면과 시집 수록본 사이의 차이를 귀납적으로 검토하고 원본의 오류를 지적함과 동시에 개작의 의도를 추론하였다. 원본에 대한 철저한 고증에 덧붙여 난해 시구의 해석, 후대 판본과의 꼼꼼한 비교 작업을 통하여 원본이 지니고 있는 의미와 거기에 담긴 작가의 의도를 정확하게 파악해보고자 하였다.

　백석의 시에 대해서는 서지적인 측면과 해석학적인 측면에서 원전비평의 부분적인 단초를 보이는 연구들이 진행되었으나 시어 해석 작업과 시어 표기의 문제가 병행된 연구는 없었다. 시어 표기가 전집마다 달라 잘못 해석되는 경우가 많음에도 원본의 오류, 후대 판본의 표기 누락과 변형의 문제를 전면적으로 다룬 연구는 없었다. 그래서 표기 오류의 문제와 시 해석의 문제를 다각적이고 심도 깊게 다루는 원전비평적 연구의 필요성이 제기되었고 이를 바탕으로 본 연구를 진행하였다.

　우선 Ⅱ-1에서는 백석 자신에 의해 개작된 작품의 의도와 의미를 추론하였다. 개작이 이루어진 시는 「定州城」, 「山地」, 「酒幕」, 「비」, 「여우난곬族」, 「統營」, 「힌밤」, 「古夜」로 총 8편이었다. 시어의 교체는 음성적 측면, 시의 내용과 분위기 등을 고려한 결과였다. 신문, 잡지 등의 첫 게재본에서 문법에 맞게 적용된 띄어쓰기가 시집 『사슴』에 옮겨질 때는 지켜지지 않았다. 띄어쓰기는 띄어 읽기의 효과로 발현되어 율격, 리듬감 조성에 기여한다. 「山地」는 「三防」으로 제목이 교체되고 맞춤법, 표기가 바뀌고 연이 삭제된 축약된 형태로 변하였다. 개작 과정을 통해 불필요한 반복이 줄고 형식면에서 작품의 응집력을 높여주었다.

다음 II-2에서는 원본의 오류를 찾고 그것을 수정하였다. 우선 시를 해석하는 데 있어서 영향을 주는 오자를 찾고 이를 수정하였다. 한자가 틀린 경우, 인쇄상의 실수가 생긴 경우 등은 시 해석과 저자의 원래 의도에 유념하여 올바른 표기를 제시하였다. 연 구분에 있어 수정이 필요한 경우도 있었다. 5연인 「꼴두기」는 6연으로 수정해야 의미 파악이 용이하고 시의 구조가 안정됨을 추론하였다. 또한 원본의 단순한 오식을 찾아 수정하고 도표화했다. 원본의 오류는 사소한 실수에서 비롯되었을지라도 시의 문맥이나 해석에까지 영향을 미치기 때문에 반드시 수정되어야 한다.

II-3에서는 1980년대 이후 출판된 대표적인 백석 시집들의 수록 작품을 대조하여 각 시집들에 수록된 백석 시의 표기상의 차이점을 확인하고, 그 원인을 밝혔다. 이러한 과정을 통해 백석 또는 편집자의 의도나 실수로 인해 시의 원래 의미가 훼손되거나 잘못 표기된 사항을 바로잡았다.

연구를 위해 우선 기준 판본을 6권으로 확정하고 각각의 성과

와 한계를 짚어 보았다. 이동순 편『백석시전집』(창작과비평사)은 백석의 시를 연구자와 대중에게 알린 최초의 업적이었지만 띄어쓰기나 맞춤법, 문장부호 등이 통일되지 않았다. 특히 산문시「丹楓」을 임의로 행 구분한 것도 오류로 지적된다. 김학동 편『백석전집』(새문사)은 원본의 표기를 살리려 했으나 오기와 행의 탈락, 연과 행 구분 혼동 등으로 원본과 큰 차이가 나타났다. 특히 문장부호 표기는 기준을 알 수 없어 납득하기 어려웠다. 송준 편『백석시전집』(학영사)은 원본과 가장 가깝게 표기하고 있지만, 저자가 명확하지 않은 작품을 백석의 시로 수록하였다. 또한 산문시「黃日」을 임의대로 행 구분하여 원본과 형태상의 차이를 보였다. 정효구 편『백석』(문학세계사)은 이동순 편과 김학동 편을 기준 판본으로 삼아 이 전집들의 문제점을 그대로 가지고 있다. 이동순 편『여우난골족』(솔)은 현대어 표기로 옮길 때 같은 단어를 시마다 다르게 표기한 경우도 있었다. 내어쓰기를 백석 시의 특징으로 삼아 원본에는 들여쓰기 되어 있는 시도 모두 내어쓰기 하였다. 또한 독자들의 편의를 위해 한글 옆 괄호 안에 한자를 병기하였는데, 올바르지 못한 한자어 표기가 눈에 띈다. 김재용 편『백석전집』은 백석이 북한에서 발표한 시를 모두 수록하였다는 점에서 의의를 지니지만, 백석 특유의 시어를 현대어 표기로 교체해 연구본으로 삼기에는 적합하지 않다. 또한 현대어 표기 기준이 모호해 한 단어가 각 시에서 다르게 표기되는 경우도 있었다. 이처럼 후대 판본들은 결국 정도의 차이만 있을 뿐 모든 판본에 걸쳐 원본에 손상이 나타나기 때문에 신뢰성과 타당성에서 문제를 안고 있다. 그러므로 제대로 작품을 연구하거나 비평하기 위한, 백석의 결정판 시 전집 출판이 요구된다.

다음으로는 기준 판본 6권을 대상으로 원본과의 차이점을 찾아내고 시의 변형 양상을 살폈다. 의미가 함께 누락되는 탈자의 경우, 'ㄹ' 받침 표기와 같은 백석 특유의 시어를 훼손하여 의미 변화가 생긴 경우, 원본의 표기 차이로 해석에 혼돈이 생긴 경우 등을 고찰하였다. 원본에는 올바르게 표기된 것이 후대 판본에는 잘못 표기된 경우도 있었고, 원본에 한자를 사용한 경우 이를 한자어로 옮기면서 판본마다 차이가 생긴 경우들이 나타났다. 편집자에 따라 동일한 작품이 조금씩 다르게 표기되거나 한 전집 내에서 같은 단어가 다르게 표기되는 경우도 있었다. 또한 아예 행이 빠지거나 시의 형태가 변형되어 의미의 차이가 생기는 경우도 있었다. 행과 연의 구분, 띄어쓰기, 문장부호 등이 원본과 달라 혼란이 야기된 양상도 파악하였다. 「가즈랑집」, 「여우난곬族」, 「오리망아지토끼」, 「統營」(南行詩抄)은 행이 변형되었으며, 「연자ㅅ간」은 띄어쓰기가, 「국수」에서는 행이 달라졌으며, 「南新義州 柳洞 朴時逢方」은 문장부호가 제대로 표기되지 않았다. 이러한 것들을 각각 표로 정리하였다.

Ⅲ장에서는 우선 작품 자체의 맥락과 외적 요소를 함께 고려하여 백석 시의 방언과 난해 시어를 분석하였다. 우선 Ⅲ-1에서는 문맥 파악에 크게 작용하는 시어와 단순한 난해 시어로 구분하여 시어를 해석하였다. 사전과 자료를 참조하고, 시의 전후 문맥에 따라 해석해보고, 다른 작품에 나오는 시어나 표현에 유추하여 의미를 파악하였다. 시의 문맥에 작용하는 난해 시어로는 「모닥불」의 '몽둥발이', 「修羅」의 '수라', 「北方에서」의 '앞대', 「南新義州 柳洞 朴

時逢方」의 '갈매나무'를 고찰하였다. 단순한 난해 시어에서는 「定州城」의 '말있는듯이', 「古夜」의 '진상항아리', 「국수」의 '집등색이', 「北新」의 '小獸林王', 「적막강산」의 '벌 배채 통이 지는 때'의 '지는', 「모닥불」의 대립쌍 해석의 오류, 「여우난곬족」의 띄어쓰기 문제로 인한 해석의 오류를 검토하였다. 이와 같은 연구는 백석 시의 일차적인 독해와 난해 시어를 설명하고 주석을 다는 결정본 작업에 도움이 될 것으로 판단된다.

Ⅲ-2에서는 백석의 결정판 시 전집에 수록될 시를 한정하는 문제를 다루었다. 『사슴』의 시 편수에 대해서는 논란의 여지가 없지만, 신문이나 잡지에 발표된 백석의 작품을 수합하는 과정에서 각 전집마다 작품 수를 다르게 규정하고 있는데다가 최근에도 백석의 시가 새로이 발굴되고 있어 시 편수를 규정하는 데 어려움이 있다.

우선 장르가 확정되지 않은 「나와 지렝이」, 「黃日」과 「丹楓」이 후대 판본들에 어떻게 실렸는지 그 정황을 지적하고 작품을 해석하여 세 작품 모두 시로 판단하였다. 그러나 조선일보 장학생 친목단체의 회보에 실린 「海濱手帖」은 수필로 장르 규정을 하였다. 창작 주체가 백정으로 되어있는 「늙은갈대의獨白」는 백석의 작품이 분명하나 한얼生의 「孤獨」, 「雪依」, 「高麗墓子(쩌우리무=스)」는 백석의 작품이 아님을 고찰하였다. 2001년에 발굴된 「병아리싸움」은 백석의 시이기 때문에 결정판 시 전집에 수록되어야 하고, 김종한이 일본어로 번역한 「髮の毛」는 아직 원본이 밝혀지지 않아 원본 발굴 이후로 수록을 미루어야 한다고 결론지었다. 앞으로 결정판 시 전집을 편찬하고자 하는 연구자나 출판사는 아직 알려지지 않은 백석 시의 발굴 가능성에 대해 항상 주목해야 할 것이다.

한 시인의 결정판 시집을 만들기 위해서는 시 해석이나 표기법 등 논의할 사항이 많아 지속적인 연구가 필요하다. 또한 다양한 항목을 고려해야 한다. 원본에 충실할 것인지 현대 표기에 맞도록 개정할 것인지의 문제, 외국어가 사용된 경우 이를 그대로 둘 것인지 번역할 것인지, 원본의 한자를 어떻게 처리할 것인지의 문제는 지속적인 논의를 통해 합의되어야 한다. 결정판 시 전집의 출간은 인문학의 특성을 고려한 국가적 지원 안목이 필요한 사업이라고 할 수 있다. 외국의 경우 30년에서 백년에 걸쳐 결정본 확정이 진행되는 경우도 흔히 볼 수 있다.

본 연구는 백석 시 원전비평의 첫 걸음으로서 원전비평의 방법론을 소개하고 차후 백석의 결정판 시 전집을 위한 기초를 세운다는 데 의의를 두었다. 백석 시 중 백석이 해방 후 북한에서 발표한 시들을 포괄하지 못한 점, 시 한편 한편을 대상으로 원전비평한 것이 아니라 주제별로 분석하다 보니 미처 다루지 못한 시가 있는 점 등이 아쉬움으로 남는다. 본 연구에서 다루지 못한 시편들을 다시 검토하고, 아직 발굴되지 않은 백석의 시 작품을 찾아내고, 해방 후 북한에서 발표한 시까지 포함하는 후속 연구를 기대한다.

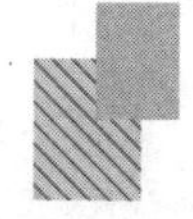

참고문헌

부　　록

참고문헌

1. 기본자료

백 석, 『사슴』, 소화(昭和) 11, 1936.

『현대조선문학전집』, 조선일보사출판부, 1938.

『조선문학독본』, 조선일보사출판부, 1938.

김종한 편, 『雪白集』, 박문서관, 1943.

이동순, 『백석시전집』, 창작과비평사, 1987.

김학동, 『백석전집』, 새문사, 1990.

송 준, 『백석시전집』, 학영사, 1995.

정효구, 『백석』, 문학세계사, 1996.

김재용, 『백석전집』, 실천문학, 1997.

이동순, 『여우난골족』, 솔, 1996.

______, 『모닥불』, 솔, 1998.

『조선일보』, 『조광』, 『문장』, 『인문평론』, 『풍림』, 『시와 소설』, 『여성』, 『삼천리문학』, 『학풍』, 『신천지』, 『신세대』 등의 신문과 잡지

2. 사전 자료

김이협, 『평북방언사전』, 한국정신문화연구원, 1981.

한국불교대사전편찬위원회, 『한국불교대사전』, 보련각, 1982.

최학근 저,『한국방언사전』, 명문당, 1987.

북한 사회과학원 언어학연구소 편,『조선말 대사전』, 북한 사회과학출판
　　　　사, 1992.

한글학회 지음,『우리말큰사전』, 어문각, 1992.

『중한대사전』, 고대민족문화연구소, 1995.

김재홍 편저,『시어사전』, 고려대학교 출판부, 1997.

국립국어연구원 편,『표준국어대사전』, 두산동아, 1999.

『두산세계대백과사전』, 두산동아, 2002.

『민중엣센스중국어사전』, 민중서관, 2002.

3. 국내 논문

강연호,「백석 시의 미적 형식과 구조 연구」,『현대문학이론연구』17, 현
　　　　대문학이론학회, 2002.

＿＿＿,「유랑의 현실과 정착의 꿈」,『인문학연구』3, 원광대학교 인문학
　　　　연구소, 2002.

고명수,「백석시의 문체론적 고찰」,『목멱어문』5집, 동국대학교 국어교육
　　　　과, 1993.

고형진,「백석시 연구」, 고려대학교 석사학위논문, 1983.

＿＿＿,「지용 시와 백석 시의 이미지 비교 연구」,『현대문학이론연구』17,
　　　　현대문학이론학회, 2002.

＿＿＿,「방언의 시적 수용과 미학적 기능」,『동방학지』125, 연세대학교
　　　　국학연구원, 2004.

곽봉재,「백석 문학 연구」, 경희대학교 박사학위논문, 1999.

권세훈,「카프카 작품과 원전비평」,『카프카연구』7, 한국카프카학회, 1999.

김철 외,「'무정'의 계보: '무정'의 정본 확정을 위한 판본의 비교 연구」,

『민족문학사연구』 20, 민족문학사학회, 2002.

김란희, 『백석시 연구』, 서강대학교 석사학위논문, 2003.

김명인, 「백석시고」, 『우보 전병두박사 화갑기념논문집』, 1983.

______, 「1930년대 시의 구조 연구: 정지용, 김영랑, 백석의 시를 중심으로」, 고려대학교 박사학위논문, 1985.

김미경, 「백석시 연구」, 서울대학교 석사학위논문, 1993.

김수복, 「백석 시의 집의 공간 인식」, 『논문집』 34집, 단국대학교 인문사회과학편, 1999.

김신정, 「시어의 혁신과 현대시의 의미: 김영랑, 정지용, 백석을 중심으로」, 『상허학보』 4집, 상어문학회, 2000.

김영범, 「백석 시어 연구: 선행 연구의 오류 검토를 중심으로」, 고려대학교 석사학위논문, 2005.

김영익, 「백석 시문학 연구」, 충남대학교 박사학위논문, 1999.

김영철, 「현대시에 나타난 지방어의 시적 기능 연구」, 『우리말글』 25집, 우리말글학회, 2002.

김은자, 「백석시 연구: 고향상실과 비극적 삶의 인식」, 『논문집』 8, 한림대학교, 1990.

김응교, 「백석 모닥불의 열거법 연구: 백석 시 연구(1)」, 『현대문학의 연구』 24집, 국학자료원, 2004.

김재홍, 「민족적 삶의 원형성과 운명애의 진실미, 백석; 월북·실종시인 연구 8」, 『한국문학』 192호, 1989. 10.

김종원, 「원전비교를 통한 Chaucer의 Knight's tale 연구」, 고려대학교 석사학위논문, 1985.

김주현·최유희, 「이상 문학의 원전 확정 및 주석 연구」, 『우리말 글』 22집, 우리말글학회, 2001. 10.

김지숙, 「일제 강점기 한국시의 자연에 관한 연구」, 동아대학교 박사학위논문, 2003.

김창수, 「한국 근대시에 나타난 집 이미지 연구」, 고려대학교 박사학위논문, 2001.

김형규, 「이야기의 시적 의미화 양상 고찰: 임화의 단편 서사시와 백석의 초기시에 나타난 담화 특성을 중심으로」, 『숭실어문』 20집, 숭실어문학회, 2004. 6.

김혜영, 「백석 시 연구」, 『국어국문학』 131호, 국어국문학회, 2002. 9.

나명순, 「백석 시 연구」, 고려대학교 박사학위논문, 2004.

노대규, 「시의 언어학적 분석: 이육사의 '절정'을 중심으로」, 『동방학지』 95집, 연세대학교 국학연구원, 1997. 3.

도경숙, 「교육에 있어서 원전 확정 문제: 김소월의 「진달래꽃」을 중심으로」, 동국대학교 교육대학원 석사학위논문, 2002.

동시영, 「백석 시의 구성과 기법에 관한 기호학적 분석」, 『동악어문논집』 36집, 동악어문학회, 2001.

류경동, 「1930년대 한국 현대시의 감각 지향성 연구: 정지용과 백석의 시를 중심으로」, 고려대학교 박사학위논문, 2005.

류순태, 「백석 시에 나타난 고향 의식의 아이러니 연구」, 『한중인문학연구』 12집, 한중인문학회, 2004. 6.

류지연, 「백석 시의 시간과 공간의식 연구」, 명지대학교 박사학위논문, 2002.

문호성, 「백석·이용악 시의 텍스트성 연구」, 전남대학교 박사학위논문, 1999.

박건명, 「백석시연구」, 『건국어문학』 23·24합집, 건국대학교 국어국문학연구회, 1999. 3.

박민영, 「1930년대 시의 상상력 연구: 정지용, 백석, 윤동주 시의 자기 동일성을 중심으로」, 한림대학교 박사학위논문, 2000.

박수연, 「백석의 사슴에 나타난 모더니티 연구」, 『어문연구』 28집, 어문연구회, 1996. 12.

박윤우, 「백석 시에 있어서 고향의식과 근대성의 관계 양상 연구」, 『국제어문』 20집, 서경대학교 출판부, 1999. 7.

박은미, 「1930년대 시에 나타난 가족 모티프 연구」, 건국대학교 박사학위논문, 2004.

박장례, 「은세계의 원전비평적 연구 :필사본 신자료를 중심으로」, 『장서각』 7집, 한국정신문화연구원, 2002. 8.

박정호, 「전통의 시화 및 시적 전통: 백석 시의 전통성 고찰」, 『한국어문학연구』 9집, 한국외국어대학교 한국어문학연구회, 1998. 12.

박정희, 「백석시의 신화의식 연구」, 『논문집』 24, 한양여자대학, 2001. 2.

박종석, 「백석시의 문체론적 고찰」, 『국어국문학』 10집, 동아대학교 국어국문학과, 1990. 12.

박종찬, 「윤동주 시 판본 비교 연구」, 연세대학교 석사학위논문, 2003.

박주택, 「백석 시 연구」, 경희대학교 박사학위논문, 1999.

박태일, 「백석 시의 공간인식」, 『국어국문학』 21집, 부산대학교 국어국문학과, 1983. 12.

______, 「백석과 신현중, 그리고 경남문학」, 『지역문학연구』 4, 경남지역문학회, 1999. 4.

______, 「백석의 미발굴 시 병아리 싸움 변증」, 『한국문학논총』 28집, 한국문학회, 2001. 6.

박혜숙, 「백석시의 엮음구조와 사설시조와의 관계」, 『중원인문논총』 18, 건국대학교부설중원인문연구소, 1998. 12.

방민호, 「채만식 소설과 일제하 검열 문제: 처녀작 과도기 원본을 중심으로」, 『어문학논총』 23권, 국민대학교 어문학연구소, 2004.

방연정, 「1930년대 후반 시의 표현방법과 구조적 특성 연구: 백석, 이용악, 이찬의 시를 중심으로」, 한국교원대학교 박사학위논문, 2000.

사재동, 「고전문학 원전의 확충과 해석」, 『문헌과 해석』 통권 15호, 문헌과해석사, 2001. 여름.

서지영, 「한국현대시의 산문성 연구: 오장환, 임화, 백석, 이용악, 이상 시를 대상으로」, 서강대학교 박사학위논문, 1999.

손진은, 「백석 시의 형성과 프랑시스 쟘 시」, 『어문학』 80호, 한국어문학회, 2003. 6.

______, 「백석 시의 옛것 모티프와 상상력」, 『한국문학이론과 비평』 8권 3호 통권 제24집, 한국문학이론과 비평학회, 2004. 9.

신범순, 「현대시에서 전통적 정신의 존재형식과 그 의미」, 『국어교육』 96, 한국국어교육연구회, 1998. 2.

심원섭, 「이육사 시의 원전과 기존판본에 관한 연구」, 연세대학교 석사학위논문, 1984.

양문규, 「백석 시 연구」, 명지대학교 박사학위논문, 2002.

양혜경, 「백석 시의 산문적 발화 장르 고찰」, 『비평문학』 17호, 한국비평문학회, 2003. 7.

유성호, 「백석 시의 계보」, 『작가연구』 14호, 깊은샘, 2002. 10.

유종호, 「서정적 진실의 실종: 시 비평과 연구와 교육에 부쳐」, 『창작과 비평』 104, 창작과비평사, 1999. 6.

육근웅, 「빼앗긴 들에도 봄은 오는가의 한 이해」, 『한민족문화연구』 3집, 한민족문화학회, 1998. 8.

윤병화, 「백석의 시적 인식에 관한 연구」, 『청람어문학』 12, 청람어문학회, 1994. 7.

윤석우, 「한국 현대 서술시의 담화 특성 연구」, 조선대학교 박사학위논문, 1998.

윤여탁, 「문학 교육에서 언어의 문제에 대한 연구: 백석 시의 언어와 세계를 중심으로」, 『문학교육학』 15호, 역락, 2004. 겨울.

윤주은, 「김소월시 원본확정에 관한 연구」, 『어문학』 41집, 한국어문학회, 1981. 11.

이경수, 「백석시 연구」, 고려대학교 석사학위논문, 1993,

_____, 「한국 현대시의 반복 기법과 언술 구조」, 고려대학교 박사학위논문, 2004.

이기철, 「체념의 시학: 백석의 남신의주 유동 박시봉방」, 『문학과 비평』 14, 문학과비평사, 1990. 6.

이동순, 「문학사의 영향론을 통해서 본 백석의 시」, 『인문연구』 31, 영남대학교인문과학연구소, 1996. 8.

_____, 「분단의 그늘에서 복권된 시인 백석, 백석 저 〈서평〉」, 『당대비평』 2, (주)당대, 1997. 12.

_____, 「일제시대 저항시가의 정신사적 연구」, 경북대학교 박사학위논문, 1998.

_____, 「시인 백석과 그의 정신적 스승 이시카와 다쿠보쿠」, 『월간조선』 229, 조선일보사, 1999. 4.

_____, 「백석 시의 연구쟁점과 왜곡 사실 바로잡기」, 『동일문화논총』 통권 제11집, 동일문화장학재단, 2004.

_____, 「백석의 작품에 나타난 시정신」, 『시와 정신』 제4권 제1호 통권 제11호, 시와정신사, 2005. 봄.

이명례, 「백석 시의 서사성 연구」, 『어문논총』 10, 청주대학교, 1994.

이명찬, 「한국 근대시의 만주 체험」, 『한중인문학연구』 13집, 한중인문학회, 2004. 12.

이민연, 「백석 시 연구」, 『전농어문연구』 1, 서울시립대학교 문리과대학 국어국문학과, 1988. 12.

이숭원, 「1930년대 후반기 시의 한 고찰」, 『국어국문학』 90호, 국어국문학회, 1983. 12.

_____, 「백석시의 전개와 그 정신사적 의미」, 『선청어문』 16・17합집, 서울대학교사범대학국어교육과, 1988. 8.

_____, 「백석 시의 화자와 어조 연구」, 『한국시학연구』 1권, 한국시문학회, 1999.

______, 「백석 시의 난해 시어에 대한 연구」, 『인문논총』 8집, 서울여대 인문과학연구소, 2001. 12.

______, 「백석 시와 거주 공간의 관련 양상」, 『한국시학연구』 9권, 한국시학회, 2003.

______, 「일제 강점기 시에 나타난 '가족'」, 『인문논총』 11집, 서울여대 인문과학연구소, 2003.

이영섭, 「한국 현대시의 모더니즘 수용 양상: 30년대 모더니즘 시를 중심으로」, 『인문논총』 2, 경원대학교 인문과학연구소, 1993. 12.

이우선, 「고등학교 국어 교과서 시작품의 이해와 분석」, 『새국어교육』 35·36호, 한국국어교육학회, 1982.

이원규, 「한국시의 고향의식 연구: 1930~1940년대 시를 중심으로」, 성균관대학교 박사학위논문, 2004.

이은봉, 「1930년대 후기시의 현실인식 연구」, 숭실대학교 박사학위논문, 1992.

이재춘, 「문학작품 원본의 오류와 변개 양상: 이효석의 「모밀꽃 필 무렵」을 중심으로」, 『우리말 글』 16집, 우리말글학회, 1998. 11.

이정숙, 「1930년대 한국 현대시의 한 방향: 전통과 서구의 접합이라는 측면에서」, 『한성어문학』 7, 한성대학교 국어국문학과, 1988. 5.

이준관, 「한국 현대시의 동심의식 연구―신석정·장만영·백석의 시를 중심으로―」, 고려대학교 교육대학원 석사학위논문, 1989.

이혜원, 「백석 시의 신화적 의미」, 『어문논집』 35집, 고려대학교 국문학연구회, 1996. 12.

______, 「백석 시의 동심 지향성과 그 의미」, 『한국문학연구』 3호, 고려대학교 민족문화연구원 한국문화연구소, 2002.

이황직, 「근대 한국의 윤리적 개인주의 사상과 문학에 관한 연구」, 연세대학교 박사학위논문, 2002.

이희경, 「백석 시에 나타난 고향 모티프 연구」, 『현대문학이론연구』 1, 현대문학이론학회, 1992.

이희중, 「백석의 북방 시편 연구」, 『우리말글』 32집, 우리말글학회, 2004. 12.

임성조, 「백석 시의 한 이해」, 『국어국문학』 110, 국어국문학회, 1993. 12.

임재서, 「백석 시의 감각 표현에 나타난 정신사적 의미 고찰: 사슴을 중심으로」, 『국어교육』 108호, 한국국어교육연구학회, 2002. 6.

장도준, 「백석 시의 화자와 표현 기법에 관한 연구」, 『어문학』 58, 한국어문학회, 1996.

＿＿＿, 「한국 현대시 텍스트의 시적 주체 분열에 대한 연구: 김기림, 이상, 백석의 시를 중심으로」, 『배달말통권』 31호, 배달말학회, 2002. 12.

장석주, 「시어의 발생과 그 기원: 윤동주, 김수영, 서정주, 백석의 경우」, 『시와 반시』 제12권 4호 통권 46호, 시와반시사, 2003. 겨울.

장정렬, 「백석 시의 공간에 대한 고찰」, 『한남어문학』 17·18, 한남대학교 국어국문학회, 1992. 9.

전봉관, 「백석 시의 방언과 그 미학적 의미」, 『한국학보』 98, 일지사, 2000. 3.

전영준, 「백석시 연구」, 연세대학교 석사학위논문, 2001.

전정구, 「소월시의 문헌학적 전제－결정본 확정을 위한 관건」, 『한국언어문학』 27집, 형설출판사, 1989. 5.

＿＿＿, 「원전의 교열과 정본 확정의 제 문제－소월시를 중심으로」, 『현대문학이론연구』 11, 현대문학이론학회, 1999.

정경은, 「백석시집 사슴의 설화성 고찰: 인물 유형을 중심으로」, 『태릉어문연구』 7, 서울여자대학 국어국문학회, 1997. 2.

정구향, 「한국 현대시에 나타난 토속 세계」, 『새국어교육』 51, 한국국어교육학회, 1995.

정규복, 「원전비평의 이론과 실제」, 『도남학보』 7~8집, 도남학회, 1985. 4.

______, 「원전비평의 어제와 오늘」, 『도남학보』 10집, 도남학회, 1987.

정승석, 「원전해석학의 새로운 조명」, 『동국사상』 22, 동국대학교 불교대학, 1989.

정유화, 「시적 방법과 근대적 자아의 초상: 백석론」, 『어문연구』 103, 한국어문교육연구회, 1999. 9.

______, 「집에 대한 공간체험과 기호론적 의미: 백석론」, 『어문논집』 29집, 중앙어문학회, 2001. 12.

정정순, 「백석의 시 쓰기 방식 연구」, 『국어국문학』 129호, 국어국문학회, 2001. 12.

정효구, 「백석시의 정신과 방법」, 『한국학보』 57호, 일지사, 1989. 12.

______, 「진솔한 삶의 공간: 백석 연구」, 『현대시』 1.5, 한국문연, 1990. 5.

조해옥, 「이상 산문 텍스트 확정을 위한 한 고찰」, 『한국문학연구』 4호, 고려대학교 민족문화연구원 한국문화연구소, 2003.

진순애, 「백석 시의 심미적 모더니티」, 『비교문학』 30집, 한국비교문학회, 2003. 2.

차한수, 「백석 시의 시간·공간성 고찰」, 『동아어문논집』, 동남어문학회, 1996.

차호일, 「백석 시의 상상력의 구조」, 『두류국어교육』 2, 두류국어교육학회, 2001. 5.

최경렬, 「백석 시의 공간 인식」, 『인천어문학』 9집, 인천대학교 국어국문학과, 1993.

최두석, 「한국현대리얼리즘시연구: 임화 오장환 백석 이용악의 시를 중심으로」, 서울대학교 박사학위논문, 1995.

최명환, 「윤동주 시의 원본에 관한 연구: 원본 필요성을 중심으로」, 『공주교대논총』 31.1, 공주교육대학교, 1994. 8.

최미숙, 「어린이 책의 출판과 국어교육」, 『국어교육학연구』 17집, 국어교육학회, 2003. 8.

최양옥, 「백석 시 연구」, 『배달말』 18, 배달말학회, 1993. 12.

최원식, 「해빈수첩 해제-새로 찾은 백석의 산문시」, 『민족문학사 연구』 22권, 2003.

최정례, 「백석 시, 자기 응시로서의 관찰과 자아 탐색의 도정」, 『우리어문 연구』 20, 우리어문학회, 2003.

______, 「정지용과 백석이 수용한 전통의 언어: 시어 선택과 시적 태도를 중심으로」, 『어문논집』 48집, 민족어문학회, 2003. 10.

______, 「백석 시의 근대성 연구」, 고려대학교 박사학위논문, 2004.

최정숙, 「한국 현대시의 민속 수용양상 연구」, 경희대학교 박사학위논문, 2002.

최종금, 「백석시에 나타난 민족의식에 관한 연구」, 한국교원대학교 석사 학위논문, 1989.

______, 「1930년대 한국시의 고향의식 연구」, 한국교원대학교 박사학위논 문, 1998.

한경희, 「한국 현대시에 나타난 시적 자아의 내면 연구」, 한국정신문화연 구원 박사학위논문, 2002.

한계전, 「1930년대 시에 나타난 고향 이미지에 관한 연구」, 『한국문화』 16호, 서울대학교 한국문화연구소, 1995. 12.

한명환, 「백석 소설 연구」, 『국어국문학』 128호, 국어국문학회, 2001. 5.

한원균, 「한국 현대시와 '바다'의 원본사고」, 『포엠 Q 픽션』, 제4권 제2호 통권 제13호, 웅동, 2004. 여름·가을.

4. 국내 단행본

고형진 편, 『백석』, 새미, 1996.

김소월, 『정본 소월 전집』, 명상, 2005.

김영배,『평안방언연구』, 태학사, 1997.

김완진,『향가해독법연구』, 서울대학교출판부, 1980.

김욱동,『광장을 읽는 7가지 방법』, 문학과 지성사, 1996.

김유정 저, 전신재 편,『원본 김유정 전집』, 강, 1997.

김자야,『내 사랑 백석: 김자야 에세이』, 문학동네, 1995.

김종회,『북한문학의 이해』, 청동거울, 2002.

김태곤 외,『한국문화의 원본사고』, 민속원, 1997.

나혜석 저, 서정자 편,『원본 정월 라혜석 전집』, 국학자료원, 2001.

문덕수,『한국현대 시인연구』, 푸른사상사, 2001.

박태일,『한국근대문학의 실증과 방법』, 소명출판, 2004.

박호영, 이숭원 공저,『한국시문학의 비평적 탐구』, 삼지원, 1985.

박호영,『몽상 속의 산책을 위한 시학』, 푸른사상, 2002.

박혜숙,『백석: 우리 문화의 원형탐구와 떠돌이 삶』, 건국대학교출판부,
        1995.

송 준,『남신의주 유동 박시봉방: 세계 최고의 시인 백석 일대기』, 지나,
        1994.

신경림,『시인을 찾아서』, 우리교육, 1998.

심원섭,『원본 이육사 전집』, 집문당, 1986.

양병호,『오매 단풍들것네: 원본 금영랑 전집』, 한국문화사, 1997.

오규원,『언어와 삶』, 문학과지성사, 1983.

오하근 편,『정본 김소월전집』, 집문당, 1995.

유종호,『다시 읽는 한국시인』, 문학동네, 2002.

윤동주, 왕신영 외 엮음,『사진판 윤동주 자필 시고전집』, 민음사, 2002.

윤동주,『하늘과 바람과 별과 시: 원본 대조 윤동주 전집』, 연세대학교 출
        판부, 2004.

이경수,『한국현대시의 반복과 미학』, 월인, 2005.

이기문,『백영 정병욱선생환갑기념논총』, 신구문화사, 1982.

이상섭, 『문학 연구의 방법』, 탐구당, 1980.

이상화 외, 『빼앗긴 들에도 봄은 오는가』, 홍익포럼, 2002.

이선영 엮음, 『문학비평의 방법과 실제』, 삼지원, 2002.

이숭원, 『원본 정지용 시집』, 깊은샘, 머리말.

_____, 『한국 현대시 감상론』, 집문당, 1996.

정규복, 『한국고전문학의 원전비평』, 새문사, 1990.

정용순, 『국문학연구자료비교논저』, 거산, 2003.

정지용, 이숭원 주해, 『원본 정지용 시집』, 깊은샘, 2003.

정한숙, 『현대한국문학사』, 고대출판부, 1986.

정효구 편저, 『백석: 백석 시전집·소설집, 백석 평전·연구자료집』, 문학세
　　　계사, 1996.

조성일, 『민요연구』, 연변인민출판사, 한국문화사 영인, 1996.

최두석, 『리얼리즘의 시 정신』, 실천문학, 1998.

한영옥, 『한국 현대시의 의식 탐구』, 새미, 1999.

홍장학, 『정본 윤동주 전집 원전연구』, 문학과지성사, 2004.

5. 국외서

Bakhtin M. M., 「서사시와 장편소설」, 『장편소설과 민중언어』, 창작과비평
　　　사, 1988.

Bowers Fredson, 김인환 역, 「원본비평」, 『문학의 해석』, 홍성사, 1978.

Coombus. H., *Literature & Criticism*, A Pellican Book, 1966.

Dawkins Clinton Richard, 『이기적 유전자』, 을유문화사, 2002.

Harold Greenlee J., *Introduction to new testment Textual Criticism*, Wm. B. Eerdmans
　　　Publishing Co., 1980.

Kayser Wolfgang, 김윤섭 역, 『언어예술작품론』, 대방출판사, 1982.

Thrope James, *Principle of Textual Criticism*, San Marino, Calif.: Huntington Library, 1972.

Wellek Rene · Warren Austin, 이경수 역, 『문학의 이론』, 문예출판사, 1987.

Guide to literary theory & Criticism, Edited by Michael Groden and Martin Kreiswirth, The Johns Hopkins University Press, 1994.

부 록

1. 백석 시 연보(1950년 이전)

작품명	발표지	발표연도	비고 및 차이점
定州城	조선일보	1935. 8. 30.	시집 『사슴』 '국수당 넘어'에 재수록
늙은 갈대의 獨白	조광 1권 1호	1935. 11.	
山地	조광 1권 1호	1935. 11.	시집 『사슴』에서는 「삼방(三防)」으로 개작되어 수록
酒幕	조광 1권 1호	1935. 11.	시집 『사슴』 '돌덜구의 물'에 재수록
비	조광 1권 1호	1935. 11.	시집 『사슴』 '노루'에 재수록
나와 지렝이	조광 1권 1호	1935. 11.	
여우난곬族	조광 1권 2호	1935. 12.	시집 『사슴』 '얼럭소새끼의 영각'에 재수록
統營	조광 1권 2호	1935. 12.	시집 『사슴』 '국수당 넘어'에 재수록
힌밤	조광 1권 2호	1935. 12.	시집 『사슴』 '돌덜구의 물'에 재수록
古夜	조광 2권 1호	1936. 1.	시집 『사슴』 '얼럭소새끼의 영각'에 재수록
가즈랑집	『사슴』	1936. 1. 20.	'얼럭소새끼의 영각'
여우난곬族	〃	〃	〃
고방	〃	〃	〃
모닥불	〃	〃	〃
古夜	〃	〃	〃
오리 망아지 토끼	〃	〃	〃

初冬日	『사슴』	1936. 1. 20.	'돌덜구의 물'
夏畓	〃	〃	〃
酒幕	〃	〃	〃
寂境	〃	〃	〃
未明界	〃	〃	〃
城外	〃	〃	〃
秋日山朝	〃	〃	〃
曠原	〃	〃	〃
힌밤	〃	〃	〃
青枾	〃	〃	'노루'
山비	〃	〃	〃
쓸쓸한 길	〃	〃	〃
柘榴	〃	〃	〃
머루밤	〃	〃	〃
女僧	〃	〃	〃
修羅	〃	〃	〃
비	〃	〃	〃
노루	〃	〃	〃
절간의 소 이야기	〃	〃	'국수당 넘어'
統營	〃	〃	〃
오금덩이라는 곧	〃	〃	〃
枾崎의 바다	〃	〃	〃
定州城	〃	〃	〃
彰義門外	〃	〃	〃
旌門村	〃	〃	〃
여우난곬	〃	〃	〃
三防	〃	〃	〃
統營	조선일보	1936. 1. 23.	남행시초
오리	조광 2권 2호	1936. 2.	

연자ㅅ간	조광 2권 3호	1936. 3.	
黃日	조광 2권 3호	1936. 3.	
湯藥	시와소설 1호	1936. 3.	
伊豆國湊街道	시와소설 1호	1936. 3.	
昌原道－남행시초 1	조선일보	1936. 3. 5.	
統營－남행시초 2	조선일보	1936. 3. 6.	
固城街道－남행시초 3	조선일보	1936. 3. 7.	
三千浦－남행시초 4	조선일보	1936. 3. 8.	
北關－함주시초 1	조광 3권 10호	1937. 10.	
노루－함주시초 2	조광 3권 10호	1937. 10.	
古寺－함주시초 3	조광 3권 10호	1937. 10.	
膳友辭－함주시초 4	조광 3권 10호	1937. 10.	
山谷－함주시초 5	조광 3권 10호	1937. 10.	
바다	여성 2권 10호	1937. 10.	
丹楓	여성 2권 10호	1937. 10.	
秋夜一景	삼천리문학 1호	1938. 1.	
山宿－산중음 1	조광 4권 3호	1938. 3.	
饗樂－산중음 2	조광 4권 3호	1938. 3.	
夜半－산중음 3	조광 4권 3호	1938. 3.	
白樺－산중음 4	조광 4권 3호	1938. 3.	
나와 나타샤와 흰 당나귀	여성 3권 2호	1938. 3.	
夕陽	삼천리문학 2호	1938. 4.	
故鄕	삼천리문학 2호	1938. 4.	
絶望	삼천리문학 2호	1938. 4.	
외가집	현대조선문학전집	1938. 4.	
개	현대조선문학전집	1938. 4.	

내가 생각하는 것은	여성 3권 4호	1938. 4.	
내가 이렇게 외면하고	여성 3권 5호	1938. 5.	
三湖 -물닭의 소리 1	조광 4권 10호	1938. 10.	
物界里 -물닭의 소리 2	조광 4권 10호	1938. 10.	
大山洞 -물닭의 소리 3	조광 4권 10호	1938. 10.	
南鄕 -물닭의 소리 4	조광 4권 10호	1938. 10.	
夜雨小懷 -물닭의 소리 5	조광 4권 10호	1938. 10.	
꼴두기 -물닭의 소리 6	조광 4권 10호	1938. 10.	
가무래기의 樂	여성 3권 10호	1938. 10.	
멧새소리	여성 3권 10호	1938. 10.	
박각시 오는 저녁	조선문학독본	1938. 10	
넘언집 범같은 노큰마니	문장 3호	1939. 4.	
童尿賦	문장 5호	1939. 6.	
安東	조선일보	1939. 9. 13.	
咸南道安	문장 10호	1939. 10.	
球場路-서행시초 1	조선일보	1939. 11. 8.	
北新-서행시초 2	조선일보	1939. 11. 9.	
八院-서행시초 3	조선일보	1939. 11. 10.	
月林장-서행시초 4	조선일보	1939. 11. 11.	
木具	문장 14호	1940. 2.	
수박씨, 호박씨	인문평론 9호	1940. 6.	

北方에서 － 鄭玄雄에게	문장 18호	1940. 7.	
許俊	문장21호	1940. 11.	
『호박꽃 초롱』서시	『호박꽃 초롱』	1941. 1.	
歸農	조광 7권 4호	1941. 4.	
국수	문장 26호	1941. 4.	
흰 바람벽이 있어	문장 26호	1941. 4.	
촌에서 온 아이	문장 26호	1941. 4.	
澡塘에서	인문평론 16호	1941. 4.	
杜甫나 李白같이	인문평론 16호	1941. 4.	
山	새한민보 1권 14호	1947. 11.	
적막강산	신천지 11· 12권 합병호	1947. 12.	시의 끝부분에 "이 原稿는 내가以前에 가지고 잇던것이다 許埈"이라는 부기가 있음. 許俊의 한자 이름이 잘못 표기되었음.
마을은 맨천 구신 이 돼서	신세대 3권 3호	1948. 5.	시의 맨 끝에 '이 시는 戰爭前부터 詩人이 하나 둘 써노았든 作品들中의 하나로 偶然히도 내가 保管하여두었든 것이다 ······ 許俊'이라는 부기가 있음.
七月 백중	문장 속간호	1948. 10.	작품 끝에 "이시는 戰爭前부터 내가 간직하여두었던 것을 詩人에겐 묻지 않고 敢이 發表한다. 許俊"이라는 부기가 있음.
南新義州柳洞朴時 逢方	학풍 창간호	1948. 10.	학풍의 편집 후기에 이 작품을 두고 "백석의 해방 후 신작을 얻었다"라고 밝히고 있다.

2. 백석 연보(1950년 이전)

* 백석 연보는 아래 책들을 참고하여 정리하였다. 연보의 내용이 다를 경우 비고란에 적었다.

이동순, 『백석시전집』, 창작과비평사, 1987.

김자야, 『내 사랑 백석』, 문학동네, 1995.

박혜숙, 『백석』, 건국대학교 출판부, 1995.

송 준, 『백석시전집』, 학영사, 1995.

고형진, 『백석』, 새미, 1996.

정효구, 『백석』, 문학세계사, 1996.

이동순, 『모닥불』, 솔출판사, 1998.

김재용, 백석전집, 실천문학사, 2004.

년 도	연 보	비 고
1912년 (1세)	7월 1일 평안북도 정주군 갈산면 익석동 1013호에서 부친 백용삼(白龍三)과 모친 이봉우(李鳳宇) 사이의 3남 1녀 중 장남으로 출생. 본명은 백기행(白夔行). 필명은 백석(白石, 白奭). 부친은 한국 사진계의 초기 인물로『조선일보』의 사진반장을 지냈으나, 퇴임 후에는 귀향하여 정주에서 하숙을 침. 모친 이봉우는 단양(丹陽)군수를 역임한 이양실(李養實)씨의 딸로 소문에 의하면 기생 내지는 무당의 딸로 알려져 백석의 혼사에 결정적인 지장을 줄 정도로 당시로서는 심한 천대를 받던 천출의 소생으로 알려짐. 백석이 출생하였을 때, 부친은 37세, 모친은 24세임.	송준, 이동순, 정효구 편은 백석의 부친 이름을 백시박(白時璞)으로 표기했다. 또한 박혜숙은 본명을 백기행 및 백기연(基衍)으로 적었다.
1918년 (7세)	오산(五山)소학교 입학. 남동생 협행(協行)태어남.	
1921년 (10세)	남동생 상행(祥行)태어남.	

1924년 (13세)	오산소학교를 졸업하고 오산학교(지금의 중고등학교)에 오산학교 통산 18회로 입학. 동문들의 회고에 의하면 재학 시절 백석은 선배 시인인 김소월을 매우 선망했고, 문학과 종교(불교)에 특히 관심이 많은 학생이었다고 함.	
1925년 (14세)	여동생 현숙(賢淑)태어남.	
1929년 (18세)	오산고보(오산학교가 오산고보로 바뀜)를 3월에 졸업하고 상급학교에 진학하지 못했음. 오산 마을에서 문학수업에 정진.	
1930년 (19세)	1월, 조선일보사가 주관하는 〈신년현상문예〉(지금의 신춘문예)에 단편소설 「그 母와 아들」로 1등 당선, 소설가로 문단에 데뷔. 4월에는 조선일보사 후원 장학생 선발에 뽑혀 조선일보를 인수한 계초 방응모의 장학금으로 일본 유학. 도쿄의 기독교 명문대학인 아오야마(青山)학원 영어사범과에 입학하여 영문학을 전공.	
1931년 (20세)	5월 15일 아오야마(青山)학원 교회에서 세례 받음.	
1933년 (22세)	5월, 3학년 당시 동경의 주소는 동경 길상사(吉祥寺) 1875번지었다.	
1934년 (23세)	3월 6일, 제51회로 아오야마(青山)학원을 우등으로 졸업. 귀국 하여 방응모가 운영하는 조선일보사에 입사하면서 본격적인 서울 생활을 시작함. 출판부 일을 보면서 계열 잡지인 『여성(女性)』지의 편집을 맡음. 이때, 조선일보를 통해서 시를 발표하기 이전에 외국문학 작품과 논문을 번역하여 실음. 틈틈이 번역 산문이나 창작수필 등을 발표. 「불당의 등불」, 「조이스와 애란문학」은 백석의 관심을 잘 나타내주는 글임.	송준 편은 출판부가 아닌 교정부(校正部)로 표기. 정효구 편은 『여성』지가 아닌 『조광』의 편집을 맡았다고 했다.
1935년 (24세)	6월에는 절친한 친구 허준(許俊)의 결혼식 피로연에서 평생 구원의 여인으로 남은 '란(蘭)'이라는 여인을 만남. 7월에는 「마을의 유화(遺話)」라는 첫 창작 소설을 6회	

1935년 (24세)	연재하였으며 8월에는 「닭을 채인 이야기」라는 단편 소설도 발표. 8월 31일에는 시 「정주성(定州城)」을 『조선일보』에 발표하여 문단에 커다란 반응을 불러일으킴. 이후 소설은 별로 쓰지 않고 시 작품에 더욱 정진. 11월에는 조선일보사에서 그해 창간한 시사잡지 『조광』의 편집자로 근무. 수필 「마포」와 시 성격의 「늙은 갈대의 독백」이라는 특이한 산문을 발표. 이후 주로 『조광』지에 「山地」 등 7편의 시를 게재하는 등 활발하게 시를 발표함.	
1936년 (25세)	1월 20일 첫 시집 『사슴』을 선광인쇄주식회사에서 100부 한정판으로 발간. 순 조선한지로 만든 초호화 시집인 『사슴』의 가격은 2원이었으며, 총 33편의 시가 수록되었다. 1월 29일에는 서울 태서관(太西館)에서 출판 기념회를 가짐. 이 출판기념회의 발기인은 안석영, 함대훈, 홍기문, 김규택, 이원조, 이갑섭, 문동표, 김해균, 신현중, 허준, 김기림 등 11명이었고 참석 인원은 문인을 포함하여 20여 명이나 되었다. 2월 22일에는 수필 「편지」를 발표. 3월에는 「남행시초(南行詩抄)」를 완성하여 조선일보에 발표함. 4월에는 조선일보사를 사직하고 함경남도 함흥 영생고보(永生高普)에서 영어선생으로 교편을 잡음. 백석의 후임으로는 백석과 절친했던 소설가 허준이 입사했음. 같은 학교의 교사인 시인 金東鳴과 교분을 가짐. 영생고보는 기독교계 학교로 캐나다 장로교회 선교사들이 설립한 학교임. 이때의 생활 소감을 수필 「가재미, 나귀」라는 제목으로 써서 『동아일보』에 발표함. 하숙은 운흥리(雲興里)에서 하다가 중리(中里)로 옮김. 8월에는 서울을 잠시 다녀감. 이 무렵, 함흥에 와 있던 조선 권번 출신의 기생 김진향을 만나 사랑에 빠짐. 이때 김진향에게 '자야(子夜)'라는 아호를 지어줌.	이동순, 김자야, 박혜숙은 『사슴』을 100부 한정판이 아닌 200부 한정판이라고 함. 송준은 조선일보사 사직을 4월이 아닌, 3월에 했다고 함.

1937년 (26세)	영생고보 교사로 재직하면서 함흥시의 러시아인이 경영하는 상점에 자주 나가 러시아말을 배움. 함경도를 여행한 후 10월에 「함주시초(咸州詩抄)」를 발표. 고향에서 결혼하라는 독촉을 받고 혼례식을 했으나 초례만 치른 후, 다시 함흥의 자야에게 돌아옴. 그러나 자야는 이 사실을 알고 혼자 서울로 떠남.	
1938년 (27세)	영생고보 축구부 지도교사였던 백석은 전선(全鮮)고보 축구대회에 선수들을 인솔하여 참가함. 이때 자야와의 재회. 그러나 축구부 선수들의 유흥장 출입으로 말썽이 나서 지도교사였던 백석은 함흥학원측으로부터 영생여고보로 문책 전보됨. 6월 7일 동아일보에 최고의 명작수필 「동해(東海)」를 발표. 12월 함흥 영생여고보 교사직을 사임하고 서울로 돌아옴. 애인 김자야와 다시 재회하고, 청진동 김자야의 집에서 함께 동거함.	
1939년 (28세)	부모의 강권에 의하여 또 결혼을 하였으나 같이 살지 않고 김자야에게로 돌아옴. 그러나 김자야는 백석을 사랑하면서도 그에게 부담이 될까봐 그 곁을 떠남. 1월 26일부로 조선일보 출판부에 재입사. 2월 14일에 수필 「입춘(立春)」을 발표. 당시의 서울 주소는 경성부외(京城府外) 서독도리(西纛島里) 656번지. 3월부터 『여성』지 편집자로 근무. 10월 21일부로 조선일보사를 사임. 그 후 평안도 지역을 여행하며 「서행시초(西行詩抄)」를 완성.	김자야, 정효구, 박혜숙은 조선일보사에 재입사하여 편집자로 근무한 것이 1938년이라고 함.
1940년 (29세)	1월경 만주(滿洲)로 감. 당시의 주소는 '신경시(新京市) 동삼마로(東三馬路) 시영주택(市營住宅) 35번지'(지금의 長春)의 중국인 황씨방(黃氏方)으로 알려짐. 3월부터 만주국 국무원 경제부에서 6개월가량 근무하다가 창씨개명 강요로 곧 사직하고, 북만주의 산간 오지 등을 여행하면서 원시부족들과 접촉함. 이때 오로	

1940년 (29세)	촌족(族)과 솔론족(族)과도 교류를 가짐. 5월에는 만선일보(滿鮮日報)에 평론 「슬픔과 진실」과 「조선인과 요설(饒舌)」을 발표. 함께 신경에 와 있던 시인 박팔양이 발간한 『여수시초(여수시초)』의 출판기념회에 발기인으로 참가함. 또한 김소운(金素雲)에 의해 『젖빛구름』이라는 책에서 백석의 작품이 일역(日譯)됨. 9월경에는 국무원 경제부 사임. 9월 30일에는 토마스 하디의 장편 소설 『테스』를 번역하여 단행본으로 조광사(朝光社)에서 출간. 이 책의 출판 관계로 10월 상순에 서울을 잠시 다녀감. 이후 서울에 왔었다는 기록이 안 보임.	
1941년 (30세)	4월 『조광』지와 『문장』지 그리고 『인문평론』에 백석의 최고 걸작시 발표. 만주에서 생계유지를 위해 측량 보조원, 측량 서기, 중국인 토지의 소작인 생활까지 하면서 고생함.	
1942년 (31세)	만주의 안동(단동)에서 세관 업무에 종사함. 송지영 씨와 같이 하숙을 한 적도 있음. 그의 함흥고보 제자가 찾아갔을 때, 백석은 중년의 초라한 사내로 변해 있었으며, 생활도 궁핍해 보였다 함(개업의사 김희모 씨의 증언). 12월 『조광』에 러시아계 만주 작가 N. 바이코프의 작품인 「식인호」, 「초혼조」, 「밀림유정」 등을 번역함.	
1943년 (32세)	동경 왕문사(旺文社)에 몇 달 근무 후 다시 귀향. 친구 그리다께 가스오(則式三雄)가 발표한 『압록강』에 백석의 시가 실려 일본에서 높은 평가를 받음.	
1944년 (33세)	일제의 강제징용을 피하기 위해 산간 오지의 광산에 숨어서 일함.	
1945년 (34세)	해방과 더불어 신의주로 옮겨 잠시 거주하다 고향 정주로 돌아와 남의 집 과수원에서 일함. 신의주에서 그의 대표작이라 할 만한 「南新義州 柳洞 朴時逢方」을 씀. 최명익과 함께 북한의 우익 문인으로 활동.	

1946년 (35세)	고당 조만식 선생의 요청으로 평양으로 나와 고당 선생의 통역비로서 조선 민주당의 일을 돌봄.	
1947년 (36세)	시「적막강산」이 그의 벗 허준에 의해『신천지』에 발표됨. 분단 이후 그의 모든 문학적 성과와 활동이 한국의 문학사에서 완전히 매몰됨. 10월에 열린 문학예술총동맹 제4차 중앙위원회의 개편된 조직에서 외국문학분과원에 올라 있음. 러시아 작가 시모노프의『낮과 밤』번역 출판. 솔로호프의『그들은 조국을 위해 싸웠다』번역 출판.	
1948년 (37세)	시「마을은 맨천 구신이 돼서」,「七月백중」,「南新義州 柳洞 朴時逢方」등이 허준에 의해서『新世代』,『文章』,『學風』등에 발표됨.	

3. 백석 관련 연구 자료 총 목록(연도순)

박아지, 「신춘시단 개평 – 백석 씨(시)작 '고야'」,『동아일보』, 1936. 1. 18.

김기림, 「『사슴』을 안고」,『조선일보』, 1936. 1. 29.

박귀송, 「신춘시단 시평」,『신인문학』 제3권 제2호, 청조사, 1936. 3.

박용철, 「백석 시집『사슴』평」,『조광』, 1936. 4.

이선희, 「최신제품의 시인 백석(인물평)」,『조광』, 1936. 4~5.

임　화, 「문학상의 지방주의 문제」,『조광』, 1936. 10.

박용철, 「병자시단의 1년 성과」,『동아일보』, 1936. 12.

오장환, 「백석론」,『풍림』 5호, 풍림사, 1937. 4.

안석영, 「조선문인 인상기」,『백광』, 백광사, 1937. 6.

윤곤강, 「코스모스의 결여」,『인문평론』, 인문평론사, 1940. 1.

박용철, 「백석시집 '사슴' 평」,『박용철전집』 2, 동광당서점, 1940.

윤곤강, 『시와 진실』, 정음사, 1948.

백　철, 『조선신문학사조사(현대편)』, 백양당, 1949.

현 수, 『적치 6년의 북한문단』, 중앙문화사, 1952.

유종호, 「한국의 페시미즘」, 『현대문학』 통권 81호, 현대문학, 1961. 9.

유종호, 『비순수의 선언』, 신구문화사, 1962.

김윤식·김현, 『한국문학사』, 민음사, 1973.

강은교, 『오늘의 산문선집』, 민음사, 1975.

김종철, 「30년대의 시인들」, 『문학과 지성』 6권 1호, 문학과지성사, 1975. 2.

______, 『시와 역사적 상상력』, 문학과지성사, 1978.

유태수, 「1940년 전후의 시정신과 그 형상화」, 『관악어문』 4집, 서울대학
        교 국어국문학과, 1979.

이숭원, 「'문장'지 시에 나타난 고향의식 시고」, 『국어교육』 36호, 한국국
        어교육연구회, 1980. 2.

정한숙, 『해방문단사』, 고려대학교 출판부, 1980.

유종호, 「시와 토착어 지향」, 『동시대의 시와 진실』, 민음사, 1982.

정한숙, 『현대한국문학사』, 고려대학교 출판부, 1982.

최두석, 「1930년대 시의 표현에 관한 고찰」, 서울대학교 석사학위논문,
        1982.

고형진, 「백석 시 연구」, 고려대학교 석사학위논문, 1983.

김명인, 「백석 시고」, 『우보 전병두 박사 화갑기념논문집』, 1983.

이효석, 「嶺西에의 기억」, 『이효석전집』 7권, 창미사, 1983.

이숭원, 「30년대 후반기 시의 한 고찰」, 『국어국문학』 90호, 국어국문학
        회, 1983. 12.

박태일, 「백석 시의 공간인식」, 『국어국문학』 21집, 부산대학교 국어국문
        학과, 1983. 12.

______, 「1940년 전후 한국 시에 나타난 공간인식의 문제」, 부산대학교
        석사학위논문, 1984.

김명인, 「1930년대 시의 구조 연구: 정지용, 김영랑, 백석의 시를 중심으
        로」, 고려대학교 박사학위논문, 1985.

이동순, 「무너진 시대의 모국어와 공동체 의식―백석 시의 합일지향적 성
　　　격」,『백민 전재호 박사 화갑기념 (국어학)논총』, 형설출판사, 1985.
이숭원, 「풍속의 시화와 눌변의 미학―백석론」,『한국 시문학의 비평적
　　　탐구』, 삼지원, 1985.
장영수, 「백석 시의 구조연구」,『국어교육』61·62 합집, 한국국어교육연
　　　구회, 1985.
김미수, 「한국현대시에서 방언쓰임새의 연구」, 인하대학교 석사학위논문,
　　　1987.
김영배, 「백석 시의 방언에 대하여」,『한실 이상보 박사 화갑기념 논총』,
　　　형설출판사, 1987.
김정순, 「백석 시 시어 연구」, 경남대 석사논문, 1987.
박혜숙, 「현대 한국 민요시의 전개양상연구」, 건국대학교 박사학위논문,
　　　1987.
성민협,『우리시대의 문학 6』, 문학과지성사, 1987.
이동순,『백석시전집』, 창작과비평사, 1987.
＿＿＿, 「민족시인 백석의 주체적 시정신」,『백석시전집』, 창작과비평사,
　　　1987.
장영수, 「백석시집 '사슴'에 대한 한 소고」,『논문집』28집, 한국국어교육
　　　연구회, 1987.
＿＿＿, 「백석시의 구조연구」,『국어교육』61·62 합집, 한국국어교육연
　　　구회, 1987.
최동호, 「산수시의 세계와 은일의 정신」,『불확정시대의 문학』, 문학과지
　　　성사, 1987.
최두석, 「백석의 시세계와 창작방법」,『우리시대의 문학』6집, 문학과지성
　　　사, 1987. 6.

고형진, 「서사적 요소의 시적 수용: 백석과 신경림을 중심으로」,『한국어

문교육』 3집, 고려대학교 국어교육학회, 1988. 8.

______, 「체험의 설화적 시화―백석과 신령림을 중심으로」, 『예술원논문집』, 1988.

김명인, 「매몰된 문학(사)의 제자리 찾기, 백석 시 전집을 읽고」, 『창작과 비평』 복간호, 1988. 봄.

______, 『한국근대시의 구조 연구』, 한샘, 1988.

김자야, 이동순 기록, 「백석, 내 가슴 (속)에 지워지지 않는 이름, 자야 여사의 회고」, 『창작과 비평』 복간호, 1988. 봄.

김학동, 『가즈랑집 할머니』, 새문사, 1988.

______, 「원초적 삶의 모습과 서정」, 『가즈랑집 할머니』, 새문사, 1988.

김헌선, 「한국시가의 엮음과 백석시의 변용」, 『한국현대시인연구』, 신아, 1988.

류택순, 「백석론」, 『말과 글』 1집, 충북대학교 국어국문학과, 1988.

박태일, 「김광균과 백석 시에 나타난 친족 체험」, 『경남어문논집』 1집, 경남대학교 국어국문학과, 1988. 12.

석인해, 『한국해금문학전집』, 삼성출판사, 1988.

신범순, 「백석의 공동체적 신화와 유랑의 의미」, 『분단시대』 4집, 학민사, 1988.

유문동, 『역사의 어느 구석 이름 없는 별이 되어』, 문예출판사, 1988.

윤주은, 「백석시의 '여우난골족' 작품 분석」, 『석하전영철박사 화갑기념 국문학논총』, 효성여자대학교 출판부, 1988.

윤지관, 「순수시와 정치적 무의식―정지용과 백석」, 『외국문학』 17호, 1988.

이동순, 「백석, 내 가슴속에 지워지지 않는 이름―자야여사의 회고」, 『창작과비평』, 1988년 봄.

______, 「일제시대 저항시가의 정신사적 연구」, 경북대학교 대학원 박사학위논문, 1988.

이민연, 「백석 시 연구」, 『전농어문연구』 1, 서울시립대학교 문리과대학국어국문학과, 1988. 12.

이상경, 「온전한 문학사를 위하여」, 『실천문학』, 실천문학사, 1998년 봄.

이숭원, 「백석시의 전개와 그 정신사적 의미」, 『시문학(선청어문)』 16·17 합집, 서울대학교사범대학국어교육과, 1988. 8.

이은봉, 「백석시의 표현방법에 대한 일고찰」, 『숭실어문』 5집, 숭실어문연구회, 1988.

이정숙, 「1930년대 한국 현대시의 한 방향: 전통과 서구의 접합이라는 측면에서」, 『한성어문학』 7, 한성대학교 국어국문학과, 1988. 5.

김계진, 「백석 시 연구―고향의식의 시적 변이양상을 중심으로」, 강원대학교 석사학위논문, 1989.

김영민, 「백석시의 특질 연구」, 『현대문학』 411, 현대문학, 1989. 3.

김재홍, 「민족적 삶의 원형성과 운명애의 진실미―백석; 월북·실종시인 연구 8」, 『한국문학』 192호, 1989. 10.

김학동, 「백석 시와 속신적 삶의 세계」, 『성기열박사화갑기념논총』, 1989.

박태일, 「백석 시와 구체성의 미학」, 『경남어문논집』 2집, 경남대학교 국어국문학과, 1989. 12.

박혜숙, 「확대된 시어와 한국인의 삶, 백석 시의 고찰」, 『대유학보(대유공전)』 67호, 1989. 12.

송창섭, 「임화와 백석론」, 『북한』, 북한연구소, 1989.

신연우, 「시조시의 전통과 백석시의 위상」, 『열상고전연구』 2집, 열상고전연구회, 1989.

이대규, 「백석의 시세계」, 『한국언어문학』 27집, 형설출판사, 1989. 5.

이동순, 「50년 만에 되살린 백석의 호흡」, 『동아일보』, 1989. 12. 26.

이승호, 「백석 시 연구」, 『어문학보』 12집, 강원대 국문과, 1989.

이승훈, 「해금시 자세히 읽기(2)―백석」, 『현대시학』, 1989. 7.

이준관, 「한국현대시의 동심의식 연구―신석정·장만영·백석의 시를 중심으로」, 고려대학교 석사학위논문, 1989.

정효구, 「백석시의 정신과 방법」,『한국학보』57호, 일지사, 1989. 12.

최진송, 「시에 있어서의 현실문제」,『국어국문학』9호, 동아대 국문과,
    1989.

황용현, 「백석 시 연구」, 성균관대학교 석사학위논문, 1989.

김열규, 「신화와 소년이 만나서 일군 민속시의 세계」,『1930년대 민족문
    학의 인식』, 한길사, 1990.

김윤식, 「백석론－허무의 늪 건너기」,『우리 소설을 위한 변명』, 고려원,
    1990.

김은자, 「백석시 연구: 고향상실과 비극적 삶의 인식」,『논문집』8, 한림대
    학교, 1990.

김중모, 「백석시 연구」, 전주우석대학교 석사학위논문, 1990.

김학동,『백석전집』, 새문사, 1990.

＿＿＿, 「백석연구」,『백석전집』, 새문사, 1990.

박종석, 「백석시의 문체론적 고찰」,『국어국문학』10집, 동아대학교 국어
    국문학과, 1990. 12.

박 철, 「고향으로 간 쓸쓸한 사생－백석시 연구」,『도솔어문』, 단국대 국
    문과, 1990.

송하선, 「백석의 '사슴'과 미당의 '질마재신화' 대비고」,『한국언어문학』
    28집, 형설출판사, 1990. 5.

안정님, 「백석시 연구: 시어에 나타난 이미지를 중심으로」,『홍익어문』9
    집, 홍익대학교 사범대학 국어교육학과, 1990. 1.

유재천, 「백석시 연구」,『해강 이선영 교수 화갑기념 논문간행위원회 편,
    1930년대 민족문학의 인식』, 한길사, 1990.

이기철, 「체념의 시학: 백석의 남신의주 유동 박시봉방」,『문학과 비평』
    14, 문학과비평사, 1990. 6.

이동순, 「내 고보시절의 은사 백석 선생; 함흥 영생고보 제자 김희모 씨의
    회고」,『현대시』, 1990.

이준관, 「한국 현대시의 동심의식 연구－신석정, 장만영, 백석의 시를 중심으로」, 고려대학교 교육대학원 석사학위논문, 1990.

정효구, 「진솔한 삶의 공간: 백석 연구」, 『현대시』 1.5, 한국문연, 1990. 5.

차주연, 「백석의 시세계 연구」, 연세대학교 석사학위논문, 1990.

최종금, 「백석시에 나타난 민족의식에 관한 연구」, 한국교원대학교 석사학위논문, 1990.

고명수, 「백석 시의 문체론적 고찰」, 『목멱어문』, 동국대 국어교육과, 1991. 3.

고종석, 「30년대 민족현실 시적 형상화 탁월－백석(발굴 현대사의 인물)」, 『한겨레신문』, 1991. 10. 11.

고형진, 「1920~30년대 시의 서사지향성과 시적 구조」, 고려대학교 박사학위논문, 1991.

김용직, 「동시대의 눈길과 시적 진실－백석론」, 『시와 시학』 3호, 1991. 가을.

＿＿＿, 「토속성과 모더니티－백석론」, 『한국현대시해석비판』, 시와시학사, 1991.

김정순, 「백석 시 시어 연구」, 경남대학교 석사학위논문, 1991.

김형필, 「식민지 시대의 시정신 연구－백석」, 『우리 어문학 연구』 3집, 한국외국어대학교 사범대학 한국어교육과, 1991. 8.

문호성, 「백석시 연구」, 전남대학교 석사학위논문, 1991.

박귀례, 「백석 시 연구」, 『성신어문학』 4호, 성신어문학연구회, 1991. 9.

박덕은, 「백석의 작품세계」, 『해금작가작품론』, 새문사, 1991.

박태일, 「한국 근(현)대시의 공간현상학적 연구－백석·윤동주·이육사·김광균을 중심으로」, 부산대학교 박사학위논문, 1991.

송하선, 「백석의 '사슴'과 미당의 '질마재신화' 대비고」, 『한국시문학』 5집, 한국시문학회, 1991.

신혜란, 「백석론」, 『한성어문학』 10집, 한성대 국문과, 1991.

양혜경, 「백석 시 연구」, 동아대학교 석사학위논문, 1991.

우점복, 「한국 근대 기행시 연구: 이은상, 임학수, 백석을 중심으로」, 경남
　　　　대학교 석사학위논문, 1991.

윤석우, 「백석 시 연구」, 목포대학교 석사학위논문, 1991.

윤여탁, 「1930년대 후반의 서술시 연구: 백석과 안용만을 중심으로」, 『선
　　　　청어문』 19집, 서울대학교 사범대학 국어교육과, 1991. 12.

이동순, 「백석 시의 민족문학적 의의－백석론」, 『멧새소리』, 미래사, 1991.

이병학, 「백석시 연구」, 한양대학교 석사학위논문, 1991.

이욱성, 「백석시의 전통계승 양상」, 경기대학교 석사학위논문, 1991.

이은찬, 「1930년대 후반 한국 현실주의 시의 내면화 과정 연구」, 서울대
　　　　석사논문, 1991.

이임순, 「백석 시의 인물유형연구」, 충북대학교 석사학위논문, 1991.

이충렬, 「북의 작가를 찾아서 2」, 『한겨레신문』, 1991. 12. 19.

이형기, 「내가 시를 쓰는 과정」, 『현대시』 2.8, 한국문연, 1991. 8.

정효구, 『광야의 시학, 백석 시의 정신과 방법』, 열음사, 1991.

차주연, 「백석의 시세계 연구」, 연세대학교 석사학위논문, 1991.

채현주, 「백석 시에 나타난 집에 관한 연구」, 경상대학교 석사학위논문,
　　　　1991.

천기수, 「백석시에 나타난 작가의식 연구－오장환과의 대비를 중심으로」,
　　　　경북대학교 석사학위논문, 1991.

최양옥, 「백석시에 나타난 ‘집’에 관한 연구」, 경상대학교 석사학위논문,
　　　　1991.

한수영, 「백석 시 연구」, 이화여자대학교 석사학위논문, 1991.

고종석, 「샛별같은 모국어에 실린 민족현실」, 『발굴 현대사 인물』 3, 한겨
　　　　레신문사, 1992.

김명인, 「1930년대 시의 서사지향성」, 『경기교육논총』 2호, 경기대학교 교

육대학원, 1992. 12.

김영경, 「백석시 연구―식민지 현실과 그 시적 형상화를 중심으로」, 인하
　　　대학교 석사학위논문, 1992.

김정순, 「백석 시 시어 연구」, 경남대학교 석사학위논문, 1992.

김주언, 「백석 시 연구」, 단국대학교 석사학위논문, 1992.

박호영, 「백석과 윤동주 시의 비교연구」, 한국외국어대학교 석사학위논문,
　　　1992.

박혜숙, 「백석 시 연구」, 『논문집』 14, 대유공업전문대학, 1992. 12.

서범석, 「농민시인론서설」, 『한국현대문학의 이해』, 서광학술자료사, 1992.

오명숙, 「백석시 연구」, 인하대학교 석사학위논문, 1992.

원재길, 「세상과 산골―백석『나와 나타샤와 흰 당나귀』」, 『동양소식』,
　　　1992.

이병학, 「백석시 연구」, 한양대학교 석사학위논문, 1992.

이은봉, 『백석 시의 ‘모더니즘’ 연구』, 『한남어문학』 17·18, 한남대학교 국
　　　어국문학회, 1992. 9.

─────, 「1930년대 후기시의 현실인식 연구」, 숭실대학교 박사학위논문,
　　　1992.

이임순, 「백석시의 인물유형 연구」, 충북대학교 석사학위논문, 1992.

이주형, 「백석시 연구」, 건국대학교 석사학위논문, 1992.

이희경, 「백석 시에 나타난 고향 모티프 연구」, 『현대문학이론연구』 1, 현
　　　대문학이론학회, 1992.

장정렬, 「백석과 이용악 시의 공간 연구」, 한남대학교 석사학위논문, 1992.

장정렬, 「백석 시의 공간에 대한 고찰」, 『한남어문학』 17·18, 한남대학교
　　　국어국문학회, 1992. 9.

정정교, 「소월과 백석 시의 향토성 비교연구」, 건국대학교 교육대학원 석
　　　사학위논문, 1992.

최학출, 「백석 시와 그 가능성」, 『울산어문논집』 8집, 울산대학교 국어국

문학과, 1992. 2.

한정호, 「한국 현대시에 나타난 가족의식 연구」, 경남대학교 대학원 석사
학위논문, 1992.

황종연, 「한국문학의 근대와 반근대-1930년대 후반기 문학의 전통주의
연구」, 동국대 박사논문, 1992.

고명수, 「백석시의 문체론적 고찰」, 『목멱어문』 5집, 동국대학교 국어교육
과, 1993.

곽봉재, 「김소월, 백석 시의 비교 연구」, 경희대학교 석사학위논문, 1993.

김미경, 「백석 시 연구-시적 욕망의 전이과정을 중심으로」, 서울대학교
석사학위논문, 1993.

김병택, 「백석시의 특질에 관한 고찰」, 『어문연구』 24집, 어문연구회, 1993.
10.

김수영, 「백석시 연구」, 경상대학교 석사학위논문, 1993.

김요안, 「백석시 연구」, 한양대학교 석사학위논문, 1993.

김춘수, 「산문시와 이야기시의 전개 양상」, 『월간 현대시』, 1993. 7.

박근배, 「일제강점기 만주체험의 시적 수용: 이용악, 유치환, 백석 시를 중
심으로」, 『경남어문』 26, 경남어문학회, 1993. 1.

박근배, 「일제강점기 만주체험의 시적 수용」, 경남대학교 교육대학원 석
사학위논문, 1993.

방연정, 「백석 시의 인물들과 삶의 의미에 관한 연구」, 연세대학교 교육대
학원 석사학위논문, 1993.

윤혜숙, 「백석시 연구」, 조선대학교 교육대학원 석사학위논문, 1993.

이경수, 「백석시 연구-화자 유형을 중심으로」, 고려대학교 석사학위논문,
1993.

이명희, 「1930년대 시에 나타난 '고향의식' 연구, 해금시인을 중심으로」,
건국대학교 대학원 석사학위논문, 1993.

이숭원, 「백석시의 전개와 그 정신사적 의미」, 『한국현대시인론』, 개문사,

1993.

______, 「백석시의 절망과 희망」,『현대시와 삶의 지평』, 시와 시학사, 1993.

이영섭, 「한국 현대시의 모더니즘 수용 양상: 30년대 모더니즘 시를 중심으로」,『인문논총』2, 경원대학교 인문과학연구소, 1993. 12.

이은봉,『한국현대시의 현실인식』, 국학자료원, 1993.

임성조, 「백석 시의 한 이해－형상화 방법과 禪美에 관하여」,『국어국문학』110, 국어국문학회, 1993. 12.

임형섭, 「백석 시 연구」, 건국대학교 교육대학원 석사학위논문, 1993.

최경렬, 「백석 시의 공간 인식」,『인천어문학』9집, 인천대학교 국어국문학과, 1993.

최양옥, 「백석 시 연구」,『배달말』18, 배달말학회, 1993. 12.

최정숙, 「백석 시 연구」, 숙명여대 석사논문, 1993.

강말례, 「1930년대 시에 나타난 고향의식 연구」, 부산외국어대학교 교육대학원 석사학위논문, 1994.

고완수, 「백석시 연구: 시의 형태, 의미구조분석을 중심으로」, 한남대학교 석사학위논문, 1994.

김수영, 「백석 시에 관한 연구」, 경상대학교 석사학위논문, 1994.

김순옥, 「이용악, 백석의 시 의식 대비연구」, 동아대학교 교육대학원 석사학위논문, 1994.

김은경, 「백석 시 연구」, 국민대 석사논문, 1994.

송 준,『남신의주 유동 박시봉방: 세계 최고의 시인 백석 일대기(1, 2)』, 지나, 1994.

유경아, 「백석시 연구」, 효성여자대학교 석사학위논문, 1994.

윤병화, 「백석의 시적 인식에 관한 연구」,『청람어문학』12, 청람어문학회, 1994. 7.

이명례, 「백석 시의 서사성 연구」,『어문논총』10, 청주대학교, 1994.

최정숙, 「백석시 연구」, 숙명여자대학교 석사학위논문, 1994.

허병두, 「백석과 이용악의 시적 상상력 연구」, 서강대학교 석사학위논문, 1994.

고형진, 『한국현대시의 서사지향성 연구』, 시와시학사, 1995.

김병택, 「백석 시의 특질에 대한 고찰」, 『한국현대시인론』, 국학자료원, 1995.

김은영, 「백석 시 연구」, 국민대학교 석사학위논문, 1995.

김자야, 『내 사랑 백석: 김자야 에세이』, 문학동네, 1995.

김점용, 「백석 시의 내면 의식 연구」, 서울시립대학교 석사학위논문, 1995.

박경희, 「백석과 오장환 시의 비교 연구」, 서강대학교 석사학위논문, 1995.

박혜숙, 『백석: 우리 문화의 원형탐구와 떠돌이 삶』, 건국대학교출판부, 1995.

송 준, 『백석시 전집』, 학영사, 1995.

양근옥, 「백석 시의 분석적 연구」, 명지대학교 석사학위논문, 1995.

윤병화, 「백석 시의 현실인(의)식에 관한 연구」, 한국교원대학교 석사학위논문, 1995.

윤여탁, 「백석과 안용만의 서술시」, 『시의 논리와 서정시의 역사』, 태학사, 1995.

이수남, 「한국현대 서술시의 특성연구: 임화, 박세영, 백석, 이용악의 시를 중심으로」, 부산외국어대학교 석사학위논문, 1995.

이 탄, 「백석론」, 『한국의 대표시인론』, 문학아카데미, 1995.

장부일, 「백석 시 연구」, 『논문집』 20집, 한국방송통신대학교, 1995. 8.

정구향, 「한국 현대시에 나타난 토속 세계」, 『새국어교육』 51, 한국국어교육학회, 1995.

조재영, 「백석 시 연구」, 창원대학교 석사학위논문, 1995.

최두석, 「한국현대리얼리즘시연구: 임화 오장환 백석 이용악의 시를 중심으로」, 서울대학교 박사학위논문, 1995.

최승호, 『한국현대시와 동양적 생명사상』, 다운샘, 1995.

최학출, 「1930년대 한국 모더니즘시의 근대성과 주체의 욕망체계에 대한
　　　연구」, 서강대학교 석사학위논문, 1995.

한계전, 「1930년대 시에 나타난 고향 이미지에 관한 연구」, 『한국문화』 16
　　　호, 서울대학교 한국문화연구소, 1995. 12.

한이각, 「백석 시에 나타난 민속과 무속의 세계」, 『태릉어문연구』 5 · 6,
　　　서울여자대학 국어국문학회, 1995. 2.

고형진 편, 『백석』, 새미, 1996.

김규영, 「백석의 시 연구: 시에 나타난 존재의식을 중심으로」, 강원대학교
　　　교육대학원 석사학위논문, 1996.

김은자, 「생명의 시학―백석 시에 나타난 동물상징을 중심으로」, 『백석』,
　　　새미, 1996.

김창주 · 박창원, 「백석 시 연구」, 『산업개발연구』 4집, 공주대학교 산업개
　　　발연구소, 1996.

김형필, 「식민지시대의 시정신 연구: 김영랑」, 『한국어문학연구』 7집, 한
　　　국외국어대학교 한국어문학연구회, 1996.

남창원, 「백석 시 연구」, 『산업개발연구』, 1996.

박민영, 「백석 시 연구」, 『한국언어문학』 37집, 형설출판사, 1996. 12.

박상순, 「백석 시에 나타난 패배의식 연구」, 영남대학교 석사학위논문,
　　　1996.

박상준, 「1930년대 시에 나타난 〈고향의식〉의 시간과 공간 연구」, 건국대
　　　학교 석사학위논문, 1996.

박수연, 「백석의 사슴에 나타난 모더니티 연구」, 『어문연구』 28집, 어문연
　　　구회, 1996. 12.

박태일, 「백석시의 공간현상학」, 『백석』, 고형진 편, 새미, 1996.

박혜숙, 『백석』, 건국대학교출판부, 1996.

서범석, 「백석의 풍속사적 농민시」, 『문학과 의식』 34, 문학과의식사, 1996.
　　　10.

이동순, 『여우난골족』, 솔, 1996.

______, 「백석 시의 영향과 후배 시인들의 시」, 『여우난골족』, 솔, 1996.

______, 「문학사의 영향론을 통해서 본 백석의 시」, 『인문연구』 31, 영남대학교 인문과학연구소, 1996. 8.

이삼남, 「백석 시의 문체 분석」, 세종대학교 석사학위논문, 1996.

이숭원, 「백석 시와 평화의 시선」, 『한국현대시감상론』, 집문당, 1996.

이용인, 「백석 시 연구」, 한림대학교 석사학위논문, 1996.

이혜원, 「백석 시의 신화적 의미」, 『어문논집』 35집, 고려대학교 국문학연구회, 1996. 12.

장도준, 「백석 시의 화자와 표현 기법에 관한 연구」, 『어문학』 58, 한국어문학회, 1996.

정효구, 『백석: 백석 시전집·소설집, 백석 평전·연구자료집』, 문학세계사, 1996.

주여진, 「백석 시 연구」, 전남대학교 석사학위논문, 1996.

차한수, 「백석 시의 시간·공간성 고찰」, 『동아어문논집』, 동남어문학회, 1996.

최 상, 「한국 현대시에 투영된 유년기 체험의 시적특질에 관한 연구: 윤동주, 정지용, 백석을 중심으로」, 원광대학교 석사학위논문, 1996.

하희정, 「여인과 운명과 고독과: 백석론」, 『선청어문』 24집, 서울대학교 국어교육과, 1996.

김도희, 「1930년대 시의 공간 연구」, 『새얼어문논집』 10, 동의대학교 국어국문학과 새얼어문학회, 1997.

김수기, 「1930년대 단편서사시 연구」, 건국대학교 교육대학원 석사학위논문, 1997.

김승구, 「백석 시의 낭만성 연구」, 서울대학교 석사학위논문, 1997.

김영민, 「백석 시에 나타난 내면의식 연구」, 국민대학교 석사학위논문, 1997.

김은경, 「고등학교 시교육의 방법과 해석모형」, 이화여자대학교 교육대학
　　　　원 석사학위논문, 1997.

김재복, 「백석 시 연구」, 강릉대학교 석사학위논문, 1997.

김재용, 『백석전집』, 실천문학사, 1997.

남기택, 「백석 문학 연구」, 충남대학교 석사학위논문, 1997.

문호성, 「백석시의 언술 특성」, 『한국언어문학』 38집, 한국언어문학회,
　　　　1997. 6.

민혜영, 「백석 시 연구」, 성신여자대학교 석사학위논문, 1997.

박경순, 「백석 시 연구―'이야기시'적 특성을 중심으로」, 인하대학교 석사
　　　　학위논문, 1997.

박태일, 『하늘에서 빛날 겨레시의 보석상자』, 동보서적, 1997.

방연정, 「1930년대 시언어의 표현방법―백석 이용악 이찬의 시를 중심으
　　　　로」, 『개신어문연구』 14, 개신어문학회, 1997. 12.

방연정, 「1930년대 시적 공간의 현실적 의미」, 『현대문학이론연구』 7, 현
　　　　대문학이론학회, 1997.

백석원, 「현대국어 공간지각어의 의미 연구」, 국민대학교 석사학위논문,
　　　　1997.

서지영, 「백석 시 연구」, 『한국서정문학론』, 태학사, 1997.

심재휘, 「1930년대 후반기 시 연구」, 고려대 석사논문, 1997.

오세영, 「백석의 수라」, 『현대시』 8.1, 한국문연, 1997. 1.

윤영태, 「백석 시 연구」, 국민대학교 석사학위논문, 1997.

이동순 평, 「분단의 그늘에서 복권된 시인 백석, 백석 저 〈서평〉」, 『당대
　　　　비평』 2, (주)당대, 1997. 12.

＿＿＿＿, 「보다 완전한 정본을 기다리며」, 『당대비평』 겨울, 당대비평사,
　　　　1997.

정경은, 「백석시집 사슴의 설화성 고찰: 인물 유형을 중심으로」, 『태릉어
　　　　문연구』 7, 서울여자대학 국어국문학회, 1997. 2.

정은희, 「백석 시 연구」, 중앙대학교 석사학위논문, 1997.

김광진, 「1930년대 후기시의 이미지연구: 백석, 이용악, 오장환을 중심으로」, 경원대학교 석사학위논문, 1998.

김수복, 「백석 시의 '산'의 공간 인식」, 『단국대학교논문집』 33, 단국대학교, 1998. 12.

김신정, 「시어의 혁신과 현대시의 의미」, 『1930년대 후반문학의 근대성과 자기 성찰』, 깊은샘, 1998.

김종태, 「백석 시의 세계 대응 양상 연구」, 『어문논집』 38집, 고려대학교 안암어문학회, 1998. 8.

김태욱, 「백석 시세계 연구」, 연세대학교 석사학위논문, 1998.

류경동, 「잃어버린 시간의 복원과 허무의식」, 『1930년대 후반문학의 근대성과 자기성찰』, 상어문학회, 깊은샘, 1998.

문인선, 「백석 시 연구」, 경성대학교 석사학위논문, 1998.

박건명, 「1930년대 시에 나타난 산 이미저리의 의미층위연구」, 건국대학교 석사학위논문, 1998.

박미서, 「백석 시 연구」, 동국대학교 석사학위논문, 1998.

박정호, 「전통의 시화 및 시적 전통: 백석 시의 전통성 고찰」, 『한국어문학연구』 9집, 한국외국어대학교 한국어문학연구회, 1998. 12.

박혜숙, 「백석시의 엮음구조와 사설시조와의 관계」, 『중원인문논총』 18, 건국대학교부설중원인문연구소, 1998. 12.

방연정, 「1930년대 시에 나타난 북방정서: 백석·이용악·이찬의 시를 중심으로」, 『개신어문연구』 15, 개신어문학회, 1998.12.

서정학, 「백석의 시세계 고찰」, 『어문연구』 30집, 어문연구학회, 1998. 12.

송광호, 「백석 시 연구」, 강남대학교 석사학위논문, 1998.

송준헌, 「백석 시 연구」, 서강대학교 석사학위논문, 1998.

송하선, 「백석의 사슴과 미당의 질마재 신화 대비고」, 『우석어문』 8, 우석대학교 국어국문학연구회, 1998.

신경림,『시인을 찾아서』, 우리교육, 1998.

신기훈,「백석의 동화시 연구」,『문학과 언어』20집, 문학과 언어연구회,
1998.

신범순,「현대시에서 전통적 정신의 존재형식과 그 의미」,『국어교육』96,
한국국어교육연구회, 1998. 2.

신익호,「백석론」,『국어교육』97호, 한국국어교육연구회, 1998. 6.

윤석우,「백석 시 여우난곬 족의 담화 특성 연구」,『목포어문학』1, 목포
대학교 국어국문학과, 1998. 7.

윤석우,「한국 현대 서술시의 담화 특성 연구」, 조선대학교 박사학위논문,
1998.

이숭원,「백석 시의 화자와 어조 연구」,『한국시학연구』제 1호, 한국시학
회, 1998.

이형선,「백석 시의 공간현상학적 연구」, 동국대학교 석사학위논문, 1998.

정이진,「백석 시의 특성과 그 영향」, 인제대학교 석사학위논문, 1998.

조효순,「백석 시 연구」, 한양대학교 석사학위논문, 1998.

차승호,「백석의 서술시 연구」, 부산외국어대학교 석사학위논문, 1998.

최종금,「1930년대 한국시의 고향의식 연구」, 한국교원대학교 박사학위논
문, 1998.

홍숙희,「노천명과 백석 시에 나타난 고향의식 비교 연구」, 강릉대학교 석
사학위논문, 1998.

강미경,「백석의 통영 시 연구」,『지역문학연구』5호, 경남지역문학회,
1999.

강영재,「백석의 주체적 시세계 연구」,『청람어문학』21집, 청람어문학회,
1999. 3.

강영재,「백석시의 전통성과 현대성 연구」, 한국교원대학교 석사학위논문,
1999.

강지영,「1930년대 후반기 현실주의 시 연구」, 경희대학교 석사학위논문,

1999.

고정원, 「1930년대 자유시의 산문지향성 연구: 김기림, 정지용, 백석의 시를 중심으로」, 경북대학교 석사학위논문, 1999.

곽봉재, 「백석 문학 연구」, 경희대학교 박사학위논문, 1999.

곽봉재, 「백석 시의 이미지 연구」, 『국어국문학』 124호, 국어국문학회, 1999. 5.

김수복, 「백석 시의 집의 공간 인식」, 『논문집』 34집, 단국대학교 인문사회과학편, 1999.

김영익, 「백석 시문학 연구」, 충남대학교 박사학위논문, 1999.

김은영, 「백석의 사슴과 미당의 질마재신화 대비 연구」, 서강대학교 석사학위논문, 1999.

김진영, 「백석 시 연구」, 성신여자대학교 석사학위논문, 1999.

김혜옥, 「백석 시의 '모성회귀'에 관한 연구」, 관동대학교 석사학위논문, 1999.

나희덕, 「아조 할 수 없이 되면 고향을 생각한다」, 『녹색 평론』 47, 녹색평론사, 1999. 8.

문호성, 「백석.이용악 시의 텍스트성 연구」, 전남대학교 박사학위논문, 1999.

박건명, 「백석 시 연구」, 『건국어문학』 23 · 24 합집, 건국대학교 국어국문학연구회, 1999. 3.

박순희, 「백석 시 연구」, 부산대학교 석사학위논문, 1999.

박윤우, 「백석 시에 있어서 고향의식과 근대성의 관계 양상 연구」, 『국제어문』 20집, 서경대학교 출판부, 1999. 7.

박주택, 「백석 시 연구」, 경희대학교 박사학위논문, 1999.

박지영, 「백석 시 연구」, 숙명여자대학교 석사학위논문, 1999.

박태일, 「백석과 신현중, 그리고 경남문학」, 『지역문학연구』 4, 경남지역문학회, 1999. 4.

박현미, 「백석 시 연구」, 충남대학교 석사학위논문, 1999.

박혜숙, 「백석의 번역시집 이싸꼽쓰끼 시초」, 『시문학』 334, 시문학사, 1999. 5.

백성진, 「백석 시 연구」, 경희대학교 석사학위논문, 1999.

서지영, 「한국현대시의 산문성 연구: 오장환, 임화, 백석, 이용악, 이상 시를 대상으로」, 서강대학교 박사학위논문, 1999.

양훈석, 「백석 시 연구」, 한남대학교 석사학위논문, 1999.

유종호, 「서정적 진실의 실종: 시 비평과 연구와 교육에 부쳐」, 『창작과비평』 104, 창작과비평사, 1999. 6.

유지현, 「'집'의 공간 시학과 1920~1930년대 시인들의 상실의식 고찰」, 『논문집』 31집, 한경대학교, 1999. 6.

이동순, 「시인 백석과 그의 정신적 스승 이시카와 다쿠보쿠」, 『월간조선』 229, 조선일보사, 1999. 4.

_____, 「세기말에 보내오는 백석 시의 메시지―회복의 정신을 중심으로」, 『실천문학』, 1999년 겨울.

이숭원, 「백석 시의 화자와 어조 연구」, 『한국시학연구』, 한국시문학회, 1999.

장경호, 「백석 시 연구」, 전북대학교 석사학위논문, 1999.

정삼조, 「나라잃은 시대 시에 나타난 현실 대응 방식 연구」, 경상대학교 박사학위논문, 1999.

정유화, 「시적 방법과 근대적 자아의 초상: 백석론」, 『어문연구』 103, 한국어문교육연구회, 1999. 9.

정재형, 「백석 시의 시어 연구」, 고려대학교 석사학위논문, 1999.

조영복, 「백석 시의 언어와 정치적 담론의 소통성」, 『한국현대시와 언어의 풍경』, 태학사, 1999.

허금녕, 「백석 시의 전통 지향성 연구」, 강원대학교 석사학위논문, 1999.

허영석, 「백석 우화시 연구」, 동아대학교 석사학위논문, 1999.

강외석, 「일제하의 사회 변동과 문학적 대응: 백석의 시와 소설을 중심으로」,『배달말 통권』 26호, 배달말학회, 2000. 6.

김동명, 「백석 시에 내재된 공동체의식」,『사림어문연구』 13, 창원대학교 국어국문학과 사림어문학회, 2000.

김신정, 「시어의 혁신과 현대시의 의미: 김영랑, 정지용, 백석을 중심으로」,『상허학보』 4집, 상어문학회, 2000.

김영익,『백석 시문학 연구』, 충남대학교 출판부, 2000.

남기택, 「백석 시의 현실인식」,『문예시학』 11집, 충남시문학회, 2000. 11.

류경동, 「잃어버린 시간의 복원과 허무의 시의식」,『상허학보』 4집, 상허문학회, 2000. 11.

박민영, 「1930년대 시의 상상력 연구: 정지용, 백석, 윤동주 시의 자기 동일성을 중심으로」, 한림대학교 박사학위논문, 2000.

박상채, 「백석시의 형상화 방법 연구」, 순천대학교 석사학위논문, 2000.

박성현, 「신화, 방언주의, 미적 형식주의: 백석론」,『겨레어문학』 25집, 겨레어문학회, 2000.

박신규, 「백석 시의 주제의식 연구」, 중앙대학교 석사학위논문, 2000.

박태일, 「백석시의 미발굴 번역시 '머리오리'」,『시와 비평』, 불휘, 2000.

방연정, 「1930년대 시의 운율적 긴장과 그 특징의 연구」,『한국어문교육』 9, 한국교원대학교 한국어문교육연구소, 2000. 2.

_____, 「1930년대 후반 시의 표현방법과 구조적 특성 연구: 백석, 이용악, 이찬의 시를 중심으로」, 한국교원대학교 박사학위논문, 2000.

서경숙, 「백석 시의 언어미학과 의식세계 연구」, 중앙대학교 석사학위논문, 2000.

손진은, 「시적 영향관계와 재문맥화」,『어문학』 71집, 한국어문학회, 2000. 10.

이명찬,『1930년대 한국시의 근대성』, 소명출판, 2000.

이미경, 「백석 시 연구」, 충남대학교 석사학위논문, 2000.

장향선, 「백석 시에 나타난 비극성 연구」, 경희대학교 석사학위논문, 2000.

전봉관, 「백석 시의 방언과 그 미학적 의미」, 『한국학보』 98, 일지사, 2000. 3.

정진희, 「백석 시 연구」, 성신여자대학교 석사학위논문, 2000.

정희연, 「백석시 연구」, 건국대학교 석사학위논문, 2000.

최경숙, 「한국근대시의 전통지향성 연구」, 건국대학교 석사학위논문, 2000.

최혜진, 「백석 시의 전통지향성 연구」, 울산대학교 석사학위논문, 2000.

한경연, 「백석시 제재의 유형별 연구」, 원광대학교 석사학위논문, 2000.

고운기, 「백석의 수라와 그 주변: 사설시조에서 유래하는 근대시의 한 유형에 대하여」, 『현대문학의 연구』 17집, 새미, 2001. 8.

김대현, 「백석 시 연구」, 안동대학교 석사학위논문, 2001.

김동명, 「백석 시에 내재된 공동체의식 연구」, 창원대학교 석사학위논문, 2001.

김병호, 「한국근대시인연구−주제의식을 중심으로」, 중앙대학교 박사학위논문, 2001.

김영교, 「백석시의 정신분석학적 연구」, 건국대학교 석사학위논문, 2001.

______, 「백석시의 정신분석학적 연구」, 『교육논총』 2집, 건국대학교충주 캠퍼스 교육대학원, 2001. 8.

김은정, 「백석 시 연구」, 『한국언어문학』 46집, 한국언어문학회, 2001. 5.

김은진, 「백석 시어를 통해 본 다원적인 삶의 기획」, 동국대학교 석사학위논문, 2001.

김인선, 「백석 시 연구」, 전북대학교 석사학위논문, 2001.

김창균, 「백석 시 연구」, 강원대학교 석사학위논문, 2001.

김창수, 「한국 근대시에 나타난 집 이미지 연구」, 고려대학교 박사학위논문, 2001.

남기택, 「백석과 아쿠타가와」, 『어문연구』 37집, 어문연구학회, 2001. 12.

동시영, 「백석 시의 구성과 기법에 관한 기호학적 분석」, 『동악어문논집』 36집, 동악어문학회, 2001.

문덕수, 『한국현대 시인연구』, 푸른사상사, 2001.

박민영, 「1930년대 시의 상상력 연구」, 한림대학교 박사학위논문, 2001.

박설웅, 「한국 현대 서술시의 전개과정연구―카프와 민중시를 중심으로」, 건국대학교 석사학위논문, 2001.

박정희, 「백석시의 신화의식 연구」, 『논문집』 24, 한양여자대학, 2001. 2.

박죽심, 「백석 시의 낭만성 연구」, 중앙대학교 석사학위논문, 2001.

박태일, 「백석의 미발굴 시 병아리 싸움 변증」, 『한국문학논총』 28집, 한국문학회, 2001. 6.

여희정, 「백석 시문학 연구」, 연세대학교 교육대학원 석사학위논문, 2001.

윤지영, 「백석 시에 드러나는 시적 주체의 사유 과정 연구」, 서울대학교 석사학위논문, 2001.

이경수, 「백석 시의 반복 기법 연구」, 『상허학보』 7집, 깊은샘, 2001. 8.

이사천, 「백석 시 연구」, 서남대학교 석사학위논문, 2001.

이숭원, 「백석 시의 난해 시어에 대한 연구」, 『인문논총』 8집, 서울여대 인문과학연구소, 2001. 12.

이정림, 「백석 시의 세계인식 연구」, 동국대학교 석사학위논문, 2001.

이지은, 「백석 동화시 집게네 네형제 연구」, 서울여자대학교 석사학위논문, 2001.

정유화, 「집에 대한 공간체험과 기호론적 의미: 백석론」, 『어문논집』 29집, 중앙어문학회, 2001. 12.

정정순, 「백석의 시 쓰기 방식 연구」, 『국어국문학』 129호, 국어국문학회, 2001. 12.

차호일, 「백석 시의 상상력의 구조」, 『두류국어교육』 2, 두류국어교육학회, 2001. 5.

채규근, 「윤동주와 백석의 고향의식 비교 연구」, 수원대학교 석사학위논문, 2001.

최수원, 「백석 시의 토속성 연구」, 한양대학교 석사학위논문, 2001.

최정례, 「백석 시 연구」, 고려대학교 석사학위논문, 2001.

한경희, 「유랑의 여정을 통해 드러나는 거주의 방식: 백석 기행시를 중심
　　　　으로」, 『안동어문학』 6집, 안동어문학회, 2001. 11.

한명환, 「백석 소설 연구」, 『국어국문학』 128호, 국어국문학회, 2001. 5.

허만욱, 「백석의 시세계와 이미지 고찰」, 『어문논집』 29집, 중앙어문학회,
　　　　2001. 12.

현금자, 「백석 시의 고향 의식 연구」, 안동대학교 석사학위논문, 2001.

강순기, 「이용악 백석 비교 연구」, 연세대학교 석사학위논문, 2002.

강연호, 「백석 시의 미적 형식과 구조 연구」, 『현대문학이론연구』 17, 현
　　　　대문학이론학회, 2002.

강연호, 「유랑의 현실과 정착의 꿈」, 『인문학연구』 3, 원광대학교 인문학
　　　　연구소, 2002.

강외석, 「백석 시의 음식 담론고」, 『배달말 통권』 30호, 배달말학회, 2002. 6.

고형진, 「지용 시와 백석 시의 이미지 비교 연구」, 『현대문학이론연구』
　　　　17, 현대문학이론학회, 2002.

권유성, 「백석 시에 나타난 전통 지향의 양상 연구」, 경북대학교 석사학위
　　　　논문, 2002.

김영철, 「현대시에 나타난 지방어의 시적 기능 연구」, 『우리말글』 25집,
　　　　우리말글학회, 2002.

김종회, 『북한문학의 이해』, 청동거울, 2002.

김해관, 「백석 시의 서정적 근원의식 연구」, 동의대학교 석사학위논문,
　　　　2002.

김혜영, 「백석 시 연구」, 『국어국문학』 131호, 국어국문학회, 2002. 9.

박광수, 「백석 시의 텍스트언어학적 연구」, 동국대학교 석사학위논문, 2002.

박남용, 「한중 근대시의 현실인식과 서사지향성 비교 연구」, 『중국연구』
　　　　30, 한국외국어대학교 외국학종합연구센터 중국연구소, 2002.

박성현, 「1930년대 시의 고향의식 연구」, 『겨레어문학』 29집, 겨레어문학

　　　　회, 2002. 10.

박　찬, 「백석 시 연구」, 동국대학교 석사학위논문, 2002.

신경림, 「백석, 눈을 맞고 선 굳고 정한 갈매나무」, 『시인을 찾아서』, 2002.

유성호, 「백석 시의 계보」, 『작가연구』 14호, 깊은샘, 2002. 10.

유종호, 「시원 회귀와 회상의 시학―백석의 시세계 1」, 『다시 읽는 한국시
　　　　인』, 문학동네, 2002.

유지현, 「식민지 시대 시에 나타난 동경과 구원의 시학」, 『논문집』 34집,
　　　　한경대학교, 2002. 12.

이남호 평, 「한국 문학 다시 읽기의 의의와 성과: 다시 읽는 한국 시인, 유
　　　　종호 저 〈서평〉」, 『서평문화』 47집, 한국간행물윤리위원회, 2002.
　　　　가을.

이현승, 「백석 시 연구」, 고려대학교 석사학위논문, 2002.

이혜원, 「백석 시의 동심 지향성과 그 의미」, 『한국문학연구』 3호, 고려대
　　　　학교 민족문화연구원 한국문화연구소, 2002.

이황직, 「근대 한국의 윤리적 개인주의 사상과 문학에 관한 연구」, 연세대
　　　　학교 박사학위논문, 2002.

임재서, 「백석 시의 감각 표현에 나타난 정신사적 의미 고찰: 사슴을 중심
　　　　으로」, 『국어교육』 108호, 한국국어교육연구학회, 2002. 6.

장도준, 「한국 현대시 텍스트의 시적 주체 분열에 대한 연구: 김기림, 이
　　　　상, 백석의 시를 중심으로」, 『배달말통권』 31호, 배달말학회, 2002.
　　　　12.

전봉관, 『1930년대 한국시에 나타난 현대적 죽음의 표상』, 『한국현대문학
　　　　연구』, 월인, 2002.

전영준, 「백석 시 연구」, 연세대학교 석사학위논문, 2002.

조달수, 「백석 시의 소재 연구」, 경주대학교 석사학위논문, 2002.

조용복, 『월북예술가, 오래 잊혀진 그들』, 돌베개, 2002.

차호일, 「백석 시의 상상력의 구조」, 『비평문학』 16호, 한국비평문학회,

2002. 7.

최순배, 「백석 시의 현실 수용양상 연구」, 건국대학교 석사학위논문, 2002.

최정숙, 「한국 현대시의 민속 수용양상 연구」, 경희대학교 박사학위논문, 2002.

최종민, 「시 교육의 방법론 연구: 시 교육 모형을 중심으로」, 고려대학교 석사학위논문, 2002.

한경희, 「한국 현대시에 나타난 시적 자아의 내면 연구」, 한국정신문화연구원 박사학위논문, 2002.

강경화, 「백석 시의 전개와 특질」, 『반교어문연구』 15집, 반교어문학회, 2003. 8.

강영미, 「백석시의 낭만성과 현실성 연구」, 세명대학교 석사학위논문, 2003.

강찬모, 「백석 시 연구」, 청주대학교 석사학위논문, 2003.

고형진, 『현대시의 서사지향성과 미적 구조』, 시와시학사, 2003.

김대환, 「백석 시의 토속성과 그 지도방안 연구」, 부산대학교 석사학위논문, 2003.

김동수, 「한국 현대시 그 주역 100인선」, 『시문학』 제 33권 제 2호 통권 379호, 시문학사, 2003. 2.

김란희, 「백석 시 연구」, 서강대학교 석사학위논문, 2003.

김상철, 「백석의 사슴에 대한 연구」, 『숭실어문』 19집, 숭실어문학회, 2003. 6.

김송영, 「시의 서사적 읽기를 통한 상상력 향상 방안 연구」, 전북대학교 교육대학원 석사학위논문, 2003.

김재용, 『백석전집(증보판)』, 실천문학사, 2003.

김지숙, 「일제 강점기 한국시의 자연에 관한 연구」, 동아대학교 박사학위논문, 2003.

김진희, 「백석 시 연구」, 숙명여자대학교 석사학위논문, 2003.

류지연, 「백석 시의 시간과 공간의식 연구」, 명지대학교 박사학위논문,

2003.

______, 「백석의 공간과 시간인식」, 『교육과학 논문집』 8집, 관동대학교 교육과학연구소, 2003. 12.

마영화, 「백석 시의 공간과 모성 이미지 연구」, 서울시립대학교 석사학위 논문, 2003.

박민영, 『현대시의 상상력과 동일성: 정지용 ·백석 ·윤동주 ·전봉건의 시』, 태학사, 2003.

박주택, 「백석 1912~?: 낙백한 청춘의 초상」, 『시인세계』 통권 제6호, 문학세계사, 2003. 겨울.

박지훈, 「백석 시의 서정성 연구」, 대구대학교 석사학위논문, 2003.

손진은, 「백석 시의 형성과 프랑시스 쟘 시」, 『어문학』 80호, 한국어문학회, 2003. 6.

양문규, 「백석 시 연구」, 명지대학교 박사학위논문, 2003.

양혜경, 「백석 시의 산문적 발화 장르 고찰」, 『비평문학』 17호, 한국비평문학회, 2003. 7.

양희정, 「백석 시 연구」, 고려대학교 석사학위논문, 2003.

오세영, 「백석 시에 있어서의 고향과 그 상징적 등가물」, 『서정시학』, 2003년 겨울.

오양호, 「일제강점기 북방파 시에 나타나는 시의식 고찰 1」, 『한국문학논총』, 2003.

우진용, 「백석 시의 색채이미지 연구」, 건양대학교 석사학위논문, 2003.

유선희, 「백석 시 연구」, 전북대학교 석사학위논문, 2003.

유 준, 「백석 시의 낭만적 특성 연구」, 고려대학교 석사학위논문, 2003.

유지현, 「백석 시에 나타난 자아의식 고찰」, 『현대문학이론연구』 19집, 현대문학이론학회, 2003. 6.

이기성, 「고독이라는 병과 근대의 노스탤지어」, 『민족문학사 연구』 22호, 민족문학사학회 민족문학사연구소, 2003. 6.

이승재, 「백석 시에 나타난 공간기호의 연구」, 명지대학교 석사학위논문, 2003.

이지은, 「백석 시의 층위별 교수-학습 방법 연구」, 부산외국어대학교 석사학위논문, 2003.

임용숙, 「정지용과 백기행의 시의식 비교연구」, 청주대학교 석사학위논문, 2003.

장석주, 「시어의 발생과 그 기원: 윤동주, 김수영, 서정주, 백석의 경우」, 『시와 반시』 제12권 4호 통권 46호, 시와반시사, 2003. 겨울.

정용순, 『국문학연구자료비교논저』, 거산, 2003.

정이진, 「백석 동화서술시 연구」, 인제대학교 석사학위논문, 2003.

정종배, 「백석 시 연구」, 중앙대학교 교육대학원 석사학위논문, 2003.

정진헌, 「백석 아동문학 연구」, 건국대학교 석사학위논문, 2003.

진순애, 「백석 시의 심미적 모더니티」, 『비교문학』 30집, 한국비교문학회, 2003. 2.

진영미, 「백석 시의 낭만성과 현실성 연구」, 세명대학교 석사학위논문, 2003.

채해숙, 「백석의 동화시 연구」, 대구가톨릭대학교 석사학위논문, 2003.

최영원, 「백석 시의 형태적 특질에 대한 일고」, 『숭실어문』 19집, 숭실어문학회, 2003. 6.

최정례, 「백석 시, 자기 응시로서의 관찰과 자아 탐색의 도정」, 『우리어문연구』 20, 우리어문학회, 2003.

최정례, 「정지용과 백석이 수용한 전통의 언어: 시어 선택과 시적 태도를 중심으로」, 『어문논집』 48집, 민족어문학회, 2003. 10.

최정숙, 「한국 현대시의 민속 수용양상 연구」, 경희대학교 박사학위논문, 2003.

하윤희, 「백석 시의 민속 모티프 연구」, 동국대학교 석사학위논문, 2003.

강희숙, 「백석의 시어와 구개음화」, 『한국언어문학』 53집, 한국언어문학회, 2004. 12.

고형진, 「방언의 시적 수용과 미학적 기능」, 『동방학지』 125, 연세대학교
　　　국학연구원, 2004.

고형진, 「백석 시와 판소리의 미학」, 『현대문학이론연구』 21집, 현대문학
　　　이론학회, 2004. 4.

＿＿＿, 「생활의 체취와 자연에 대한 물음」, 『시안』 제7권 제2호 통권 제
　　　24호, 시안사, 2004. 여름.

김순덕, 「백석의 동화시 연구」, 인천대학교 석사학위논문, 2004.

김용희, 「몸말의 민족시학과 민족 젠더화의 문제: 백석의 경우」, 『여성문
　　　학연구』 통권 12호, 한국여성문학학회, 2004. 12.

＿＿＿, 「백석 시에 나타난 구술과 기억술의 이데올로기」, 『한국문학논총』
　　　38집, 2004.

김은철, 「백석 시 연구: 과거지향의 시간의식을 중심으로」, 『한국문예비평
　　　연구』 15집, 한국현대문예비평학회, 2004. 12.

김응교, 「백석 모닥불의 열거법 연구: 백석 시 연구 1」, 『현대문학의 연구』
　　　24집, 국학자료원, 2004.

김형규, 「이야기의 시적 의미화 양상 고찰: 임화의 단편 서사시와 백석의
　　　초기시에 나타난 담화 특성을 중심으로」, 『숭실어문』 20집, 숭실
　　　어문학회, 2004. 6.

김혜정, 「백석의 동화시와 윤동주의 동시 비교 연구」, 서강대학교 석사학
　　　위논문, 2004.

나명순, 「백석 시 연구」, 고려대학교 박사학위논문, 2004.

류순태, 「백석 시에 나타난 고향 의식의 아이러니 연구」, 『한중인문학연
　　　구』 12집, 한중인문학회, 2004. 6.

박미선, 「백석 시에 나타난 시 의식의 변모 과정」, 강원대학교 석사학위논
　　　문, 2004.

박성광, 「백석 시의 내면의식 연구」, 한양대학교 석사학위논문, 2004.

박성우, 「백석 시 연구」, 원광대학교 석사학위논문, 2004.

박성현, 「유년 체험에 투영된 유토피아 의식의 양면성」, 『겨레어문학』 32
　　　집, 겨레어문학회, 2004. 6.

박영근, 『오늘, 나는 시의 숲길을 걷는다: 박영근의 시 읽기』, 실천문학사,
　　　2004.

박은미, 「1930년대 시에 나타난 가족 모티프 연구」, 건국대학교 박사학위
　　　논문, 2004.

박찬일, 「도시시: 낭만주의적 상상: 김상용, 백석, 브레히트」, 『현대시』 통
　　　권 180호, 한국문연, 2004. 12.

박태일, 「백석과 『만선일보』, 그리고 우리시의 북극성」, 『한국 근대문학의
　　　실증과 방법』, 소명출판, 2004.

박현수, 「일제 강점기 시의 숭고 고찰」, 『현대시와 전통주의의 수사학』,
　　　서울대학교 출판부, 2004.

성억경, 「백석 시의 리얼리즘 연구」, 충남대학교 석사학위논문, 2004.

손진은, 「백석 시와 어린아이」, 『어문학』 84호, 한국어문학회, 2004. 6.

＿＿＿, 「백석 시의 옛것 모티프와 상상력」, 『한국문학이론과 비평』 8권 3
　　　호 통권 제24집, 한국문학이론과 비평학회, 2004. 9.

송인수, 「백석 시 화자 연구」, 전북대학교 교육대학원 석사학위논문, 2004.

안현정, 「백석 시의 교육 방법 연구」, 국민대학교 석사학위논문, 2004.

오세영, 『한국현대시 분석적 읽기』, 고려대학교출판부, 2004.

오양호, 「일제강점기 북방파 이민문학에 나타나는 작가의식 연구」, 『한민
　　　족어문학』 45집, 2004.

윤여탁, 「문학 교육에서 언어의 문제에 대한 연구: 백석 시의 언어와 세계
　　　를 중심으로」, 『문학교육학』 15호, 역락, 2004. 겨울.

이경수, 「한국 현대시의 반복 기법과 언술 구조」, 고려대학교 박사학위논
　　　문, 2004.

＿＿＿, 「한국 현대시의 반복 기법과 언술 구조: 1930년대 후반기의 백

석·이용악·서정주 시를 중심으로」,『한국문학평론』제7권 제
      3·4호 통권 제 26호, 국학자료원, 2004.
이동순,「백석 시의 연구쟁점과 왜곡 사실 바로잡기」,『동일문화논총』통
      권 제11집, 동일문화장학재단, 2004.
이명찬,「한국 근대시의 만주 체험」,『한중인문학연구』13집, 한중인문학
      회, 2004. 12.
이문재,「백석 시의 생태학적 상상력 고찰」, 경희대학교 석사학위논문,
      2004.
이원규,「한국시의 고향의식 연구: 1930~1940년대 시를 중심으로」, 성균
      관대학교 박사학위논문, 2004.
이인경,「백석 시 연구」, 인하대학교 석사학위논문, 2004.
이정애,「백석 시의 서정적 자아와 시적 상상력연구」, 경원대학교 석사학
      위논문, 2004.
이희중,「백석의 북방 시편 연구」,『우리말글』32집, 우리말글학회, 2004.
      12.
임은수,「백석 시 연구」, 서울여자대학교 석사학위논문, 2004.
조남익,『시와 유혹』, 오늘의문학사, 2004.
차호일,『디지털 시대 우리문학 다시 읽기』, 푸른사상, 2004.
최인경,「백석 시에 나타난 고향의식의 의미」, 경희대학교 석사학위논문,
      2004.
한계전,『한계전의 명시읽기』, 문학동네, 2004.
홍수복,「백석의 서술시에 나타난 전통성 연구」, 신라대학교 석사학위논
      문, 2004.
강경아,「백석 시 연구: 화자 유형을 중심으로」, 한양대학교 석사학위논문,
      2005.
권 온,「백석의 연애시편 연구: 낭만적 사랑과 여인」,『한국문예비평연구』
      17집, 한국현대문예비평학회, 2005. 8.

김민희, 「백석 시의 공간적 특성 연구」, 충남대학교 석사학위논문, 2005.

김선숙, 「백석 시 연구: 자아의식의 변모 양상을 중심으로」, 목포대학교 석사학위논문, 2005.

김영범, 「백석 시어 연구: 선행 연구의 오류 검토를 중심으로」, 고려대학교 석사학위논문, 2005.

김유미, 「백석 시의 공간의식 연구」, 전남대학교 석사학위논문, 2005.

김 은, 「백석 서술시의 교수방법 연구」, 성신여자대학교 석사학위논문, 2005.

김지선, 「소월과 백석 시에 나타난 지방주의」, 건국대학교 석사학위논문, 2005.

류경동, 「1930년대 한국 현대시의 감각 지향성 연구: 정지용과 백석의 시를 중심으로」, 고려대학교 박사학위논문, 2005.

문숙현, 「백석의 아동문학 연구」, 한양대학교 석사학위논문, 2005.

박명옥, 「백석의 동화시 연구」, 고려대학교 석사학위논문, 2005.

박은미, 「한국 근대 문학에 나타난 근대성 연구: 백석 시를 중심으로」, 『강남어문』 15집, 강남대학교 인문학부 국어국문학전공, 2005. 2.

박태일, 「백석 시와 명성의 사회학: 토속어로 표현해 낸 장소사랑의 미학」, 『문학사상』 제34권 제8호 통권 394호, 문학사상사, 2005. 8.

손진은, 「이미지 선택방식을 통한 시 창작 교육」, 『어문학』 87호, 한국어문학회, 2005. 3.

안현정, 「백석 시의 교육 방법 연구」, 국민대학교 석사학위논문, 2005.

양문규, 『백석시의 창작방법 연구』, 푸른사상사, 2005.

유영희, 「백석 시의 메시지 구성 방식과 시 평가」, 『문학교육학』, 한국문학교육학회, 2005.

이동순, 「백석 시집 『사슴』: 흙 속에 묻혀 있던 시인 백석」, 『시인세계』 통권 제12호, 문학세계사, 2005. 여름.

이동순, 「백석의 작품에 나타난 시정신」, 『시와정신』 제4권 제1호 통권 제

11호, 시와정신사, 2005. 봄.

이상민, 「백석 시의 효율적인 교수−학습 방법 연구」, 성신여자대학교 석
　　　사학위논문, 2005.

이성환, 「백석(白石)의 시세계」, 『해동문학』 제13권 제3호 통권 51호, 해
　　　동문학사, 2005. 가을.

이혜원, 「1920~30년대 시에 나타난 가족과 여성」, 『여성문학연구』 통권
　　　13호, 한국여성문학학회, 2005. 6.

임선미, 「백석·이용악 시의 비교 연구」, 조선대학교 석사학위논문, 2005.

장만호, 「시적 완결성이라는 말」, 『현대시』 통권 184호, 한국문연, 2005. 4.

장석주, 「우리 시의 지리학, 고향, 혹은 장소애의 시학: 백석의 경우」, 『현
　　　대시학』 제37권 8호 통권437호, 현대시학사, 2005. 8.

제상덕, 「백석 시 연구」, 여수대학교 석사학위논문, 2005.

최정례, 「백석 시의 근대성 연구」, 고려대학교 박사학위논문, 2005.

백석 시의 원전비평

2006년 6월 25일 인쇄
2006년 6월 30일 발행

지은이   이 지 나
펴낸이   박 현 숙
찍은곳   신화인쇄공사

110-320 서울시 종로구 낙원동 58-1 종로오피스텔 606호
TEL : 02-764-3018, 764-3019   FAX : 02-764-3011
E-mail : kpsm80@hanmail.net

펴낸곳 도서출판 **깊 은 샘**

등록번호/제2-69. 등록년월일/1980년 2월 6일

ISBN   89-7416-166-4

※ 잘못된 책은 교환해 드립니다.

값 12,000원